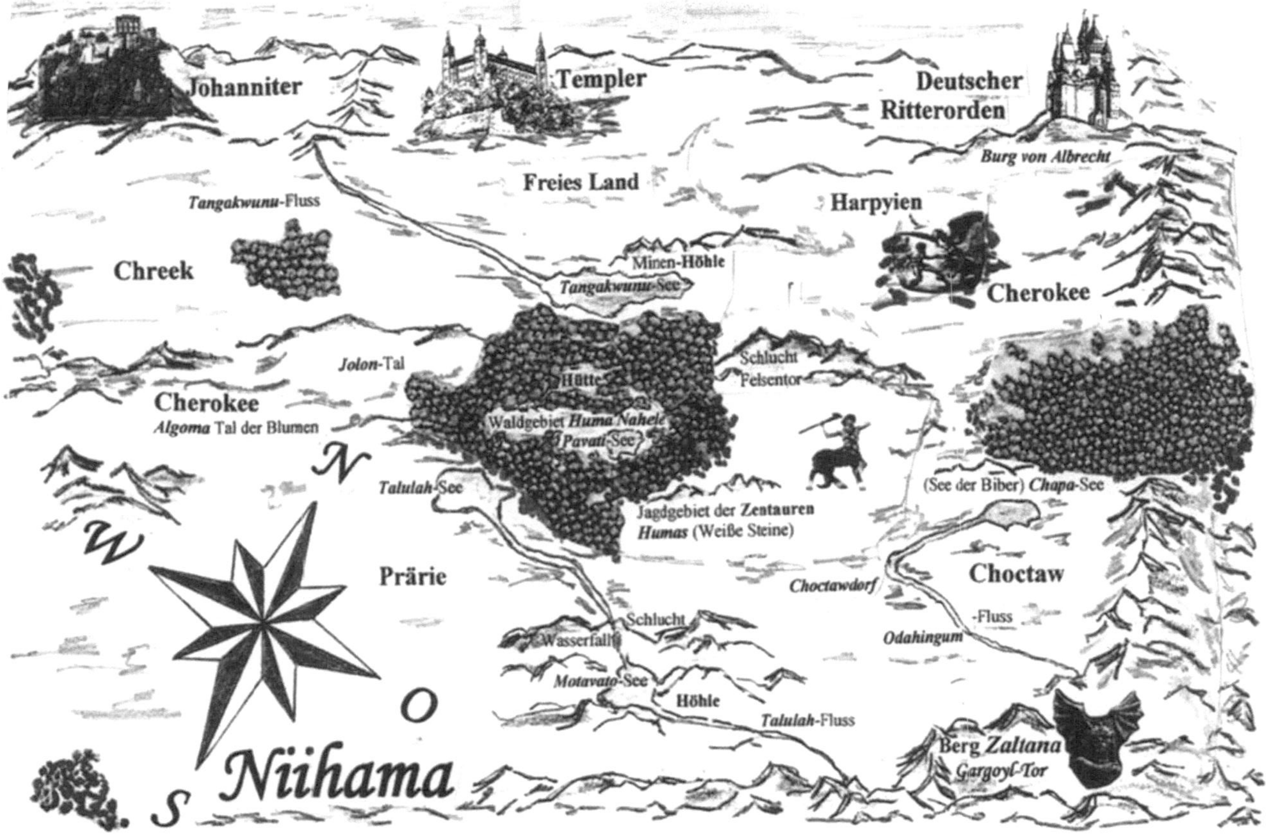
Johanniter
Templer
Deutscher
Ritterorden
Burg von Albrecht
Freies Land
Harpyien
Tangakwunu-Fluss
Chreek
Minen-Höhle
Tangakwunu-See
Cherokee
Schlucht
Felsentor
Jolon-Tal
Hütte
Cherokee
Algoma Tal der Blumen
Waldgebiet Huma Nahele
Pavati-See
N
Talulah-See
(See der Biber) Chapa-See
W
Jagdgebiet der Zentauren
Humas (Weiße Steine)
Prärie
Choctaw
Choctawdorf
-Fluss
Schlucht
Wasserfall
Odahingum
Motavato-See
O
Höhle
Talulah-Fluss
Berg Zaltana
Gargoyl-Tor
Niihama
S

Niihama - Land der Götter

Meiner Familie und allen Freunden
danke ich für die aufmunternde Unterstützung.
Besonders erwähnen möchte ich an dieser Stelle meinen Lektor
und Freund Karl-Heinz Hemmersbach, der sich mit der 2. Auflage
sehr viel ‚Mühe' bei der Überarbeitung meiner Zeilen gab.
Ich danke ihm und natürlich seiner Frau, die Mithalf;
ebenso der lieben Frau Mundt, für Ihre herrlichen Illustrationen.

Michael Bartsch

Die Artefakte der Götter

Erstes Buch Teil 2

„Niihama - Land der Götter"

tredition

www.tredition.de

Bibliografische Information der Deutschen Nationalbibliothek: Die Deutsche Nationalbibliothek verzeichnet diese Publikation in der Deutschen Nationalbibliografie; detaillierte bibliografische Daten sind im Internet über http://dnb.d-nb.de abrufbar.

2. Auflage
Autor: Michael Bartsch
Verlag: tredition GmbH
www.tredition.de
Printed in Germany
ISBN: 978-3-8495-3858-3

Lektor: Karl-Heinz Hemmersbach
Covergestaltung und
Illustrationen: Annelie Mundt
http://www.kunstnet.de/corvi-noctis/

Inhaltsverzeichnis

Niihama - Land der Götter

新居浜 –

神々の土地

Was bisher geschah...

Das Findelkind Reneé wird von Rosie und Harald Förster liebevoll aufgezogen. Nach dem Tode der Zieheltern wohnt sie in Garmisch-Partenkirchen. Sie ist finanziell unabhängig und sportlich sehr aktiv. Seit frühester Jugend ist sie fasziniert von den fernöstlichen Kampfsportarten und hat unter anderem auch die Schwertkampftechnik mit zwei Schwertern im klassischen Niten ichi ryu-Stil erlernt.

Eines Tages erhält Reneé einen Brief aus Neuseeland. Der Absender, das Notariat Huber & Costner, ist ihr nicht bekannt. Ihr wird mitgeteilt, dass ihr leiblicher Vater, David Copeland, sie in seinem Testament als Erbin eingesetzt hat.

Sie fliegt nach Auckland und lernt dort die Versicherungs-Detektivin Lucy Rowland kennen, die auf der Suche nach gestohlenen Antiquitäten ist. Unter anderem sucht sie zwei kostbare Langschwerter, das Aku Ryou Taisan und das Ryouko maru. Reneés Vater und sein langjähriger Vertrauter Marc Dacasyi werden verdächtigt, in diese Diebstähle verwickelt zu sein. Marc Dacasyi wurde ebenfalls in dem Testament bedacht. Nach der Testamentseröffnung weist Reneé die Avancen des Notars Hal Costner zurück. Sie lernt Marc Dacasyi näher kennen. Als er ihr von ihrem Vater und ihrer Mutter erzählt, beschließt sie ihm zu vertrauen.

Bei einem Überfall vor ihrem Hotel, kommt ihr Lucy Rowland zu Hilfe. Unter den Verbrechern erkennt Reneé den Notar Hal Costner. Bei der Schießerei wird einer der Gangster von seinen eigenen Leuten erschossen. Lucy schafft es die Verbrecher zu verjagen. Von einem verletzten Gangster erfährt Reneé, dass ihr Vater im Besitz eines antiken Artefaktes, einem Gargoyl sein soll.

Lucy und Reneé flüchten zu Marc Dacasyi in das Antiquitäten-Lager. Dort findet Lucy die gestohlenen Schwerter. Bevor Marc ihr das erklären kann, werden sie von Karl Urbansky und seiner Gangsterbande überfallen.

Beim Kampf erschießt Lucy den Banditen und Notar Hal Costner, wird selber aber auch verwundet. Bevor sie von den Gangstern überwältigt werden, öffnet Marc mit Hilfe des Artefaktes ein Portal zu einem fremden Planeten. Ehe Urbansky und seine Männer ihnen folgen können, schließt sich das Tor.

So entkommen sie auf die Ebene und Lucy erholt sich dort von ihrer Schusswunde. Marc erklärt ihnen, dass sie sich auf einer künstlich geschaffenen Welt befinden, die Niihama heißt. Reneés Vater hat diese Ebene erschaffen. Er wird von den Bewohnern ihrer Zuflucht ‚Gott Svanson' genannt.

Marc Dacasyi's richtiger Name ist Yagyu Kissaki Kenshi. Er war ein Schüler des Schwertkampflehrers Miamoto Mushashi. Kenshi wurde im Alter von 25 Jahren, mit anderen Menschen aus der Gegend von Shimosuwa am Suwa-See, im Jahre 1638 von Gott Svanson auf die Ebene Niihama gebracht. Marc berichtet, dass Reneés leibliche Mutter Alexandra Copeland sich auf Niihama versteckt hält.

Sie lebt beim Indianerstamm der Choctaw, der sie als die „Frau unseres Gottes" verehrt. Gott Annas, Svanson's Schwester, leistet ihr Gesellschaft.

Auf der Ankunftsstelle entdecken sie, dass die Wächter getötete wurden. Marc stellt fest, dass Akatsuki, die Todfeinde aller Götter und Menschen, auf der Ebene eingefallen sind. Zusammen machen sie sich auf den Weg zu Gott Svanson's Heimstätte, die sich auf dem Berg Chochokpi befindet. Denn nur von dort aus können Reneé und Lucy wieder zur Erde zurückkehren.

Auf dem Weg zum Dorf der Choctaw's tötet Reneé eine Riesenschlange. Danach treffen sie auf eine Gruppe Choctaw-Indianer; die Anführer wollen sie auf ihre Reise ein Stück begleiten. Sie überleben ein schweres Unwetter und geraten danach in einen Kampf mit der Harpyien-Königin Antiope.

Auf der Weiterreise erfahren sie, dass das Choctaw-Dorf von Cherokee-Indianern überfallen wurde. Dabei wurden Reneés Mutter Alexandra und ihre Tante Annas, zusammen mit der Häuptlingstochter Nadowessiu verschleppt. Unter Marcs Führung wollen sie und einige Choctawkrieger die Entführten befreien. Auf dem Weg dahin werden sie von Zentauren überfallen. Die Freunde, aber nur zwei der Choctawkrieger, überleben mit Mühe und Not den Kampf.

Als sie die Cherokee-Ansiedlung erreichen, in der Häuptling Towo'di die Gefangen festhält, müssen sie mit ansehen, wie die Akatsuki das Dorf mit der Strahlenkanone ihres Flugbootes vernichten. Lucy schießt mit ihrem Langbogen auf das Flugboot und bringt es zum Absturz. In letzter Sekunde, bevor sie in den Flammen umkommen, befreien sie Annas, Alexandra und die Häuptlingstochter Nadowessiu.

Nach der Befreiung suchen sie in einer Höhle Schutz vor dem nächsten Unwetter. Sie erholen sich von den Strapazen und Reneé lernt endlich ihre Mutter kennen. Danach machen sie sich auf den Weg zur Heimstätte. Die Häuptlingstochter begleitet sie.

Unterwegs wird Reneés Mutter bei einem erneuten Kampf gegen die Harpyien getötet. Auch Reneé wird dabei schwer verletzt. Nach ihrer Genesung reiten sie zur Burg des Ordensritters Albrecht von Brandenburg. Dort lernen sie die Tochter des Gottes Lookken kennen. Kristanna, genannt Göndül, die Wölfin, ist eine der wenigen Vertrauten von Reneés Vater.

Während ihres dreiwöchigen Aufenthaltes in der Burg verliebt sich Reneé unsterblich in den Hausherren. Der Hausherr Albrecht von Brandenburg gibt sich als Vertrauter ihres Vaters zu erkennen. Er ist schon lange in Reneé verliebt und bittet sie um ihre Hand. Sie nimmt den Heiratsantrag an, aber vorher will sie noch ihren Vater finden. Reneé muss einen Tjost auf Leben und Tod ausfechten, den sie gewinnt.

Lucy und Reneé machen einen Ausritt und können dabei eine Karawane vor einer Horde Zentauren retten. In der Burg überstehen Reneé, Albrecht und Marc mit viel Glück den Überfall eines Meuchelmörders, eines Shinobi.

Tage später werden Albrecht und Reneé, als sie zur Besichtigung der Burg Krähenhorst reiten, von Akatsuki angehalten. Sie fordern von Albrecht seine Gefolgschaft ein; zum Schein geht er auf ihre Forderung ein. Daraufhin wird er von ihnen mit einer Tätowierung am Arm gekennzeichnet.

Nach drei Wochen verlassen die Freunde wieder Albrechts Burg um zum Suwa-See zu reiten.

***

Gevatter Tod

In Gedanken spuken bleiche Gespenster,
ob´s mich fürchtet?
Sie schreien und jammern,
pochen ans Fenster.
Ich öffne das Tor einen Spalt,
mich schaudert´s,
im Hintergrund ein grausliches Gefunkel,
aus wüsten Augen blickt der Tod.

***

I. Folter und Tod

Bevor wir aufbrachen, hatte uns Marc den Weg zum Suwa-See beschrieben. Anschließend sagte er optimistisch: „Wenn wir Glück haben, kommen wir so ungesehen an den deutsch-schwedischen Landsknechten des Capitain Grothusen vorbei. Denn ich bin nicht erpicht darauf, mit diesem unberechenbaren Zeitgenossen zusammenzutreffen. Vor allem dann nicht, wenn die Brieftaube, die der Landsknecht vor seiner Ergreifung noch losschicken konnte, für ihn bestimmt war!" Sein Blick sprach Bände, als er mich dabei anschaute.

Zögernd, wegen der unausgesprochenen Konsequenzen, musterte ich ihn mit schmalen Augen. Dann schürzte ich bewusst abschätzig die Lippen und entgegnete leger: „Der wird uns auch nicht aufhalten können!" Und irgendwie war ich von meinen Worten im Unterbewusstsein auch fest überzeugt.

Ergeben nickte Marc und stimmte mir zu. Während Lucy mir zustimmend auf die Schulter klopfte, blickte Annas dagegen ziemlich skeptisch drein. In der Hoffnung diesmal ohne Schwierigkeiten unser Ziel zu erreichen, verließen wir zuversichtlich die Burg. Die Hufe unserer Pferde klapperten auf dem Kopfsteinpflaster des Burghofes. Wir waren auf dem Weg zum nächsten Etappenziel, zu Marcs Onkel und Tante.

In den drei Wochen auf der Burg hatte ich meine ‚Wunden' geleckt, seien sie seelischer oder körperlicher Art gewesen. Die Trauer um meine Mutter hatte ich tief in mein Innerstes verbannt. Albrecht hatte mir dabei mit seiner Liebe dabei geholfen. Die Bilder vom gestrigen Abend gingen mir noch einmal durch den Kopf. Wir hatten uns in dieser letzten Nacht bis zur Erschöpfung geliebt. Ich sah sein enttäuschtes Gesicht wieder vor mir, als ich ihm sagte, dass ich erst meinen Vater suchen wolle. Aber er sagte mir trotzdem, dass er mein Handeln verstehe.

Ich spürte noch immer seine liebkosenden Hände, als sie forschend meinen erhitzten Körper erkundeten. Wie er mich mit ihnen von einem Höhepunkt zum nächsten leitete. So eine ekstatische Liebe hatte ich noch nie zuvor erfahren. Bei diesen Erinnerungen hätte ich meinen Entschluss, meinen Vater zu suchen, fast wieder revidiert. Es kostete mich meine ganze Willenskraft, die Reise fortzusetzen anstatt sofort umzudrehen um bei ihm zu bleiben.

Dumpf polterten die Hufe über die hölzerne Zugbrücke, die den Burggraben überspannte. Ich drehte mich nochmals um und sah Albrecht mit wehenden schwarzen Haaren auf dem Bergfried stehen. Er hob nur kurz grüßend seine Hand, dann verschwand er im Turm.

Von meinen Zweifeln ahnte keiner meiner Gefährten etwas. Ich blickte seufzend auf Lucys Rücken, die vor mir ritt. Dabei murmelte ich: „Wer weiß, für was das alles gut sein wird." Ich folgte meinen Gefährten und zog unser Packpferd hinter mir her.

Im großen Bogen ritten wir in das ‚Freie Land' zurück. Später bogen wir auf die Karawanenstraße ab, die zum Suwa-See führte. Anfangs leitete sie uns durch eine grüne Hügellandschaft mit sanften Rundungen. Die Grasebenen, die Heidegewächse, die größeren Findlinge die überall lagen, die vereinzelt stehende Ebereschen und Eichen, all das erinnerte mich stark an die Highlands.

Immer wieder ließ ich meine Augen suchend umherschweifen. Ich hatte das unbestimmte Gefühl, dass uns jemand verfolgte. Diese Befürchtung teilte ich meinen Gefährten mit. Aber auch mit unserer gemeinsamen Aufmerksamkeit konnten wir keinen Verfolger ausmachen.

Wir ritten eine der vielen leichten Anhöhen empor, als plötzlich über der Hügelkuppe Rauchwolken hochstiegen und Brandgeruch uns um die Nasen wehte. Wir zogen unsere Katanas. Lucy nahm den Langbogen aus der Hülle und zerrte einen Pfeil aus dem Köcher. Vorsichtig ritten wir weiter hoch zum Gipfel; oben am Kamm zügelten wir die Pferde. Auf der abschüssigen Hangseite, in etwa zweihundert Meter Entfernung entdeckten wir eine Wagenburg.

Albrecht
A. Mundt

Drei Planwagen waren umgestürzt und qualmten. Keine Menschenseele war zu sehen, selbst die obligatorischen Aasfresser ließen sich nicht blicken. Der wolkenlose, blaue Himmel über uns war wie leergefegt. Eine unheimliche Stille lastete über der Senke.

Mit mulmigem Gefühl schloss ich mich Marc an, der langsam den Hügel hinunter ritt. Annas folgte uns in einem etwas größeren Abstand. Währenddessen sicherte Lucy mit ihrem Bogen von der Hügelkuppe aus unseren Abstieg zur Unglücksstelle. Vorsichtig tasteten wir uns näher und behielten dabei ständig die Umgehung im Auge. Endlich erreichten wir die Wagen. Marc ritt wachsam durch eine Lücke zwischen zwei Wagen in den Verteidigungsring hinein.

Ich folgte ihm langsam; meinen Mustang lenkte ich nur mit den Schenkeln. Mein Katana hielt ich kampfbereit in der rechten Hand und meine Linke umklammerte den Griff der Saigabel. Annas zügelte außerhalb der Wagenburg ihren Mustang und beobachtete angespannt die Umgebung. Wir fanden weder Menschen noch Tiere. Selbst die Wagen waren leer, bis auf ein paar Scherben und mehrere zerfetzte Planen.

Ich führte mein Katana in die Saya zurück. Marc bedeutete Lucy, sie solle weiter auf ihrem Posten zu bleiben. Dann stieg er vom Pferd. Mit einem knappen Befehl trieb Annas ihren Mustang an und folgte uns vorsichtig durch die Lücke in die Wagenburg. Mit einem unbehaglichen Gefühl im Magen, ritt ich an Marc vorbei, bis zur Platzmitte, wo ich einen Ring aus schwarzen Steinen bemerkt hatte. In der Mitte des Kreises lag eine Steinplatte, deren Oberfläche mit rötlichen Flecken gesprenkelt war.

Ich stieg vom Mustang, um mir die Sache etwas genauer anzusehen. Marc folgte mir langsam zu Fuß und zog seinen Mustang am Zügel hinter sich her. Er schaute sich immer wieder argwöhnisch um.

Bestürzt rief er plötzlich: „Bleib stehen!“ Er packte mich an der Schulter, und zerrte mich ein Stück zurück. Erstaunt schüttelte ich seine Hand ab und schaute ihn fragend an. Mit finsterer Miene erklärte er: „Das sieht aus wie ein *Hitomi gokū*“. Noch bevor ich ihn fragen konnte was das denn sei, murmelte er mit angespannt vibrierender Stimme: „Ein Stein für Menschenopfer."

Entsetzt riss ich die Augen auf und deutete auf die Steinplatte: „Menschenopfer?" Mein Magen verhärtete sich wie ein Mühlstein; die Knie begannen zu zittern. Ich stöhnte geschockt: „Willst du damit sagen, dass die Leute des Wagenzuges darauf geopfert wurden?"

„Ich weiß es nicht, aber wir sollten schnellstens von hier verschwinden. Die Luft ist wahrscheinlich noch mit dem Gift versetzt, das der Karawane zum Verhängnis wurde." Er drehte sich um und rief Annas zu: „Hitomi gokū!"

Hastig riss Annas ihr Pferd herum und floh in wildem Galopp aus der Wagenburg. Sie stob den Hang hinauf und hielt erst neben Lucy wieder an.

Immer noch starrte ich fassungslos auf den Opferstein. Urplötzlich kroch mir eine Gänsehaut über's Kreuz. Ich roch zwar nichts, wollte aber Marcs Bemerkung nicht in Frage stellen. Beim Umdrehen fielen mir Ornamente auf, die jemand mit weißer Farbe auf einen Stein gepinselt hatte. Ich bückte mich, um sie genauer zu betrachten.

Marc hatte die Ornamente ebenfalls entdeckt und schüttelte wütend den Kopf: „Los komm!" Er zog mich hoch und ich sträubte mich nicht dagegen. Wir sprangen auf unsere Pferde. Die scharrten schon unruhig mit den Hufen, so als würden sie etwas Unheimliches wittern. Ziemlich eilig verließen wir die Wagenburg. Erst als wir bei Lucy und Annas ankamen, zügelten wir die Pferde wieder.

Lucy überfiel uns mit einem erregten Wortschwall. Mit hochgezogenen Augenbrauen fragte sie: „Was ist los? Ihr seht ja aus, als hättet ihr den Leibhaftigen gesehen! Und vor allem, wer oder was ist Hitomi gokū?"

Marc gab ihr die geforderte Erklärung; dabei beobachtete er unentwegt die Umgebung. Zum Schluss fügte er bitter hinzu: „Und die Ornamente, da auf dem Stein, sind dem Hitomi gokū-Clan des Ninja Sarutobi Sasuke zuzuordnen. Das ist ein ehemaliger

Samurai, ein Mörder der mit Gift und 'Schwarzer Magie' auf Niihama sein Unwesen treibt. Außer vielen anderen Untaten, hält sein Clan auch Zeremonien mit Menschenopfern ab. Einige seiner Gefolgsleute nennen sich *Shārénrúmá*, was wortwörtlich ‚Menschen abschlachten' bedeutet."

Zornig brach es aus Annas hinaus: „Bis jetzt konnte man ihm nicht beikommen! Selbst mein Bruder schaffte es bisher nicht, ihn aufzuspüren. Er zieht sich immer wieder in eine Bergregion am Öigawa-Fluß zurück. Dort kann er sich in vielen Höhlen verstecken."

Lucy packte ihren Langbogen weg und presste angewidert zwischen den Lippen hervor: „Da wir den Unglücklichen da unten doch nicht mehr helfen können, sollten wir schnellstens von hier verschwinden."

Ich nickte zustimmend. Froh, diesen gruseligen Ort zu verlassen, zog ich meinen Mustang herum und ritt los. Mit einem Blick über die Schulter überzeugte ich mich davon, dass meine Gefährten mir ohne lange zu zögern folgten. In den nächsten Stunden ritten wir angespannt und prüften immer wieder misstrauisch unsere Umgebung.

Erst gegen Nachmittag rasteten wir in einem kleinen Tal, in dessen Mitte, auf einer angeschütteten Anhöhe, dreizehn riesige Felsblöcke kreisförmig aufgestellt waren. Zwei mächtige Monolithen, auf deren Spitzen eine gewaltige Steinplatte lag, bildeten den Eingang.

Erstaunt betrachtete ich die Anlage. Sie erinnerte mich an das ehrfurchtgebietende Stonehenge in der Gegend um Salisbury. Egal, welche anderen Erklärungen es sonst noch für die fünftausend Jahre alte Kultstätte gab, diese prähistorische Anlage blieb für mich stets der Platz der Druiden und ihrer geheimnisvollen Rituale. Ein leichter Schauer lief mir den Rücken herab.

Die Lücken zwischen den Steinsäulen wurden von einer Art Ilexstrauch geschlossen, dessen rote Blüten in der Nachmittagssonne wie große Blutstropfen leuchteten. Die gezackten, sehr harten dunkelgrünen Blätter dieser Stechpalmenart, bildeten mit ihren langen Dornen einen schier undurchdringlichen Schutzwall. Die Zweige rankten sogar an den Steinsäulen empor. Die etwa drei Meter hohen Felsblöcke wachten wie riesige Wächter über der Landschaft. In der Mitte des Steinkreises waren kleinere Felsquader um einen von Menschenhand behauenen Granitblock gruppiert, der vermutlich einen überdimensionalen Thron darstellte.

Wir waren froh, dass wir ohne weitere Vorkommnisse, diesen anscheinend sicheren Lagerplatz endlich erreicht hatten. An den kleinen Büschen, die in der Anlage wuchsen, banden wir unsere Pferde an. Die rotgelbfarbigen Blütenkelche verströmten einen zarten Geruch, der leicht nach frischen Trauben duftete. Im Gegensatz zu unserer letzten Station, verbreitete dieser Ort eine friedliche Atmosphäre.

Während meine Gefährten sich auf den Steinquadern ausruhten, kletterte ich auf den riesigen Thron. Von dort aus bot sich mir, zwischen den Steinwächtern hindurch, ein herrlicher Ausblick auf die sich vor uns ausbreitende Landschaft. Linker Hand entdeckte ich, von hohem Buschwerk halb verdeckt, eine kleine Burg.

Bevor ich danach fragen konnte, erzählte Marc: „Diese Altarstätte hier wurde in der Zeit etwa so um 1307 bis 1311, von dem französischen Tempelherrn Jakob Molay errichtet. Der hatte in der realen Welt ziemlich großen Ärger mit dem französischen König Philipp IV. Irgendwann verschwanden er und seine vierundfünfzig Ordensritter. Sie wurden nie mehr gesehen. Nicht weit von hier besaß er eine kleine Burg. Reneé, von deinem Platz aus kannst du sie vielleicht sehen."

Während ich wieder vom Sitz herunter stieg, erzählte Marc weiter: „Seitdem steht das Anwesen leer. Die abergläubischen Einwohner hier glauben, dass er mit seinen Getreuen in der Burg herumspukt. Manche behaupten sogar, sie sahen ihn hier auf diesem Felsenthron sitzen."

Annas und Lucy stellten aus den Vorräten, die Albrecht uns mitgegeben hatte, eine Vesper zusammen. Es gab getrockneten Fisch, einen herrlich duftenden rohen Schinken, Ziegenkäse, ein knuspriges Landbrot und dazu ein Pinot Noir aus Albrechts Weinkeller. Es schmeckte vorzüglich. Zum Abschluss der Brotzeit wurde die silberne Feldflasche mit dem Rest des köstlichen Weines herumgereicht. Langsam baute sich unsere Anspannung ab und selbst Annas machte jetzt wieder ein zufriedenes Gesicht. Sie hatte mittlerweile den Vorfall bei der Wagenburg aus ihren Gedanken verbannt.

Ich bewunderte die feine Gravur auf dem Gefäß, trank einen Schluck, und gab die Trinkflasche weiter an Annas. Meine Tante prostete uns zu und urteilte nach dem ersten Schluck: „Da hat Albrecht mir doch einen ausgezeichneten Muskateller aus dem Weinkeller des Johanniters Martin von Hohenstein mitgegeben. Dieses herrliche Getränk baut der Ritter auf den Terrassen um seine Burg herum an. Der fruchtbare Löß der Steillagen verleiht diesem edlen Tropfen einen wunderbaren Geschmack. Ich durfte ihn in seiner Burg schon einmal probieren. Ich fand ihn ausgezeichnet.“

Nach einem stillen Augenblick sinnierte sie: „Schon die alten Griechen und Römer fanden diese wohl älteste Kulturtraube der Welt sehr wohlschmeckend.“

Marc wechselte das Thema und fragte in die Runde: „Wer hat jetzt noch Lust weiter zu reiten?“ Lucy und Annas schüttelten verneinend den Kopf. Ich hatte eigentlich auch keine Lust mehr. Deshalb antwortete ich: „So wie es aussieht niemand. Der Platz hier ist zum Übernachten doch einfach optimal; jedenfalls kann man uns hier nicht so ohne weiteres überraschen. Und da wir alle keine Angst vor den Geistern der Templer oder sonstigen bösen Gesellen haben, können wir uns einigermaßen beruhigt zwischen den Steinsäulen zum Schlafen niederlegen.“ Marc war einverstanden und so errichteten wir das Nachtlager.

Lucy lief den Hang hinunter zu einem umgestürzten Baum, dessen abgestorbene vertrocknete Äste gutes Feuerholz versprachen. Annas und Marc standen derweil neben einem Felsenwächter. Sie waren so in ihr Gespräch vertieft, dass ich sie nicht stören wollte. Ich schlenderte zum Eingang, blieb zwischen zwei mächtigen Monolithen stehen und betrachtete die Umgebung. Dabei warf ich ein Auge auf Lucy, die sich, mit einem Bündel Holz im Arm, auf den Rückweg machte.

Plötzlich hörte ich helles Glockengebimmel. Eine Herde Ziegen trottete hinter Lucy über die Hügelkuppe. Zwei Hirten, in langen braunen Kapuzenmänteln, trieben sie ins Tal hinunter. Die Viehtreiber benutzten dazu einen langen Stab, der oben in einer langen Metallspitze endete.

Ich bedeutet Lucy mit Gesten, dass sie etwas schneller machen sollte. Unbewusst tastete ich nach meinem Katana auf dem Rücken und nach der Saigabel an meiner Hüfte. Mit langen Schritten hastete Lucy den Hang hinauf. Schnaufend lief sie an mir vorbei und schmiss das Feuerholz in die Mitte des Lagerplatzes. Dort begrenzten Steine eine schon oftmals benutzte Feuerstelle. Danach rief sie zu Marc und Annas hinüber: „Wir kriegen Besuch, da kommt eine ganze Horde!"

Als Marc und Annas erschrocken ihre Katanas packten, beruhigte Lucy sie lachend: „Eine Herde Ziegen, meinte ich" und zwinkerte ihnen schmunzelnd zu. Marc drohte ihr kopfschüttelnd mit der Faust. Danach kamen die Beiden heran und stellten sich zu uns in den Durchlass. Gemeinsam beobachteten wir die Herde, die immer näher kam. Die Tiere wurden stetig größer; wie alles auf Niihama, dachte ich im Stillen.

Interessiert beobachtete ich die beiden seltsam gekleideten Hirten. In ihren braunen Kutten sahen sie aus wie Mönche. An der Seite ihres Gürtels baumelte ein langes Messer, das schon mehr wie ein Kurzschwert aussah. Lucy kniff die Augen zusammen, als sie die Messer und die Stäbe der Ziegenhüter genauer studierte.

„Das gefällt mir überhaupt nicht", murmelte sie. Sie schlenderte zu ihrem Gepäck, holte den Japanischen Kurzbogen heraus und kam mit ihm und dem Köcher voller Pfeile zurück. So ausgerüstet stellte sie sich im Eingang halblinks vor die gewaltige Steinsäule. Wir blieben bei den Steinen stehen, aber so, dass die Büsche uns etwas verdeckten. So konnten die Ankommenden uns nicht sofort entdecken. Wir warteten auf die Reaktion der Hirten, die Lucy in diesem Moment vor der Templeranlage bemerkten.

Abrupt blieben sie stehen und starrten sie überrascht an. Die Gesichter konnte man unter den Kapuzen nicht so deutlich erkennen. Für einen Moment drängte sich mir der Eindruck auf, als würden sie auf geistiger Ebene miteinander kommunizieren. Sekunden später trennten sie sich mit gleitenden Schritten voneinander. Der rechte Kuttenmann nahm ein kleines, silbernes Horn von seinem Rücken und blies hinein. Zwei klagende Hornstöße tönten für einen Augenblick durch die klare Luft über der Hügellandschaft. Erstaunt beobachteten wir, dass die Ziegen sich sammelten und wie von unsichtbarer Hand geleitet, an der Templeranlage vorbei, das Tal verließen.

Lucy, die an exponierter Stelle im Eingang stand, gab einen erschreckten Laut von sich und deutete erregt nach vorn: „Da, seht nur!". Sofort nahm sie ihren Bogen und den Köcher vom Boden auf. Heftig deutete sie mit einem Pfeil auf den Hügel vor uns. Dort kam ein weiterer Hirte in brauner Kutte über die Hügelkuppe. An seiner Seite führte er an einer Kette vier große gelbe Wölfe. Von diesem Anblick erschüttert, fasste Annas nach Marcs Hand; der reagierte angespannt und stieß zischend seinen Atem aus. Als ich diese irreale Szene sah, umkrampfte ich unwillkürlich mit der rechten Hand die Saigabel an meiner Hüfte.

Noch einmal ertönte der klagende Ton und der Viehtreiber mit dem Horn deutete mit ausgestrecktem Arm auf Lucy. Bestätigend deutete der Wolfsführer ebenfalls auf die Bogenschützin. Uns Drei hatten sie augenscheinlich noch nicht bemerkt. Lucy hatte mittlerweile einen Pfeil auf die Bogensehne gelegt. Der Hirte starrte sie bösartig an und löste die Kresch von der Kette. Mit kurzem trockenem Bellen stürzten sich die vier gelben Blitze den Hügel hinab. Wir griffen zu unseren Waffen.

Plötzlich ließ ein hoher schriller Schrei mir fast das Blut in den Adern gefrieren. Das ganze Szenario kam augenblicklich zum Stillstand. Lucy setzte den schussbereiten Bogen ab und verzog ihr Gesicht zur Grimasse. Schützend presste sie ihre Hände auf die

Ohren. Genau wie wir, versuchte sie das schmerzhafte Nachklingen des Schreies aus dem Kopf zu vertreiben. Die Kresch wuselten orientierungslos jaulend und winselnd durcheinander. Hilflos warteten sie auf weitere Anweisungen ihres Führers.

Suchend schauten wir uns nach dem Verursacher dieses grauenhaften Schreies um. Auf dem Hügel, schräg hinter uns, erhob sich schattenhaft aus dem Gras eine hochgewachsene Gestalt. Sie war in einen langen, bis zum Boden reichenden Umhang gehüllt und trug einen zylinderähnlichen Hut. Das Gesicht wurde weitgehend von der Krempe verdeckt. Die Kleidung war tiefdunkel schwarz, was den unheimlichen Eindruck noch verstärkte. Falls das, nach diesem Schrei, überhaupt noch möglich war.

Marc schnaubte, verzog sein Gesicht als hätte er Zahnschmerzen und flüsterte leise: „Das wird jetzt aber sehr interessant. Da ist unser Verfolger! Das ist ein Tohopka! Haltet eure Waffen bereit, denn ich weiß nicht, ob er uns auch noch angreift, wenn er mit denen da unten fertig ist."

Wir schauten ihn erstaunt an und Lucy, die ihren Bogen wieder schussbereit machte, fragte ganz ungläubig: „Was heißt hier, uns noch angreifen? Ich denke, der hat gegen die drei Hirten und die Wölfe nicht die geringste Chance."

„Wir werden es ja sehen", antwortete Marc und umschloss mit der rechten Hand fester den Griff seines Katanas.

Ich hatte den Tohopka nicht aus den Augen gelassen und sah, wie er sich langsam in Bewegung setzte. Er wurde schneller und immer schneller. Während er mit langen eleganten Sprüngen den Hügel herunter lief, schlug er seinen wehenden Umhang zurück. Ich war geschockt, das hatte ich wirklich nicht erwartet: Der hatte an jeder Seite zwei Arme! Sekunden später schwang er in jeder seiner vier Fäuste einen gebogenen Säbel. Die Schneiden blitzten in der späten Mittagssonne.

Ein letzter gewaltiger Sprung trug den Unirdischen mitten unter die unentschlossenen Wölfe. Die warteten noch immer vergeblich auf die Anweisungen ihres Hirten. Nach einem Wirbel aufblitzender Klingen heulten die Tiere panisch auf. Ihr Blut spritzte in Fontänen über den Kampfplatz. Ich hatte vielleicht drei- bis viermal mit den Augenlidern geblinzelt, da lagen drei der großen, gelben Bestien mit abgetrennten Köpfen auf dem Boden. Das Blut der Kresch färbte um sie herum das Gras rot.

Nach einem weiteren Säbelhieb humpelte auch der vierte Wolf; trotzdem versuchte er den Tohopka anzugreifen. Aber das 'Wilde Biest' sprang im hohen Satz über das Tier hinweg und besiegelte mit zwei seitlich geführten Hieben sein Schicksal. Jaulend sank der Wolf in sich zusammen und blieb im Gras liegen. Sein Bezwinger blieb nur kurz bei dem zuckenden Wolfskörper stehen und trennte mit lässiger, ja fast überheblicher Bewegung, den Kopf vom Rumpf. Die Viehtreiber verfolgten das blutige Schauspiel fassungslos.

Jetzt stolzierte der Unheimliche mit seinen langen dünnen Beinen fast gemächlich den drei Hirten entgegen. Dabei ließ er kein Auge von ihnen. Die kreisten ihn langsam ein und streckten ihm dabei die Kampfstäbe halb drohend, halb abwehrend entgegen. Regungslos blieb der Tohopka stehen und erwartete ihren Angriff. Die folgende gespenstische Szenerie blieb mir noch lange wie ein Alptraum im Gedächtnis haften.

Fast lautlos prallten die Gegner aufeinander. Für einen kurzen Augenblick sah es so aus, als könnten die Mönche den Tohopka in die Enge treiben. Aber durch den Wirbel seiner Säbel, seine wendigen Sprüngen und Drehungen, konnten sie ihn letztendlich doch nicht stellen. Keine der Parteien schaffte es, sich einen entscheidenden Vorteil zu erkämpfen; so entstand eine Pattsituation. Vorsichtig umkreisten die Hirten den Tohopka und versuchten ihn zu einer unvorsichtigen Aktion zu verleiten. Immer wieder stachen sie mit den Stäben nach ihrem Gegner. Der ließ sich aber nicht provozieren und stand stoisch auf seinem Platz. Er beobachtete seine Gegner und lauerte auf einen entscheidenden Fehler.

Bei genauer Betrachtung des Tohopka bemerkte ich, dass er den Kopf, wie eine Eule, um 360 Grad drehen konnte. Dabei sah ich zum ersten Mal seine riesigen roten Augen; die lagen wie glühende

Kohlen tief in seinem Gesicht. Jetzt verstand ich, warum die Einheimischen von Niihama ihm diesen Namen verpasst hatten. Er machte seinem Namen ‚Wildes Biest' wirklich alle Ehre.

Dann war es plötzlich so weit. Unvorsichtig verließ einer der Hirten, mit einem Schritt nach vorne, die gemeinsame Kampflinie. Darauf hatte der Tohopka nur gewartet. Mit einem markerschütternden Schrei sprang er blitzschnell dem Mönch entgegen. Mit zwei seiner Schwerter blockierte er die Kampflanze des Hirten. Ein Rundschlag der beiden anderen Säbel trennte den Leib des Unglücklichen in zwei Hälften. Wieder spritzten Blutfontänen hoch in die Luft.

Mit einer grotesk aussehenden Bewegung nutzte der Unheimliche sofort die entstandene Lücke in der gegnerischen Front. Er sprang vor und metzelte mit einem Wirbel von Schlägen den zweiten Hirten nieder. Übergangslos wandte er sich seinem letzten Gegner zu. Der konnte sich noch einige Augenblicke lang der rotierenden Säbel erwehren. Mit seinem Kampfstab trennte er dem Tohopka sogar den oberen der beiden rechten Arme ab. Doch selbst diese schwere Verwundung konnte das Wüten des 'Wilden Biestes' nicht stoppen.

Mit einer wilden Serie von Hieben prellte es dem Hirten die Kampflanze aus der Hand. Mit wahnsinnigem Geheule, das aus sämtlichen Poren seiner Gestalt zu dringen schien, hackte es dann den letzten Viehtreiber in Stücke.

Danach herrschte erst einmal Ruhe. Die aus einem Alptraum entsprungene Kreatur setzte sich auf einen kleineren Felsbrocken und betrachtete ihre Verwundung. Anschließend starrte sie stumm zu uns herauf. Die unnatürliche Stille war beklemmend; das stumme Anstarren zerrte an meinen Nerven.

Blass um die Nase murmelte Lucy: „Nun verschwinde schon, du Monster, leg dich bloß nicht mit uns an!" Um ihre Furcht zu verbergen, bleckte sie die Zähne. Mir erging es nicht viel anders. Nervös nestelte ich am Griff meines Katanas herum.

Als der Tohopka dann aufstand und langsam in unsere Richtung kam, sprach Marc im ruhigen Tonfall: „Lucy, bleibe hier bei Annas am Eingang stehen. Decke ihn mit deinen Pfeilen so richtig ein und versuche vor allem seine Schwertarme zu treffen. Reneé und ich werden ihn dann aufhalten."

Mit einem ernsten Gesicht fasste er mich an der Hand und sagte eindringlich: „Du hast gesehen, zu was alles diese Kreatur fähig ist. Also sei vorsichtig! Aber wenn sich uns eine Chance bietet, müssen wir ihn sofort attackieren. Er muss erst einmal zu uns hoch kommen. Dies, und Lucy mit ihren Pfeilen, das sind unsere Vorteile."

Mein Blut raste in meinem Körper und ein Adrenalinschub ließ mich vor Anspannung erzittern. Wir bewegten uns etwa fünfzehn Schritte vom Eingang weg. Voll konzentriert nahm ich die Grundstellung ein, die Füße parallel nebeneinander. Dann entschied ich mich für die Seigan no Kamae-Stellung. Ich schob den rechten Fuß einen halben Schritt vor und hob die linke Ferse leicht an. Die Spitze meines Schwertes deutete etwa in Brusthöhe auf den Tohopka. Zugleich hielt ich mit der linken Hand, etwa in der Körpermitte, die Saigabel in der Honte-Stellung bereit.

Diese Haltung ermöglichte mir mehrere Variationen, entweder für einen Angriff oder zur Verteidigung. So erwartete ich das 'Wilde Biest'. Dabei versuchte ich, alle Gedanken an den bevorstehenden Kampf und meinen möglichen Tod, zu verdrängen.

Marc kniete mit dem linken Knie im Gras und stützte seine Schwerthand leicht am Griff des Katanas ab, die Klingenspitze in den Grasboden gesteckt. Sein Kurzschwert ‚ruhte' noch in der Saya.

Der Tohopka hatte inzwischen, in einer Art Wiegeschritt, die Hälfte der Strecke über-wunden. Sein kräftiger Oberkörper wippte dabei vor und zurück, wie bei einem Hahn. Dann blieb er stehen und starrte uns mit rot glühenden Augen an. Ich hatte das Gefühl, als würden diese Augen sich tief in meine Seele einbrennen. Wieder stapfte der Unheimliche einige Schritte vorwärts, blieb dann aber erneut stehen.

Er drehte sich ein wenig in Marcs Richtung, dabei ließ er mich aber keineswegs außer Acht. Marc erhob sich und bezog mit leicht erhobenem Katana Position. Mit seiner linken Hand zog er das Wakizashi blank, dann blickte er furchtlos unserem Gegner entgegen. Diese Haltung war keineswegs nur Fassade, sondern sie spiegelte sein Selbstvertrauen wieder, das sich wiederum auf sein tatsächliches Können und seinen Mut stützte. „Ein wahrer Samurai“, schoss mir durch den Kopf. Es erfüllte mich mit Stolz, dass er sich auch auf Lucys und meine Fähigkeiten verließ.

Der Tohopka öffnete seinen Mund und ich konnte zwei Reihen sehr spitzer Zähne erkennen, zwischen denen, wie bei einer Schlange, eine gespaltene Zunge hin und her züngelte. Aus seinem Munde drangen aber nicht zischende, sondern klackende Geräusche, die sich so ähnlich wie die Sprache der kleinen Buschmänner in der Kalahari anhörten.

Nach kurzer Verzögerung übersetzte unser Translater seine Ansprache: „Napayshni, ich beobachte dich schon eine ganze Weile. Deine Verdienste für Niihama sind mir wohlbekannt. Aber du bist der engste Vertraute des Gottes Svanson. Somit bist du, genau wie er, mein ärgster Feind; deshalb verfolge ich dich schon sehr lange. Jetzt habe ich dich endlich gestellt. Ich werde dich und deine Begleiterinnen jetzt töten, so wie ich dieses Geschmeiß dort unten auch ausgelöscht habe.“ Eine Sekunde später stieß er wieder einen seiner fürchterlichen Schreie aus und griff uns an.

Lucy hatte den Worten konzentriert gelauscht und dabei den Tohopka genau beobachtet. Fast im gleichen Augenblick, als sich das 'Wilde Biest' in Bewegung setzte, zischte der erste Pfeil von der Sehne ihres japanischen Kurzbogens. Mit einer unglaublichen Perfektion jagte sie Pfeil auf Pfeil gegen den Angreifer. Annas kniete neben ihr, in der Deckung eines Mauersimses der Templeranlage. Sie nahm die Pfeile, die griffbereit auf dem Steinsims lagen und reichte sie der Bogenschützin an.

Viele Pfeile wehrte der Tohopka mit seinen Schwertern ab, aber zwei trafen ihr Ziel. Für einen Moment stoppte der Außerirdische seinen Vormarsch und versuchte, die gefiederten Geschosse aus den Wunden am Oberarm seines Schwertarmes zu entfernen.

Marc erkannte sofort seine Chance. Mit lautem „Kiai“ sprang er auf den Tohopka zu. Sein Dämonenbringer fuhr mit hellem sirrenden Ton durch die Luft und trennte mit einem *Sodesuri* die in diesem Moment ungeschützte linke Hand seines Gegners ab. Sofort setzte Marc mit einem Atemi, einem angedeuteten Hieb nach. Der Verletzte sprang irritiert aus der Reichweite von Marcs Katana, das nun seinen Kopf bedrohte.

Damit bot er mir die Gelegenheit, in den Kampf einzugreifen. Er hatte vermutlich die Distanz zu mir und meinem Katana 'Aku Ryou Taisan' unterschätzt. Mit einer schnellen Körperdrehung vollführte ich einen *Kurumasike*. Die Klinge meines Schwertes fuhr dem Tohopka quer durch den Bauch. Verblüfft hielt das schwer verletzte Wesen inne und starrte auf seine tiefe Wunde.

Marc nutzte postwendend die neue Situation. Mit einem Satz verkürzte er seinen Abstand zu unserem vielarmigen Gegner. Sein Katana zischte erneut durch die Luft und schlitzte mit einem O-kesa den Oberkörper der Kreatur auf, quer von der rechten Schulter bis hinunter zur linken Hüfte.

Der Tohopka fiel wie in Zeitlupe auf die Knie. Seine beiden verbliebenen Schwerter glitten ihm aus den Händen und fielen scheppernd vor ihm ins Gras. Er schaute Marc mit seinen rot glühenden Augen an und beugte seinen Oberkörper vor. Ein tiefer, schmerzerfüllter Laut drang aus seiner Kehle und sein Körper bebte. Mit erhobenen Katanas standen wir Beide kampfbereit vor ihm und warteten.

Als Annas und Lucy uns erreichten, richtete sich der Todgeweihte wieder auf. Kraftlos zeigte er mit einem Arm auf Marc. „Ihr habt gut gekämpft, aber für euch es ist noch lange nicht vorbei. Meine Brüder werden mich rächen, denn sie wissen von meiner Niederlage.“

Ein schreckliches Keuchen entfloh seinem Mund und ein Zittern durchlief seinen Körper. Nach einem Moment, in dem nur sein röchelnder Atem zu hören war, hob er erneut seinen Kopf. Er blickte Marc an: „Aber jetzt bitte ich Dich um eine letzte Gunst, lass' mich wie ein Krieger sterben.“

Er drehte seinen Kopf und musterte uns alle der Reihe nach, so als wollte er unser Aussehen in seinem Gedächtnis speichern. Die vorher rot glühenden Augen wurden tiefschwarz, wie das sprichwörtliche schwarze Loch. Dann schloss er die Augen. Marc beendete mit einem Kaishaku das Leben des Tohopka. Als Vollstrecker seines Schicksals, enthauptete der Dämonenbringer ihn mit singendem, ja fast jubelndem Ton.

Der Körper des Tohopka sank in das Gras. Es war ein perfekt ausgeführter Hieb gewesen, den Marc mit einem Gebet zum Kriegsgott Bishamon abschloss. Er vollführte das Chiburui, um die Blutstropfen von der Schwertspitze zu schütteln. Danach säuberte er das Katana mit einem Tuch und führte sein Langschwert in die Saya zurück.

Als ich den toten Tohopka genauer betrachtete, bemerkte ich, dass aus den Wunden nur sehr wenig Blut sickerte. Es gerann an der Luft sehr schnell, wurde dann sofort schwarz und dickflüssig wie Sirup. Sein Gesicht hatte nur wenig Ähnlichkeiten mit menschlichen Zügen. Vielmehr verblüffte mich die Übereinstimmung mit den Abbildungen, die ich schon von Aliens gesehen hatte. Jenen Raumfahrern, die angeblich 1947 in Roswell abstürzten und zum Area 51 gebracht wurden.

Daraus zog ich meine Schlussfolgerungen. Ein kalter Schauer kroch mir über den Rücken und einige Tropfen des kalten Schweißes rannen mir die Schulterblätter hinab. Ich schüttelte mich innerlich und wandte mich ab.

Nach dem obligatorischen Chiburui säuberte ich mein Katana, sprach danach ein kurzes Gebet und dankte Bishamon dafür, dass wir noch am Leben waren. Ich führte mein Katana in die Schwertscheide zurück und gesellte mich wieder zu meinen Gefährten.

Langsam sank unser Adrenalinspiegel wieder auf normale Werte. Schweigend blickten wir in das kleine Tal, welches sich, vor noch nicht zu allzu langer Zeit, uns so friedlich und still dargeboten hatte. Von einem Augenblick zum anderen war hier das Grauen des Todes eingezogen. Ob meinen Gefährten die gleichen Gedanken durch den Kopf gingen? Ich weiß es nicht. Um diese bedrückenden Erlebnisse zu verarbeiten, brauchte wohl jeder mal eine Pause, um in seinem Inneren für Ordnung zu sorgen.

Marc räusperte sich und lobte Lucy für ihre Schiesskunst. „Das war Kazuya in Vollendung, die Kampfkunst des Schnellschießens mit Pfeil und Bogen. So etwas habe ich bisher noch nicht gesehen", sagte er voller Bewunderung zu ihr. Sie hatte wieder einmal großen Anteil daran, dass wir die Begegnung mit dem Tod heil überstanden haben.

Dankbar schauten wir sie an, was sie erst mit einem verlegenen Lächeln quittierte, danach aber in Ihrer typischen burschikosen Art kommentierte: „Gekonnt ist eben gekonnt."

Ich warf ihr einen Handkuss zu und fügte grinsend an: „Ja, ja, so kennen und lieben wir sie."

Nach einer erneuten schweigsamen Pause wandte ich mich an Marc und fragte nach dem Wesen des außerirdischen Kämpfers. Nach kurzer Überlegung berichtete er uns, was er über diese Spezies wusste. „Die Indianer von Niihama gaben diesen Wesen den Namen Tohopka, das heißt so viel wie 'Wildes Biest'. Dein Vater dagegen hat sie immer als die ‚Alte Rasse' benannt. Sie selbst bezeichnen sich als *Ts'ixa*."

Ich wandte mich an meine Gefährten: „Also mein Gefühl sagt mir, dass der Tohopka eben, nicht nur das 'Wilde Biest', also diese grausame Kreatur war, sondern dass er sich trotzdem, als Krieger der uralten Rasse, einem ausgeprägtem Ehrenkodex verpflichtet fühlte. Was meint ihr dazu?" An ihrem Mienenspiel erkannte ich, dass Marc und auch Annas über eine Erklärung nachdachten.

Lucy unterbrach ihre eigenen Überlegungen, indem sie ziemlich forsch behauptete: „So wie ich das sehe, war diese Kreatur nur ein weiteres Beispiel für die ziemlich krassen Geschöpfe deines Vaters." Entschuldigend berührte sie meine Schulter: „Tut mir leid Reneé, das ging nicht gegen dich."

Ich drehte ihr das Gesicht zu und antwortete: „Schon gut, ich bin dir nicht böse. Es ist ja wirklich wahr, dass er für ein paar schlimme Dinge verantwortlich ist."

Annas war sichtlich bemüht, einen Einwurf dazu in Worte zu fassen. Schließlich sagte sie: „Dafür trägt dein Vater nicht allein die Verantwortung, das ist die Kollektivschuld von uns allen! Wir, die sich selbst so stolz als 'Götter' bezeichnen." Das klang in meinen Ohren ziemlich verbittert und ich schaute sie aufmerksam an.

Sie machte eine Pause, gab Marc einen Kuss und setzte dann ihre Erklärung fort: „Dein Vater hat die Tohopka nicht erschaffen. Sie sind eine uralte Rasse, vielleicht sogar älter als unser Göttergeschlecht. Wo sie herkommen, wissen wir nicht so genau. Und warum letztendlich sich unsere beiden Völker bis auf den Tod bekämpfen, das entzieht sich meiner Kenntnis."

Lucy, die sich wieder einmal einmischte, meinte gereizt: „Hat denn schon mal jemand versucht, sich mit ihnen in Verbindung zu setzen, um diese Fehde zu beenden?" Bärbeißig merkte sie an: „Mit einer vernünftigen Kommunikation kann man sogar Kriege beenden."

Annas winkte ärgerlich ab: „Soweit ich weiß, hat ein Vetter von Urbansky es einmal versucht. Er wurde, wie es hieß, in vier Teilen zurückgeschickt. Seitdem schlagen wir uns weiterhin die Köpfe ein. Wahrscheinlich solange, bis niemand mehr da ist - keiner von ihnen und keiner von uns. " Ihr Blick sprach Bände.

Ich versuchte die aufkommende Verstimmung zu stoppen. Deshalb verkündete ich: „Auch darüber werde ich mit meinem Vater sprechen. Es muss doch eine Möglichkeit geben, diese Fehde zu beenden. Darum sag mal, Marc, wie viele Tohopka's gibt es eigentlich noch auf Niihama?" platzte ich mit der nächsten Frage in seine Grübelei.

„Schwer zu sagen", antwortete er, „aber viele können es nicht mehr sein. Ich schätze die Zahl ihrer Köpfe auf vier bis sechs. Aber dass es noch welche gibt, hat der Kämpfer der 'Alten Rasse' uns ja bestätigt. Einfach deshalb, weil er uns mit der Rache seiner Brüder gedroht hat. Sie können sich auf mentaler Ebene über viele Kilometer hinweg verständigen. Übrigens machte dein Vater auch schon mal einen Versuch, eine Zusammenkunft mit den 'Ts'ixa' zu arrangieren. Leider vergebens, jedenfalls bis jetzt."

Lucy schnaufte und sagte sarkastisch: „Na schön! Was macht uns das denn noch aus. Dann sind halt außer den Harpyien, Wölfen und Zentauren, auch noch ein paar 'Wilde Biester' hinter uns her.“ Sie sah mich herausfordernd an, als ich kommentarlos zurückblickte, lieferten wir uns mit den Augen ein stummes Kräftemessen. Schließlich hob sie ergeben beide Hände und beendete das lautlose Duell: „Schon gut! Auch kein Problem! Bei dem, was wir bis jetzt schon alles überstanden haben.“

Marc versuchte die Spannung zu entschärfen und lenkte unsere Aufmerksamkeit auf das Rätsel der Herkunft der beiden feindlichen Zivilisationen. Nachdenklich verzog er seine Miene: „Niemand weiß, aus welcher Region des Universums die 'Ts'ixa' eigentlich kommen. Aber genauso wenig weiß ich, wo dein Vater und die anderen Götter beheimatet sind. Die Frage habe ich deinem Vater auch schon mal gestellt. Er murmelte da aber ziemlich abweisend etwas vom Asteroidengürtel, so dass ich nicht mehr weiter nachgebohrt habe.“

Er sah mich an, wischte sich mit der Hand eine Haarsträhne aus der Stirn, grinste etwas verlegen und sagte: „Da musst du ihn schon selber fragen. Und meine liebe Annas hier, hat bis heute auch nicht viel Erklärendes dazu beigesteuert.“

Als Annas sich nicht äußerte, wechselte er erneut das Thema. Er sprach mir aus der Seele, als er vorschlug: „Wir sollten einen Scheiterhaufen aufschichten und alle Toten und die Tierkadaver verbrennen. Vielleicht findet das Tal dadurch wieder zu seinem friedlichen Charakter zurück.“

Wir trugen den Tohopka zu seinen Opfern hinunter. Dort errichteten Annas und Lucy ein Holzgestell, worauf die Leichname verbrannt werden sollten.

Marc und ich sammelten die Toten ein. Er bückte sich beim ersten Hirten und zog ihm die Kapuze vom Kopf. Erschrocken prallte er zurück. „Was ist?“, fragte ich. Er blieb stumm und eilte mit schmerzlichem Gesichtsausdruck zu den Resten des zweiten Hirten. Der lag in einer großen Blutlache, entsetzlich zerstückelt im Gras. Wieder zog er dem Toten die Kapuze vom Gesicht. Betroffen schüttelte er den Kopf und eilte dann zum letzten Hirten. Auch hier wiederholte sich der Vorgang.

Nachdem Annas und Lucy das Holzgestell fertig gebaut hatten, kamen sie zu uns. Annas hatte Marc's seltsames Gebaren bemerkt und schaute ihn fragend an. Marc deutete auf die Toten und äußerte sich sichtlich erschüttert: „Das sind Kriegermönche aus dem Yībō-Orden."

Annas schlug entsetzt die Hände vor den Mund. „Das kann ich einfach nicht glauben!", rief sie. Dann sank sie aufgewühlt und mit bleichem Gesicht auf die Knie. Marc eilte zu ihr, richtete sie auf und legte tröstend die Arme um sie.

Lucy und ich standen etwas verloren dabei, setzten aber nach kurzem Zögern das makabre Geschäft fort. Wir sammelten alle Toten ein und legten sie auf den Scheiterhaufen. Lucy zeigte dabei auf die Akatsuki-Tätowierung, die sie auf dem Arm eines Hirten entdeckt hatte. Auch die Säbel des Tohopkas steckten wir zwischen die Holzscheite, damit sie durch die Glut unbrauchbar würden. Danach sammelte Lucy ihre Pfeile wieder ein.

Wir setzten uns anschließend auf einen Felsblock und Lucy säuberte ihre Geschosse. Währenddessen beobachtete ich stumm, wie Marc auf meine Tante einredete.

Erst als Annas sich einigermaßen beruhigt hatte, kamen die Beiden zu uns herüber. Wir zeigten ihnen die Tätowierungen. Annas wurde leichenblass und schüttelte wild verneinend den Kopf. Ihre Augen waren noch feucht und blickten mich an, als könne sie das alles nicht begreifen.

Nach einer kurzen Pause erklärte Marc, ebenfalls blass um die Nase: „Der Abt Taitaro de Minamoto vom Yībō-Orden ist integer. Der würde niemals mit den Akatsuki gemeinsame Sache machen. Wir kennen ihn persönlich. Annas verbrachte, nach ihrer schweren Verletzung, einige Jahre bei ihm im Kloster Enryākuji." Jetzt begriff ich die Betroffenheit der Beiden.

In der einsetzenden Stille schlug Lucy leise vor: „Wir sollten den Scheiterhaufen erst am Morgen, kurz vor unserem Aufbruch anzünden. Es wird gleich dunkel und in Gedenken an die

Geschehnisse, sollten wir uns zur Sicherheit in die Templeranlage zurückziehen. Denn der brennende Scheiterhaufen wäre weithin sichtbar, wer weiß, welcher Unhold sich dann davon anlocken lässt."

„Du hast Recht", antwortete ich. In Erinnerung an den Überfall der Akatsuki auf das Cherokee-Dorf fügte ich hinzu: „Außerdem kann ich diesen abscheulichen Geruch nicht schon wieder ertragen."

Schon beim Gedanken daran rebellierte mein Magen und ich musste gegen die aufkommende Übelkeit ankämpfen. Marc gab sich einen Ruck, nickte zustimmend und wir gingen zusammen schweigend zur Templeranlage zurück.

Nachdem wir unsere Pferde versorgt hatten, verbarrikadierten wir den Eingang mit einem Findling und mit mehreren Zweigen der Dornenbüsche. Lucy entfachte ein kleines Lagerfeuer. Wir setzten wir uns so um das Feuer herum, dass wir mit unseren Körpern den Schein etwas abschirmten. Schweigend versuchten wir uns an der kleinen Flamme zu wärmen. Erst einmal mussten wir das Erlebte verdauen. Tröstend hielt Marc Annas Hand, die in Gedanken versunken an seiner Seite saß. Wir schauten nur still in die Flammen.

Nach einiger Zeit begann Marc über die Kriegermönche zu erzählen: „Mönche, die dem Nichiren-Buddhismus Nahe standen, gründeten um 1180 das mächtige buddhistische Kloster Enryākuji. Ihr Oberhaupt war der Mönch Minamoto Yohisuke. In den Klostermauern entwickelten die ersten Yībō-Kriegermönche ihre eigene Kampfkunst und nannten sie den Yohisuke-ryû-Stil."

Marc überlegte mit gerunzelter Stirn und erklärte: „Dein Vater brachte eine Gruppe dieser Mönche auf die Ebene. Sie erbauten hier ein Kloster auf dem 848 Meter hohen Berg Hiei zan. In Gedenken an ihre alte Heimat, nannten sie das neue Kloster ebenfalls Enryākuji. Von dort oben hat man einen herrlichen Blick auf den Biwa-See, in den zwei Flüsse münden, der Ōigawa und der Kamogawa."

Annas hatte sich wieder gefangen und unterbrach Marc. „Abt Taitaro de Minamoto ist der ehrwürdige Anführer des Yībō-Ordens. Seine Lehre hat das klare Ziel, mit allen Dingen in Einklang zu stehen, um dadurch ein vollkommen natürliches Geschöpf zu werden." Bei der Erinnerung an diese Zeit leuchtete ihr Gesicht von innen heraus: „Ich habe bei ihm dort eine schöne Zeit verbracht."

Mir gingen Marcs Erzählung über ihren früheren Lebenswandel durch den Kopf und dachte bei mir: „Das hat wohl ihre endgültige Verwandlung vom Biest zur liebreizenden Person bewirkt."

Doch dann verfinsterte sich Annas Miene wieder und sie sagte erregt zu Marc: „Da ist bestimmt was Schlimmes passiert, ich muss schnellstens zum Kloster!"

Marc versuchte sie zu beschwichtigen: „Ich weiß, dass du dir Sorgen machst, aber für uns und für Niihama ist es lebenswichtig, dass wir zuerst zum Refugium deines Bruders gelangen. Denke bitte an die Wetterprobleme und an das unerklärliche vorzeitige Altern. Sobald wir die Probleme in der Heimstätte deines Bruders gelöst haben, brechen wir zum Kloster auf."

Langsam beruhigte sich Annas wieder und antwortete widerstrebend: „Du hast ja Recht, aber es schmerzt mich, dass ich nicht weiß, was im Kloster passiert ist." Dabei zeichnete sich ihr innerer Konflikt in ihrem Gesicht deutlich ab.

„Außerdem pflegen ja mein Onkel und meine Tante eine intensive Verbindung zum Kloster. Und wenn wir am Suwa-See eintreffen, erfahren wir von ihnen bestimmt etwas", tröstete Marc sie liebevoll.

Auch ich leistete meinen Beitrag, um meine Tante wieder ins seelische Gleichgewicht zu bringen. Ich berührte sie mitfühlend mit der Hand an der Schulter und versprach ihr: „Selbstverständlich werde ich euch begleiten, sobald das mit meinem Vater geklärt ist." Beide sahen mich dankbar an und als auch noch Lucy ihre Bereitschaft äußerte, mitzukommen, lehnte sich Annas seufzend an Marcs Brust.

Mein Freundin Lucy blieb es überlassen, den Abend zu beenden. Sie stand auf, ging zum Gepäck und kam mit einer silbernen Feldflasche zurück. „Lasst uns auf das überstandene Abenteuer trinken. Und danach gehe ich schlafen. Ich bin kaputt und hundemüde."

Nach einem Schluck Wein für jeden, zogen wir uns auf unsere Schlafstellen zurück. Marc und Annas lagen eng umschlungen zusammen und spendeten sich so gegenseitig Wärme und Trost. Wenige Minuten später waren sie eingeschlafen. Von Lucy, mit ihrem pragmatischen Gemüt, vernahm ich schon die ersten leisen Schnarchtöne.

Auch ich versuchte einzuschlafen, wollte aber über diesen Tag nicht noch lange nachgrübeln. Unruhig wälzte ich mich eine Zeit lang auf meinem Schlafplatz hin und her. Als ich aber nicht zur Ruhe kam, stand ich wieder auf. Leise murmelte ich in die Richtung meiner schlafenden Gefährten: „Na gut! Dann übernehme ich halt die Wache."

Ich löschte die restliche Glut unseres Lagerfeuers und sah noch nach den Pferden. Sie drängten sich an mich und ich verteilte noch ein paar Streicheleinheiten an sie. Anschließend machte ich eine Runde durch die Templeranlage. Dann ging ich zu meiner Schlafstelle zurück. Dort setzte ich mich, lehnte mich mit dem Rücken an eine Steinsäule und schaute in den finsteren Himmel. Nur der Mond erleuchtete die Schwärze der Nacht ein wenig. Ich zog mir die Decke hoch bis ans Kinn und vor meinem inneren Auge zogen die Bilder vom herrlichen Sternenhimmel in Garmisch vorbei. Das war etwas, was ich sehr vermisste, mehr noch als die fremden Sternbilder an den Orten, die ich auch schon bereist hatte.

Zwangsläufig schoss mir eine Flut von Gedanken durch den Kopf, die ich nicht aufhalten konnte: mein Zuhause, mein freies Arbeiten, meine Musik. Wie ich das alles jetzt schon vermisste! Konnte ich hier auf Niihama, bei Albrecht, als Burgdame wirklich glücklich werden? Was war mit meinem Vater, trug ich tatsächlich ‚göttliche Gene' in mir? Bei diesem Gedanken musste ich laut lachen.

Erschrocken drehte ich mich um. Hatte ich etwa die Schlafenden geweckt? Aber alles blieb still. Es waren nur einige wenige Geräusche zu hören, nur das Knacken, Zirpen und Gurren der nachtaktiven Tierwelt, dazwischen das Schnauben unserer Pferde. Dazu wehte ein lauer Wind aus dem Osten, der zwischen den Steinen leise säuselte. Bei dieser beruhigenden Geräuschkulisse schlief ich schließlich ein.

Ich träumte von riesigen rotglühenden Augen, die mich auf einem schmalen, dunklen Weg in eine Schlucht hinab verfolgten. Panisch rannte ich davon, stolperte plötzlich und schlitterte auf allen Vieren grabbelnd auf den Abgrund zu. Dort stand Albinus, der mich mit wildem Blick und gefletschten Zähnen aufhielt. Heftig packte er mich am Arm und schüttelte mich. Plötzlich zerbarst sein Kopf und sein Blut spritzte mir ins Gesicht.

„Los aufstehen! Du Schlafmütze!“

Ich riss meine Augen auf und schaute wild um mich. Dann wurde mir bewusst, dass ich das alles nur geträumt hatte. Wie schon des Öfteren, hatte mich Lucy mit ihrer ‚lieben‘ Art geweckt. Sie rüttelte fest an meiner Schulter und rettete mich dadurch aus einem Alptraum mit dem Gespenst Albinus. Erleichtert streckte ich laut gähnend meine Glieder und rieb mir den Schlaf aus den Augen. In diesem Moment fiel mir siedend heiß auf, dass ich ja während meiner Wache eingeschlafen war. Ich schaute mich um; puh noch mal Glück gehabt, offensichtlich war nichts passiert.

Um meine Schuld zu überspielen, maulte ich Lucy an: „Sei das nächste Mal gefälligst etwas freundlicher. Und wo bitte ist mein Kaffee? Ohne meinen Kaffee stehe ich nicht auf.“

Grinsend machte sie einen Knicks und reichte mir einen Becher des dampfenden, herrlich duftenden Getränks. „Hier bitte, mein holdes Prinzesschen“, flachste sie und setzte sich neben mich. Wieder ernst geworden, fragte sie mich nach meinem Befinden; dabei ruhte ihr Blick prüfend auf meinem Gesicht. Ich schlürfte mit Genuss das heiße Gebräu, das meine Lebensgeister wieder aufweckte.

Danach antwortete ich ihr: „Jetzt geht es mir wieder gut. Du hast mich vor einem Sturz in einen dunklen, tiefen Abgrund gerettet. Herzlichen Dank dafür!“

Sie schaute mich mit hochgezogenen Augenbrauen an, so als wolle sie fragen, bist du noch ganz richtig im Kopf? Also erzählte ich ihr schnell von meinem Traum und versicherte, dass alles mit mir in Ordnung sei. Von Albinus sagte ich ihr nichts, denn mit meinen Toten musste ich schon selber klar kommen. Ich trank den Kaffee aus und reckte ihr meine Hände entgegen. Sie half mir beim Aufstehen.

„Kann ich ihrer gnädigen Durchlaucht untertänigst sonst noch etwas tun?“, frotzelte sie.

„Nein danke, meine Liebste.“ Dieser Flachs mit meiner, mittlerweile besten Freundin half mir, meine vom Nachtmahr getrübten Gedanken zu verscheuchen. Lucy schien stets zu wissen, wann ich eine Aufmunterung nötig hatte.

Arm in Arm, gingen wir zu Annas und Marc hinüber, die mit dem Frühstück schon begonnen hatten. Die Beiden sahen richtig ausgeruht aus. Und wie mir schien, schmeckte ihnen auch das Frühstück. Wir setzten uns dazu und verputzten mit Heißhunger den Speck, das Brot und etwas Käse. Dazu noch einen Becher Kaffee und die Welt war fürs Erste wieder in Ordnung. Während des Frühstücks raunte mir Marc mit einem Grinsen ins Ohr, dass er die zweite Wache übernommen habe. Ich fühlte, dass meine Wangen sich rot färbten und glühten. Mit einem angedeuteten Kuss dankte ich ihm.

Als wir fertig gespeist hatten, holte Marc die Landkarte aus dem Gepäck und breitete sie vor uns aus. „Wir befinden uns jetzt hier in der Templeranlage. Von hier aus stoßen wir, nach etwa vier bis fünf Stunden, an jenem Punkt auf die Karawanenstraße zum Suwa-See. Das wäre der einfachste und schnellste Weg. Aber nach den letzten Informationen, die ich von Albrecht erhalten habe, hat Grothusen mit seinen Landsknechten hier am Camster-See sein Lager aufgeschlagen.“ Er zeigte auf einen eingezeichneten kleinen See, der ungefähr auf der Hälfte des Weges zum Suwa-See lag.

„Wie schon erwähnt, möchte ich ein Zusammentreffen mit ihm vermeiden. Deshalb schlage ich vor, dass wir einen kleinen Umweg machen. Und zwar hier über den Great Glen Gebirgszug. Dann folgen wir diesem Weg und an der Furt beim Dorf Lybster, mit seiner kleinen Brennerei, überqueren wir den Fluss Fesswick." Er zögerte kurz, schaute uns der Reihe nach mit seinen dunklen Augen an. „Wir verlieren dadurch zwar einen Tag, aber wenn wir deswegen eine Begegnung mit Grothusen und seinen Leuten vermeiden können, ist das trotzdem besser für uns."

Wir beugten uns über die Karte. Marc fuhr mit dem Finger einen Weg entlang, tippte dann auf einen eingezeichneten Hügel, der *Sgian Dubh* hieß. So wie der Schwarze Dolch, der zu einem Clan-Schotten gehört wie sein Kilt.

„Und hier stoßen wir wieder auf den Karawanenweg, dann ist es nicht mehr weit bis zum Suwa-See." Er räusperte sich. „Wir durchqueren das Gebiet der drei Clans, die im Quellgebiet des Fesswick liegen." Er schaute uns abwartend an und als sich niemand äußerte, fühlte sich Lucy aufgefordert, für den Rest der Gemeinschaft zu antworten.

Mit einer zackigen Bewegung führte sie militärisch grüßend die rechte Hand an die Schläfe und schnarrte: „Jawohl Chef! Wir folgen Ihnen, egal wohin Sie uns führen."

Beifall heischend schaute sie zu Annas und mir. Als wir keine Einwände vorbrachten, faltete Marc die Karte zusammen und rief erfreut: „Super! Auf diese Weise kann ich noch einen guten Freund besuchen und ihn über die Akatsuki informieren."

Beim Verstauen unserer Sachen erläuterte er aufgekratzt: „Wir kommen durch einen der schönsten Landstriche von Niihama. Das wird euch, trotz der anstrengenden Reiterei, sicher gefallen." Nachdem wir unseren Lagerplatz gesäubert hatten, zündeten wir das Hochgrab an. Wir verließen das kleine Tal mit der Templeranlage; jetzt lag es wieder friedlich und still im Sonnenlicht.

Wir verließen die karge Hügellandschaft auf einem Weg, der stetig bergauf führte. Nach einigen Stunden passierten wir herrlich grüne Tannenwälder und anschließend Eichenwälder, die dann mit ihren ausladenden Kronen das Bild beherrschten. Danach vereinten sie sich mit Kiefernwäldern und mächtigen Ebereschen zu einem Mischwald, der in allen erdenklichen Grüntönen schwelgte. Manchmal wurde der steinige Weg zwischen den Bäumen so eng, dass wir uns hintereinander einreihen mussten. Aber die meiste Zeit konnten wir zu zweit bequem nebeneinander reiten.

Nach dem Wald folgten weite Wiesen mit unterschiedlichen Gräsern, die sich in den rauen und feuchten Winden wiegten. Marc und Annas ritten an der Spitze. Beide unterhielten sich angeregt, während Lucy und ich ständig die kleinen Naturwunder bestaunten. Der Einfallsreichtum der Natur entzückte uns immer wieder aufs Neue.

Bei dem Staunen über all die verschwenderische Pracht in unserer Umgebung, vergaßen wir nicht, dass die Harpyien, vor allem ihre Königin Antiope, geschworen hatten uns umzubringen. Marc mahnte uns zur Aufmerksamkeit, vor allem, weil dieses Gebiet zum Einzugsbereich der großen Vögel gehörte. Unsere Blicke schweiften ständig über den Himmel, auf der Suche nach verräterischen Silhouetten.

Trotzdem beobachteten wir vom Pferderücken aus, so ganz nebenher, auch mehrere große Rotwildherden mit kapitalen Böcken. Ab und zu scheuchten wir bei unserem Ritt einen Baummarder auf, der aber eilig verschwand sobald er uns entdeckte. Einmal, als ein Wildkatzenpärchen unseren Weg kreuzte, mussten wir unsere Reittiere anhalten. Die Katzen erreichten die Schulterhöhe eines Schäferhundes und sahen mit ihrem grau-schwarz gestreiften Tigerfell ziemlich gefährlich aus. Wir hielten respektvoll Abstand. Lucy flüsterte mir zu: „Hier ist aber wirklich alles etwas größer. Ich hoffe, dass wenigstens die Insekten nicht größer sind, als die bei uns Zuhause."

Sie schüttelte sich theatralisch. Als die Katzen uns bemerkten, stellten sich bei ihnen die Nackenhaare hoch. Sie fauchten uns kurz an und spazierten dann aber in aller Ruhe weiter. Mit einem letzten Blick auf uns Störenfriede, verschwanden sie im Dickicht der ersten Heidesträucher und Riesenfarne, die ab jetzt unseren Weg säumten.

Wir erreichten die Hochebene. Der reichhaltige Baumbestand der tieferen Gebiete erschöpfte sich nun in einzelnen Eichen und Kiefern. Dazwischen standen vereinzelte Disteln, die Nationalpflanzen der Schotten; die Köpfe leuchteten in silbrig-weißen Tönen.

„Hier müssen wir besonders aufpassen, da wir jetzt über offenes Gelände reiten. Antiope wird zwar noch mit ihrer Verletzung beschäftigt sein, aber ihre Späher sind bestimmt schon überall unterwegs." Marc musterte besorgt den Himmel; dichte graue Wolken waren im Anmarsch auf die Hochebene. So gesellte sich zur Sorge eines Harpyienangriffs auch noch die wegen des heraufziehenden Unwetters. „Wir kommen gleich zu einer festen Schutzhütte mit einem Unterstand für Pferde. Sie dient den Viehhirten, wenn sie nach ihren Rinderherden sehen, als Unterschlupf vor den zahlreichen Stürmen und Regenschauern auf der Hochebene."

Als wenn das Wetter nur darauf gewartet hätte, dass Marc die Schutzhütte erwähnte, begann es zu regnen und der Wind blies uns ziemlich frostig ins Gesicht.

In einiger Entfernung grasten einige der hier heimischen Hochlandrinder. Selbst aus dieser Entfernung sahen sie ziemlich groß aus und ihre gewaltigen Hörner flößten jedem Respekt ein. Diese sehr genügsame Rinderrasse graste ganzjährig auf diesen weitläufigen, aber kargen Wiesen ihrer Heimat. Ihr Fell, mit dem langen Oberhaar und dem dichten Unterhaar, schützte sie perfekt vor extremen Witterungsverhältnissen. Nur natürliche Feinde hatten sie nicht, selbst Säbelzahntiger und die großen gelben Wölfe legten sich nicht gerne mit den gewaltigen Tieren an.

Von ferne sahen wir die Hütte in einer Senke stehen und wollten schon erleichtert unsere Pferde zur schnelleren Gangart bewegen, als Lucy zischte: „Harpyie!" Sie drängte ihr Pferd unter eine Eiche, die wir gerade eben passierten. Schnell folgten wir ihrem Beispiel und stiegen ab. Zwei angrenzende Büsche schützten uns vor spähenden Blicken aus luftiger Höhe. Marc führte mit seinem und Annas Mustangs eine zirkusreife Nummer vor. Er brachte beide Pferde dazu, sich im hohen Gras auf die Seite zu legen. So waren wir besser vor einer Entdeckung geschützt.

Mit leisen Stimmen beruhigen wir unsere Mustangs und beobachteten dabei den Menschenadler. In dichten Kreisen zog die Harpyie über die Hütte hinweg. Nach einigen Minuten verschwand sie, zu unserem Glück, wieder in die entgegengesetzte Richtung. Erleichtert machten wir uns auf zur Hütte.

Zuerst versorgten wir unsere Mustangs. Dabei befragte ich Marc zu seinem Zirkustrick. Er schmunzelte: „Diesen Trick brachten mir meine Choctaw-Brüder auf den vielen gemeinsamen Ritten bei. Und du kannst mir glauben, er hat uns schon mehrmals das Leben gerettet."

Wir richteten uns in der engen, aber durchaus gemütlichen Hütte ein. Annas entfachte in einem kleinen Steinofen ein Feuer, an dem wir uns aufwärmen konnten; Lucy bereitete das Abendessen vor. Wir hatten uns den ganzen Tag an der frischen Luft bewegt, das macht schon einen gewaltigen Appetit. Nach dem Essen kreiste in unserer Runde die letzte Feldflasche mit Rotwein. Wir mussten erkennen, dass die heutige Reiterei uns ziemlich angestrengt hatte.

Das Feuer im offenen Herd knisterte und verbreitete eine wohlige Wärme; Marc nahm einen Holzschemel und setzte sich bequem davor. Annas massierte ihm die Schulter. Genießerisch schloss er die Augen und fragte uns: „Na, habe ich euch zuviel versprochen, ist es hier nicht herrlich? Regelmäßig, immer wenn wir Zeit haben, durchstreifen Annas und ich diese Gegend."

Lucy, die es sich entspannt in der Ecke gemütlich gemacht hatte, gab ein zustimmendes Grunzen von sich.

Mit leuchtenden Augen schaute ich meine Gefährten an: „Ich würde euch gerne von meinem Trip erzählen, den ich alleine in Schottland unternommen habe. Hier erinnert mich alles daran."

Angeregt von meinen Erinnerungen, stand ich auf und schritt vor ihnen hin und her. Selbst von Lucy kamen keine Einwände, also begann ich zu schwärmen: „Obwohl ich durch meine Heimat sehr verwöhnt und schon immer sehr naturverbunden bin, habe ich mich während meines Schottlandurlaubes von Anfang an in dieses Land verliebt. Man muss es wirklich selber erleben. Es ist einfach fantastisch, wenn man in den Highlands vor den spektakulären Bergpanoramen steht, in die tiefen Schluchten hinunter blickt und dann auf dem Talboden diese blauen und unergründlichen Seen entdeckt."

Mit meinen geistigen Augen sah ich mich wieder auf einer Bergspitze stehen und spürte regelrecht, wie der kalte raue Wind meine Wangen küsste.

„Hallo! Hallo! Erde an Reneé, Erde an Reneé!" Lucy warf mir eine ihrer Socken, die sie ausgezogen und neben sich deponiert hatte, an den Kopf. Mühsam fand ich wieder in die Wirklichkeit zurück. Alle Drei blickten mich seltsam an und Marc sagte: „Du warst ja richtig weggetreten."

„Das war jetzt richtig unheimlich", erwiderte ich. „Es war, als wenn ich wieder in den Highlands auf dem Great Glenn gestanden hätte. Ich spürte sogar den kalten Wind auf meiner Haut." Kopfschüttelnd setzte ich mich wieder hin.

Annas sagte mit ernstem Gesicht, wobei ihre dunkelgrünen Augen hintergründig funkelten: „Man muss hier schon aufpassen. Diese Gegend ist verzaubert und manche sahen hier schon Feen und Geister in den Büschen sitzen. Sie wechseln von der übernatürlichen in die natürliche Welt, hier gibt es für sie keine Grenzen. In dieser Region leben sie dort und hier gleichzeitig. Sie nehmen sichtbar oder unsichtbar am Leben der Menschen teil."

Für einen Augenblick herrschte Stille, dann zog Lucy in ihrer typischen Art eine Augenbraue hoch und bestätigte Annas Worte sarkastisch: „Ja klar, so ist das! Und der Druide Merlin läuft hier noch immer mit dem Schwert Excalibur durch die Gegend und sucht seinen König Arthur."

Wir lachten lauthals. Als wir uns wieder beruhigt hatten, sagte Lucy zu Annas: „In vielen Büchern über die Schotten und Iren las ich, dass die sich von Anfang an mit Feen beschäftigt haben. Also ich würde mich nicht wundern, wenn dein Bruder nicht auch ein paar Feen auf die Ebene gebracht hätte.“ Ich schaute Annas interessiert ins Gesicht und wartete darauf, dass sie dies kommentierte. Aber sie blickte uns nur schweigend an, mit einem spöttischen Ausdruck in den Augen.

Deshalb winkte ich ab und nahm den Faden meiner Erzählung wieder auf: „Wie dem auch sei, ich bin damals von Inverness aus in die Highlands gestartet. Zuerst in die nördliche Gegend, Richtung Loch Ness. Dort hatte ich, oben auf dem Ben Nevis, eine spektakuläre Aussicht auf das Bergpanorama links und rechts um die drei schönsten Lochs. Das waren Loch Ness, Loch Oich und Loch Lochy im Great Glenn Talboden. Das ist der Grabenbruch, der die Highlands diagonal durchschneidet. Außerdem habe ich es genossen, damals im Herbst, dass mir nicht mehr dauernd so viele Touristen über die Füße liefen.“

Ich machte eine Pause um einen Schluck Wasser zu trinken. Lucy, Annas und selbst Marc hörten mir interessiert zu. „Dann wanderte ich am Loch Ness weiter bis zum Fort Augusta und kehrte auf kleinen Wegen über einsame Heidelandschaften und Hochmoorebenen nach Inverness zurück. Ich bin dabei durch einen Teil des Speyside-Gebiets gekommen, wo die größte Ansammlung von Whisky-Distillerys zu Hause ist. Selbstverständlich habe ich auch die Destillen in einigen dieser schönen Orte besucht und da das ‚Wasser des Lebens‘ probiert.“

Fast meinte ich noch, das volle, nussige Sherry-Aroma des Glendronach, meine Hausmarke, auf meinen Gaumen spüren. Sehnsüchtig leckte ich mir die Lippen. „Zum Abschluss muss ich sagen, es war einer der schönsten Trails, die ich jemals gemacht habe.“

Aufmerksam hatten die Drei meiner Erzählung gelauscht und Marc entgegnete mir dann: „Annas und ich verstehen deine Begeisterung, weil diese Gegend hier wirklich mit Schottland zu vergleichen ist. Einer meiner besten Freunde hier auf Niihama, der übrigens ebenfalls ein Vertrauter deines Vaters ist, heißt Alexander Hisholm Strath III. Er ist der Landlord aller hier lebenden

Schottischen Clans und ein Enkel des berühmten Alexander Hisholm Strath I."

Er lächelte mich an. „Dein Vater war irgendwie in den Streit des Schottischen Königs James IV mit dem Engländer Heinrich VIII involviert. Alexander hat ihm aus der Patsche geholfen. Prompt bekam er selber deswegen ziemlichen Ärger mit den Steuereintreibern der englischen Krone. Dein Vater wollte ihn überzeugen, dass es besser wäre, zu ihm nach Niihama zu fliehen. Vor allem, weil abzusehen war, dass es nun Krieg geben würde. Aber bevor es dazu kam, wurde Alexander und auch viele andere Clanführer verhaftet, oder bei ihrer Verhaftung getötet."

Marc überlegte einen Moment, und führte dann weiter aus: „Zwei Wochen nach der Schlacht bei Flodden, im September 1513, als die Schotten von den englischen Truppen empfindlich geschlagen wurden und James IV dabei den Tod fand, brachte Svanson die Mitglieder der Clans der Praters, die der Hentsiees, die der Mantreés und die der Mackenzies auf die Ebene. Hauptsächlich waren das Frauen und Kinder, die ihre Väter und Brüder verloren hatten. Seit dieser Zeit leben diese Clans hier. Sie haben das Gebiet New Schottland getauft und richten sich noch heute nach ihren alten Gesetzen und Regeln."

Nach kurzer Atempause wandte er sich direkt an mich: „Und was für dich, liebe Reneé, besonders wichtig ist ..." er wartete einen Moment, grinste wie ein Lausbub und sagte dann: „... Sie brennen hier einen ausgezeichneten Highland Single Malt Whisky!"

Begeistert klatschte ich in die Hände, faltete die Hände wie zum Gebet und forderte die Freunde auf: „Lasset uns zuerst ein Dankgebet sprechen! Dann lasset uns sofort Aufbrechen um ein kleines Fässchen davon zu ergattern."

Marc brachte mich lachend wieder auf den Boden der Tatsachen zurück und sagte: „Morgen früh besuche ich meinen Freund, vielleicht kann ich dann ein Fässchen mitbringen. Außerdem ist es jetzt Zeit zum Schlafen. Der Ritt morgen wird wieder anstrengend werden, besonders wenn es bei diesen Wetterbedingungen bleibt."

Er deutete nach draußen, wo heftiger Regen gegen die Wände prasselte und ein stürmischer Wind heulend um die Hütte strich.

Wir breiteten die Felle auf dem Fußboden aus und kuschelten uns in unsere Decken. Ich wollte gerade allen eine Gute Nacht wünschen, als Lucy sich aufsetzte: „Mir geht schon die ganze Zeit etwas durch den Kopf. Marc, du hast doch erzählt, dass die Templeranlage von dem Großmeister Jakob Molay gebaut wurde." Marc, in seine Decke eingekuschelt, bejahte und Lucy fabulierte weiter: „In einem Buch habe ich etwas über die Templer gelesen."

Ich unterbrach sie und sagte, nur um sie ein wenig zu necken: „Hört, hört! Sie kann lesen und las sogar ein ganzes Buch!"

Sie zeigte mir den Finger und meinte: „Ha, ha, ha! Du Witzbold. Also in dem Buch stand, dass einige Historiker die These vertreten, dass die Templer, und zwar der Großmeister Jakob Molay höchstpersönlich, so um 1306 sich an der Auseinandersetzung der Schotten mit der Englischen Krone beteiligt hätten. Historisch konnten sie das aber nicht belegen, aber es kursieren regelmäßig neue Gerüchte und Bücher zu diesem Thema. Diese Vermutung würde sich hier aber durch die Nachbarschaft zu den Schotten bestätigen. Na, was meint du dazu?"

Nach kurzer Pause erwiderte Marc: „Das kann schon sein. Aber das werden wir heute nicht mehr klären können. Wir werden Reneés Vater fragen, wenn wir ihn treffen. Und jetzt gebt endlich Ruhe, alle schließen die Augen und schlafen!"

„Ja Papa", murmelte Lucy und es dauerte wirklich nicht lange und sie war fest eingeschlafen.

Ich war froh, dass bei diesen Geschichten und Erzählungen sich meine Anspannung und Ungeduld etwas abbaute. Es würde uns bestimmt nicht weiterhelfen, wenn wir wie verrückt durch die Gegend preschten und dadurch vielleicht in irgendeinen Hinterhalt gerieten. Außerdem dachte ich, dass es nicht auf einen Tag mehr oder weniger ankäme, auch wenn wir es eilig hatten. Marc hatte mir ja mehrmals zu verstehen gegeben, dass einer der Späher uns sofort Bescheid geben würde, sobald mein Vater in seinem

Refugium weilte. Mit diesen Gedanken und vom leisen Schnarchen meiner lieben Gefährten schlief ich ein.

Geweckt wurde ich durch das Knarren der Hüttentür. Ich wurstelte mich aus meiner Decke und sah, wie Marc und Annas im Türrahmen standen. Gekleidet wie ein Clanmitglied, war er gerade im Begriff die Hütte zu verlassen.

Er trug den obligatorischen Kilt, ein weißes Rüschenhemd, darüber eine schwarze Jacke und den Umhang der Schotten, einen karierten Plaid. An der linken Gürtelseite steckte der Dolch, rechts baumelte ein Säbel und vor seinem Bauch hing eine Felltasche, die so genannte Sporran. Der Umhang wurde vor der Brust von einer großen Brosche zusammengehalten.

Die Flashes, also Bänder, hielten seine bunten Socken in der vorgesehenen Position. Innerhalb der Hütte hielt er seine Kopfbedeckung in der linken Hand.

Ich gähnte laut. Als sie zu mir herüberblickten, fragte ich noch müde: „Wo wollt ihr denn hin? Und woher hast du diese Verkleidung?“

„Das alles ist nur eine Sache der überlegten Vorbereitung. Diese Hütte ist für mich stets eine wichtige Zwischenstation auf dem Weg zur Heimstätte. Und deshalb habe ich hier für mich die richtige Kleidung zum Ausgehen deponiert.“

Langsam wurde ich munter. Die Karos seines Plaids und des Kilts waren in den Farben Braun, Grün und Violett. Auf meine Frage hin erklärte mir Marc, dass dies die Farben des Chisholm-Clans wären. Er küsste Annas und schmunzelnd sagte er: „In etwa drei Stunden bin ich wieder zurück, dann können wir sofort aufbrechen.“ Er drehte sich um und verließ mit eiligen Schritten die Hütte. Kurz darauf hörten wir Hufgetrappel und dann war es wieder ruhig.

Mittlerweile war Lucy ebenfalls aufgewacht. Nach der Morgentoilette, draußen am Brunnen, bereiteten wir Beiden uns gemeinsam ein Frühstück zu. Annas hatte bereits mit Marc gefrühstückt; deshalb schaute sie uns nur dabei zu. Frisch gestärkt und einen heißen Becher Kaffee in der Hand, fragte ich sie, warum wir Marc nicht zum Landlord begleitet durften.

„Die Clans sind Fremden gegenüber sehr misstrauisch und bleiben lieber unter sich. Dazu kommt, dass sie immer noch mit dem, für mich irrationales Trauma zu kämpfen haben, nach der Schlacht bei Flodden ihre Landsleute im Stich gelassen zu haben. Das kratzt selbst noch nach Jahrhunderten an ihrem Selbstbewusstsein und an ihrem Stolz."

Die Regenwolken waren inzwischen von einem tiefblauen Himmel abgelöst worden. Wir setzten uns auf eine Bank vor der Hütte und genossen die wärmenden Sonnenstrahlen. Am Himmel über uns herrschte ein reges Treiben von vielen verschiedenen Vogelarten.

Der vielstimmige Gesang der bunten Singvögel konkurrierte mit dem Zirpen und Summen der Insekten, das alles vor der Geräuschkulisse einer weidenden Rinderherde. Zwei Goldregenpfeifer trauten sich fast bis zu unserer Bank; sie zeigten vor uns keine Scheu. Erst als wir ihnen nichts zu futtern anboten, flogen sie schimpfend davon. Wir beobachteten die eleganten Flugmanöver eines Falken, der über uns seine Kreise zog und auf Beute lauerte. Auf einer Esche, ganz in der Nähe, hatte sich eine Sumpfohreule niedergelassen und beäugte uns und die Umgebung. So verging die Zeit wie im Fluge.

Als Marc sein Pferd vor uns zügelte, kam uns unsere Warterei überhaupt nicht lang vor, obwohl er Stunden unterwegs gewesen war. „Wenn ihr fertig seid, können wir das schöne Wetter noch nutzen und sofort aufbrechen." Mit diesen Worten sprang er vom Pferd und umarmte uns alle gutgelaunt.

„Wir brechen nirgendwohin auf! Nicht bevor du uns dein Mitbringsel zeigst!", sagte ich fordernd. Mit strengem Blick zeigte ich auf den Sack, den er hinter sich aufs Pferd gepackt hatte.

Lachend zeigte er uns ein kleines Holzfässchen: „Mit der besten Empfehlung vom Landlord persönlich. Und er hat uns alle zu seinem Herbstfest am *Lochan an Doite-Uaine* eingeladen. Dort am ‚See im grünen Hain' findet jedes Jahr das Herbstfest statt. Es ist für Fremde eine besondere Ehre, wenn sie dazu eingeladen werden."

„Das ist aber sehr nett vom Clanchef", antwortete ich und streichelte liebevoll über das Holzfässchen.

Lucy zerrte mich weg und schimpfte: „Kannst du dich denn nicht beherrschen? Du bekommst ja dein Betthupferl, aber erst heute Abend!"

Schmollend ließ ich mich von ihr zu den Pferden führen, wo Annas uns kopfschüttelnd zusah.

„Wie die Kinder", kommentierte sie und schlug theatralisch die Augen gegen Himmel. Marc hatte die Flucht angetreten und ging in die Hütte, um sich umzuziehen. Wir beluden unser Packpferd. Mittlerweile war Marc fertig und kam wieder aus der Hütte heraus: „Fertig mit euren Albereien? Dann können wir ja endlich aufbrechen."

Wir stiegen auf unsere Pferde. Schon bald lag die Hütte hinter uns. Die ersten Kilometer ritten wir bergauf, parallel zu einem Gebirgsbach, der durch den gestrigen Regen mächtig angeschwollen war. Das bräunliche Moorwasser rauschte mit lautem Getöse zu Tal. Durch die vielen Felsbrocken im Bachbett entstanden kleine Katarakte und größere Wasserfälle; manche von ihnen erzeugten schöne Wasserspiele und Kaskaden.

„Alle diese kleinen Gebirgsbäche auf dem Great Glen gehörten zum Quellgebiet des Fesswick und speisen den Suwa-See", erklärte Annas.

Der Serpentinenweg wand sich in vielen Windungen aufwärts. Wir mussten jetzt sehr vorsichtig reiten, da der Untergrund für unsere Mustangs und das Packpferd ziemlich rutschig geworden war; loses Geröll erschwerte unser Fortkommen noch zusätzlich. Nach einem ziemlich anstrengenden Ritt erreichten wir das grasbedeckte Plateau des Great Glen. Unmittelbar vor uns begann die Weite des Hochmoors.

Wir gönnten unseren Mustangs eine kleine Pause und saßen ab. Dann ging es zu Fuß weiter; die Pferde zogen wir hinter uns her. Das Wandern auf dem feuchten Moos fühlte sich an, als ob wir über Watte stapften. Ein Meer von blauviolettem Heidekraut bedeckte das hügelige Hochmoor. Wir scheuchten ein paar Moorhühner und eine Gruppe Feldhasen auf. Damit versauten wir einem Fuchs sein morgendliches Festmahl. Er hatte sich listig bis hinter einen Heidebusch geschlichen und schaute uns nun mit seinen schwarzen Knopfaugen vorwurfsvoll an. Dann verschwand er mit kurzem, heißerem Bellen zwischen den hohen Heidegräsern. Ab und zu konnte man noch die weiße Spitze seiner roten Rute über die Grashalme tanzen sehen.

Nach gut einer Stunde erreichten wir das Ende des Hochmoors. Vor unseren staunenden Augen öffnete sich ein halbrunder Steinwall, in dessen Mitte ein etwa vier Meter hohes steinernes Keltisches Kreuz aufragte. Wir führten unsere Pferde durch das Steintor und blieben ergriffen stehen.

„Ich habe es euch ja versprochen, es ist einfach fantastisch", sprach Marc mit Stolz blitzenden Augen und wies mit beiden Armen auf diesen herrlichen Platz. Hinter dem riesigen Kreuz eröffnete sich ein herrliches Panorama; ein großartiger Ausblick über waldreiche Schluchten und spiegelglatte Bergseen. Dieses Bild war wie Balsam für Augen und Seele.

„Das ist ja unfassbar!", rief ich überwältigt. „Das ist, als wenn mein Vater das alles in Schottland abgebaut und hier wieder aufgebaut hätte." Beim Anblick dieser opulenten Naturschönheit hegte ich den Verdacht, dass er versucht hatte, hier noch einen Tick mehr anzubieten, als das, was schon auf der Erde vorhanden war.

Wir banden unsere Pferde an und setzten uns in die Wiese, ergötzten uns am Panorama und ließen die Seele baumeln. Selbst Lucy, die im Gegensatz zu uns ein hundertprozentiger Stadtmensch war, ließ sich von unserer Stimmung anstecken und schwieg ergriffen. Nach einer Weile stand Marc auf, ging zu seinem Pferd, brachte das Fässchen und für jeden einen Holzbecher mit. „Dieses Erlebnis muss man einfach genießen. Und was passt hier besser, als ein Schluck von diesem herrlichen Getränk?"

Wir stimmten ihm begeistert zu. Er goss jedem etwa zwei Fingerbreit der goldenen Flüssigkeit ein. Dann brachte er feierlich einen Toast aus: „Slainte! Auf uns und dass es uns allzeit gut gehen möge!"

Mir stieg der Duft süßer Wiesenblüten mit einem Hauch von Honig und etwas Buchenrauch in die Nase. Ich nahm genussvoll einen Schluck. Nach einer stillen Minute prostete ich den Gefährten zu: „Ein sehr guter und feiner Highland Malt. Ich glaube, mit einem Spritzer Quellwasser kämen die Gewürze noch mehr zur Geltung."

Ich strahlte die Drei an. Ihre Freundschaft, die fantastische Landschaft, der heutige Tag. In dieser einmaligen Situation quollen meine Gefühle schier über.

„Auf unsere Freundschaft!", rief ich im Überschwang meiner Freude. Ich prostete ihnen nochmals zu und mit einem Schluck leerte ich den Becher bis zur Neige.

Irgendwie waren wir dann alle sehr aufgekratzt; vielleicht lag es aber auch an diesem verzauberten Ort. Jedenfalls brachten einige der Feen, die uns unsichtbar umschwirrten, unsere Glückshormone zum Hüpfen. Und weil die Schotten zur großen Volksfamilie der Kelten gehörten, fanden wir es nur natürlich, sie gerade hier mit Hochrufen zu ehren. Marc erzählte uns, dass die Clans hier oben ihre wichtigen Feste abhielten und dass dies für sie ein heiliger Ort sei. Wir saßen noch lange Zeit unter dem Keltenkreuz zusammen und schwatzten auch sonst noch über alles Mögliche.

Nebenbei erläuterte Marc uns die Bedeutung des Keltischen Kreuzes. „Man nennt es auch das ‚Kreuz des Lebens'. Dazu gibt es zwei Erklärungen: Erstens symbolisiert es die Brücke zur anderen Welt; die Verbindung mit höheren Mächten und zu mehr Wissen. Das typische keltische Kreuz ist mit einem Kreis versehen. Die senkrechte Achse symbolisiert die geistige, die spirituelle Welt, dagegen steht die waagerechte Achse für unsere materielle, irdische Welt. Der Kreis verbindet die Beiden dann miteinander."

Nach einer kurzen Pause sprach er weiter: „In der zweiten Erklärung symbolisiert das Keltenkreuz die vier Himmelsrichtungen und auch die vier Elemente. Die Kreuzbalken bilden den Weltenbaum; sie stehen durch den Kreis miteinander in

Verbindung und erst durch das Kreissymbol wird etwas Ganzes, Vollkommenes daraus.“

Wir hätten wahrscheinlich noch lange hier oben gesessen und Geschichten erzählt, wurden aber von einem heiseren Krächzen in die raue Wirklichkeit zurückgeholt.

Auf dem Keltenkreuz hatte sich ein großer, tiefschwarzer Rabe niedergelassen. Mit klugen schwarzen Augen schaute er uns der Reihe nach an; der gelbe Schnabel zuckte dabei hin und her. Bis der Vogel schließlich Marc mit einer seltsam anmutenden, jungen Frauenstimme ansprach: „Ich bin Gritha. Sehr lange war ich auf der Suche nach Yagyu. Endlich habe ich ihn gefunden! Der Torwächter hat uns Deine Ankunft gemeldet. Wir sind sofort aufgebrochen um Dich zu finden.“

Danach krächzte das merkwürdige Wesen erregt mit heller Stimme: „Yagyu! Yagyu!“ und schüttelte wild das schwarze Federkleid. „Auf der Suche sind viele meiner Artgenossen durch die Attacken der Menschenadler gestorben. Nur Hugin, Munin und Frigga blieben noch übrig.“

Vorwurfsvoll blickten die schwarzen Knopfaugen uns an und der Schnabel zuckte wieder hin und her. „Yagyu! Yagyu! Sie bewachen den Hort, aber der Herr ist immer noch nicht zurückgekommen. Die Sklaven haben das Nest angegriffen. Wenn der Herr nicht zurückkommt, muss Yagyu das Nest beschützen, sonst sind wir alle verloren.“

Nach diesen Worten hob er vom Keltenkreuz ab und landete auf Marcs Schulter; die furchterregenden Krallen drückten sich tief in seine Schulter ein. Dann schaute der Rabe Annas an und krächzte in vorwurfsvollem Ton: „Du bist Annas, die Schwester unseres Herrn. Du warst schon sehr lange nicht mehr im Nest. Kennt Annas den Aufenthaltsort unseres Herren?“

Marc verzog keine Miene, obwohl sich die Krallen schmerzhaft durch seine Lederjacke in die Haut gruben. Er antwortete dem großen Vogel wie einem Menschen: „Auch Annas weiß nicht wo der Herr ist. Aber wir danken dir für die Informationen. Der Tod deiner Artgenossen macht uns sehr traurig. Richte deiner

Schwester und deinen Brüdern aus, dass wir das Nest so schnell wie möglich aufsuchen werden. Bitte fliege zurück zu ihnen, sei vorsichtig und lass dich nicht von den Riesenadlern und Sklaven erwischen."

Er liebkoste den Raben über dem mächtigen Schnabel. Der Vogel hüpfte von Marcs Schulter wieder zurück auf das Keltenkreuz, breitete seine Schwingen aus und krächzte wieder „Yagyu, Yagyu". Dann flog er mit raschem Flügelschlag davon.

Lucy und ich standen stumm dabei und guckten mit großen staunenden Augen der ungewöhnlichen Begegnung nach. Ich wusste nicht viel über Raben, hatte aber irgendwann einmal gelesen, dass sie nicht nur in der Lage sind zu sprechen, sondern dass sie auch sehr lernfähig sind. Sie haben eine hoch entwickelte Sozialstruktur und sind sehr wahrscheinlich die intelligentesten Tiere auf der Erde.

Kopfschüttelnd sagte Lucy: „Sprechende Raben? Ich sollte mich hier über gar nichts mehr wundern. Sprechende Raben, die sich dazu noch wie normale Frauen anhören! Das ist bizarr!" Zweifelnd schaute sie mich an und bemerkte: „Dein Vater scheint ja, außer allen anderen Marotten, auch einen sehr schrägeren Humor zu haben." Sie ging zu Marc und half ihm, unsere Mustangs aufzusatteln und das Packpferd wieder zu beladen. Dabei brummelte sie die ganze Zeit vor sich hin.

Ich war bei Annas geblieben und kleidete meine Frage in eine Feststellung: „Das also war einer der Boten und Wächter dieser Ebene."

Annas nickte. „Es sind sehr intelligente Tiere und sie sind meinem Bruder sehr ergeben. Es ist ein schwerer Verlust für uns, dass so viele der Raben umgekommen sind", antwortete sie traurig. Marc und Lucy brachten unsere Pferde. Er betrachtete mit gerunzelter Stirn den Himmel und sagte: „Wir sollten uns auf den Weg machen. Ich möchte den Harpyien keine Chance bieten, uns hier oben anzugreifen. Ich nehme an, dass sie die Raben beobachten. Ich würde mich nicht wundern, wenn sie bald auftauchen um nachzusehen, was der Rabe hier gewollt hat."

Ich wollte schon aufsitzen, als Marc mich zurückhielt: „Die ersten Kilometer müssen wir die Pferde führen. Der Weg ist sehr steil, ziemlich eng und zurzeit auch noch glitschig. Ich werde vorangehen und mit etwas Abstand folgt ihr mir. Wenn Einer ins Rutschen kommt, können die Anderen vielleicht noch rechtzeitig reagieren."

Vorsichtig begann er den Abstieg. Wir sahen, wie steil sich der Pfad in zahlreichen Kehren in die waldreiche Schlucht hinunter schlängelte, wobei der Weg stellenweise von Nebelbänken verschluckt wurde. Im Gänsemarsch folgten wir ihm und wie schon so oft, bildete ich das Schlusslicht. Während des Abstieges hielten wir ständig Ausschau nach Harpyien. Aber außer ein paar Singvögeln, die über unseren Köpfen ihre Kapriolen schlugen, konnten wir nichts entdecken. Der Himmel blieb leer. Nach einigen Kilometern verbreiterte sich der steinige Pfad zu einem Weg, der zwar mit Geröll übersäht war, aber jetzt konnten wir wieder aufsitzen und gefahrlos auf unseren Mustangs weiterreiten.

Wir durchquerten ein Gebiet, wo der Wald zwischen flechtenbewachsenen Nadelbäumen und erhabenen Eichenbäumen wechselte. Ich ritt an Lucy vorbei, die sich mit dem Packpferd abmühte und schloss zu meiner Tante auf.

„Mein Vater hat es wohl mit der Nordischen Mythologie. Wenn ich mich richtig erinnere, hießen nicht Odin's Raben ebenfalls Hugin und Munin?"

Annas schmunzelte. „Ja das stimmt. Er ist irgendwie besessen von den Göttergeschichten, seien es die Nordischen oder Griechischen und von all den anderen Sagen und Märchen der Menschen. Ich verstehe es nicht, aber trotzdem ist es so. Hugin als ‚Gedanke' und Munin als die ‚Erinnerung' waren tatsächlich Odins Begleiter. In der nordischen Sage war Frigga als Asen-Königin seine Gattin. Und Gritha, als eine der Riesenjungfrauen, war eine seiner zahlreichen Geliebten."

„Sind die Raben auch unsterblich? Und wie viele Kundschafter hat mein Vater erschaffen?"

„Ich kenne die Schwarzen Gesellen schon seit fast zweihundert Jahren. Diese Vier sind aber dennoch einmalig. Ich nehme an, dass dein Vater sie unsterblich gemacht hat. Die anderen sind, oder waren Raben, die sehr alt werden konnten."

Ich ließ mich wieder zurückfallen und ritt eine Weile neben Lucy her. Als die keine Lust auf ein Schwätzchen hatte, ließ ich mich ans Ende unserer Gruppe zurückfallen. Interessiert betrachtete ich die einzelnen, bunt leuchtenden Blumen, die den Weg säumten. Unter anderem bestimmte ich blau blühenden Himalajamohn und unterschiedliche Heidegewächse mit verschiedenen Beerensorten.

Dann folgte ein fließender Übergang zu mehreren Geröllfeldern und daran anschließend ein Feld mit Farnen, die teilweise eine Höhe von knapp fünf Metern erreichten. Jetzt blies uns ein rauer kalter Wind ins Gesicht, das Wetter schlug sehr schnell um.

„Passend zur Schottischen Umgebung hat mein Vater auch an Schottisches Wetter gedacht", rief ich Lucy zu, die statt einer Antwort ihre Lederjacke zuknöpfte und den Kragen hochschlug. Die letzten Sonnenstrahlen verschwanden hinter dunklen Wolken und prompt begann es leicht zu nieseln. Wir ritten jetzt wieder hintereinander, so dass mich Lucys Schultern etwas vor dem kalten Wind schützten.

An der Spitze hatte Marc das Nachsehen, er musste ungeschützt gegen Wind und Nässe ankämpfen. Ein ziemlich böiger und starker Wind fegte von Norden her durchs Tal. Der eisige Regen peitschte uns jetzt waagerecht ins Gesicht. Aber nach einigen ungemütlichen Kilometern verschwanden die Wolken, so schnell wie sie gekommen waren und mit ihnen der Regen. Die Sonne lachte wieder hoch am Himmel und wärmte unsere durchnässten, kalten Glieder.

Die Sonnenstrahlen zauberten mithilfe von Millionen glitzernden Regentropfen und empor-steigenden Dunstwolken ein mystisches Gemälde. Inmitten der grünen Wiesenlandschaft leuchtete eine Gruppe Vogelbeerbüsche mit ihren feuerroten

Früchten, über deren Äste die Nebelschleier durch den Wind wie Geister hin und her waberten.

Annas schmunzelte: „Seht! Da führen die Elfen und Feen ihren magischen Nebeltanz auf. Sie verführen ahnungslose Wanderer zum Verweilen und zum Mittanzen. Schon mancher Wanderer wurde danach nie wieder gesehen."

„Wie gut, dass ich wegen meines Holzbeines nicht tanzen kann", merkte Lucy dazu an und der Schalk blitzte in ihren Augen. Andächtig genossen wir eine Zeit lang das Schauspiel, dann ritten wir weiter. Das Ende des verzauberten Tales kündigte sich rauschend und gurgelnd an; ein Wasserfall stürzte sich tosend die steile Felswand hinunter und hüllte uns in einen feinen Sprühregen. Nach dieser Dusche verjüngte sich das Tal zu einem Schlauch; auf dem Hohlweg fand kein Sonnenstrahl bis zum Grund und damit auch nicht zu uns herunter. Zum Glück war diese Wegstrecke aber nicht allzu lang.

Wir verließen das Tal und konnten schon mal einen Blick auf unser Ziel werfen: den grasbedeckten Hügel Sgian Dubh. Er hatte tatsächlich die typische Form jenes schottischen Messers, welches angeblich jeder Schotte mit sich führt. Kurz vor der Dunkelheit erreichten wir die Furt bei der Ruine Lybster. Hier traf unsere Route wieder auf den Karawanenweg.

Beim letzten Tageslicht überquerten wir den Fluss Fesswick und schlugen an seinem Ufer, unterhalb des Sgian Dubhs, unser Lager auf. Der Weg vom Berg herunter war sehr anstrengend gewesen. Und so lagen wir schon kurz nach dem Abendessen rund ums Lagerfeuer und kuschelten uns in die Decken. Ich beobachtete das abendliche fantastische Wolkenspiel am Himmel.

Aber die bequeme Lage auf dem weichen Grasboden sorgte im Zusammenspiel mit meiner Müdigkeit für ein rasches Hinübergleiten in Morpheus Arme. Ich träumte von Feen und Elfen, die über'm Feuer und um mich herum tanzten. Als eine rothaarige Fee mich an die Hand nahm und aufforderte mitzukommen, wurde ich von Annas geweckt.

Noch im Halbschlaf murmelte ich mit geschlossenen Augen: „Ja meine Fee, ich folge dir.“

Annas rüttelte mich nochmals sanft und fragte belustigt: „Soll dir die Fee einen Kaffee ans Bettchen bringen?“

Meine Augen öffneten sich nur halb und nach kurzer, träger Orientierungsphase murmelte ich: „Das wäre wirklich allerliebst von ihr“ und streckte mich gähnend. Im nächsten Moment flog mir ein nasser Lappen ins Gesicht und ich war augenblicklich hellwach.

Lucy und Annas freuten sich diebisch über meinen perplexen Gesichtsausdruck. Lucy rief: „Hier hast du deinen Kaffee! Unsere gute Fee hat heute leider Ausgang“ und outete sich als Werferin des Lappens.

Ohne mir etwas anmerken zu lassen stand ich auf, streckte mich nochmals und gähnte ausgiebig. Dann nahm ich den Lappen, wischte mir damit durch das Gesicht und warf ich ihn mit einer lässigen Bewegung zurück in Lucy's Arme. „Hier nimm ihn zurück. Damit habe ich meine Morgenwäsche schon erledigt. Vielen Dank!“

Betont lässig begann ich ein Liedchen zu pfeifen und schlenderte gemütlich zu Marc, der mir augenzwinkernd den obligatorischen Becher mit Kaffee reichte. Übertrieben gelangweilt schaute ich zu Lucy hinüber, trank einen Schluck und dachte mir im Stillen: „Na warte, dich kriege ich schon noch!“ Lucy hatte wohl mit einer anderen Reaktion gerechnet und war deshalb etwas verwirrt. Aber als nichts passierte, drehte sie sich achselzuckend um und führte unsere Pferde an das Ufer zur Tränke.

Darauf hatte ich nur gewartet. In Windeseile überbrückte ich mit ein paar schnellen Schritten die kurze Distanz und schubste sie mit Schwung in den Fluss. Als sie wieder aus den Fluten auftauchte und Wasser spuckte, fragte ich schadenfroh: „Na, auch Morgentoilette gemacht?“

Ich musste laut losprusten, als ich ihren Gesichtsausdruck sah. Sie sah sehr ‚erfrischt‘ aus und die Haare klebten ihr im Gesicht. Lachend reichte ich ihr die Hand, um ihr aus dem Wasser zu helfen. Ich hätte es mir denken können. Zwei Sekunden später landete ich ebenfalls im Fluss. Wie die sprichwörtlich begossenen Pudel stapften wir triefend nass ans Ufer, während Annas und Marc sich am Ufer königlich amüsierten. Zum Glück trocknete das Material unserer Kleidung sehr schnell. Kurz darauf waren wir wieder reisefertig und Marc mahnte zum Aufbruch.

Wir führten unsere Pferde um den Hügel herum und wollten gerade aufsitzen, um auf dem Karawanenweg in Richtung Suwa-See einzubiegen. Da kam uns eine Horde Reiter auf dem Weg zum Sgian Dubhs entgegen.

„Landsknechte!", fluchte Marc laut. „Das wollte ich doch auf jeden Fall vermeiden." Ärgerlich fügte er dann zähneknirschend hinzu: „Ungesehen kommen wir nicht mehr davon, dafür sind sie uns schon zu nahe." Wir stiegen ab und banden unsere Pferde an die Wacholderbüsche, die sehr dicht und ausladend am Wegesrand wuchsen. Die Reiter hatten uns jetzt auch entdeckt und trieben ihre Pferde zu einer noch schnelleren Gangart an. Als sie in eine Senke hinunter ritten und kurz aus unserem Gesichtsfeld verschwanden, umwickelten wir schnell Lucys Bogen und Pfeile und unsere Katanas mit einer Lederdecke. Das Bündel versteckten wir hinter einem Busch.

„Wenn sie die Waffen bei uns finden, kriegen wir nur Ärger." Eindringlich ermahnte uns Marc: „Denkt an unsere Tarnung. Wir sind Händler vom Choctaw-Stamm am Berg Zaltana und auf dem Weg zur Stadt Kumamoto. Auf Einladung von Hatamoto Arima Yamato no Kami Kiminobu tek ken. Vielleicht lassen sie uns in Ruhe und wir können unbehelligt weiter reiten."

Er schüttelte den Kopf und murmelte immer noch verärgert: „Warum müssen die ausgerechnet jetzt auftauchen? Ihr Lager steht doch am See Camster. Die müssen schon ziemlich früh aufgebrochen sein und es sieht nicht so aus, als kämen sie von der Feste Ridderhielm, dem Hauptsitz von Capitain Grothusen. Die liegt mindestens sechs Tagesritte weiter entfernt in westlicher Richtung."

Der Pulk von etwa zwanzig Leuten hatte uns erreicht und riss die Pferde erst kurz vor uns zurück. Wir wurden in eine dichte Staubwolke eingehüllt. Als sich die wieder lichtete, hatten die Reiter bereits einen Halbkreis um uns gebildet und richteten einige Armbrüste auf uns. „Beruhigt euch, das sind keine gemeinen Landsknechte. Da ist ein Offizier dabei, die übrigen sind Unterführer und Feldwebel."

Mit diesen Worten legte Marc Lucy beschwichtigend die Hand auf die Schulter, die zu ihrem Messer gegriffen hatte. Mich sah er ebenfalls beschwörend an, so dass ich den Griff meiner Saigabel wieder losließ. Der Offizier dirigierte sein Pferd bis dicht vor Marc und musterte uns durchdringend mit seinen eisblauen Augen. Dann beugte er sich zu Marc hinunter und redete ihn in ziemlich forschem Ton an: „Ich bin Rittmeister von Ahrens. Wir gehören zur 3. Kompanie des deutsch-schwedischen Korps von Capitain Grothusen. Wer seid Ihr und was macht Ihr hier?"

Marc antwortete ihm ganz ruhig. Er stellte sich vor und gab ihm Auskunft über uns und unser Vorhaben. Ich konnte deutlich sehen, dass der Rittmeister intensiv über seine Auskünfte nachdachte. Anscheinend war ihm Marcs Name nicht ganz unbekannt, vor allem aber beeindruckte ihn der Name unseres Gastgebers Kiminobu.

„Meine Damen!" Er verbeugte sich höflich vor uns drehte sich dann zu seinen Unterführern um. Die Atmosphäre entspannte sich leicht und die bedrohlichen Armbrüste wurden gesenkt. Nach kurzer Beratung wandte er sich uns wieder zu. Mit einem angedeuteten Lächeln sagte er, diesmal sehr höflich: „Ich lade Sie in unser Lager am Camster ein, ich denke, dass Capitain Grothusen sie kennen lernen will." Sein Tonfall ließ uns, trotz seiner Höflichkeit, keine Alternative offen.

Marc nickte und antwortete ergeben: „Wir danken ihnen für die Einladung und freuen uns auf Capitain Grothusen. Ich habe schon viel über ihn gehört. Vielleicht können wir ja ein paar Verträge mit ihm abschließen." Rittmeister von Ahrens nickte leicht, wobei seine Augen leicht belustigt funkelten.

Wir saßen auf. Die Reiter musterten uns Frauen bewundernd, aber ein paar lüsterne Blicke waren ebenfalls dabei. Sie nahmen uns in die Mitte und mit leichtem Trab ritten wir in die Richtung des Camster-See's.

Während des Ritts konnte ich die Reiter genauer betrachten. Rittmeister von Ahrens trug einen nahezu vollständigen Harnisch, sein Kopf wurde von einer eisernen Sturmhaube geschützt. Bewaffnet war er mit einer Streitaxt und einem langen messerartigen Schwert, der so genannten Bauernwehr, welche hauptsächlich als Stichwaffe benutzt wurde. Zusätzlich führte er eine Armbrust mit sich, genau wie seine drei Unterführer.

Die niederen Ränge trugen einen Eisenhut auf dem Kopf und wurden am Hals- und Schulterbereich von einem Kettengeflecht, dem so genannten Bischofskragen, geschützt. An ihrer Seite baumelte ein Schwert; eine S-förmige Parierstange trennte den kurzen Griff von der stumpf zulaufenden Klinge. Rittmeister von Ahrens erklärte mir, als ich ihn zur merkwürdigen Form des Schwertes befragte: „Das ist ein Katzbalger. Es wird, außer zum Hauen und Schlagen, auch als Stichwaffe benutzt."

Je näher wir dem Lager kamen, umso unbehaglicher fühlte ich mich. Mit einem Seitenblick auf meine Gefährten sah ich, dass es ihnen offensichtlich ebenso erging. Unbewusst tastete ich am Rücken nach meinem nichtvorhandenen Katana und bedauerte insgeheim, dass wir unsere Waffen zurückgelassen hatten.

Nach etwa zweieinhalb Stunden strammen Rittes ohne Pause, erreichten wir den See. Hier am Ufer des kleinen Sees Camster, inmitten von Wacholderbüschen, Kiefern- und Eichenbäumen, hatte Capitain Grothusen sein Lager aufgeschlagen. Zwischen den Bäumen lugten vereinzelt ein paar Heidelbeer- und Preiselbeer-Büsche hervor.

Marc wundert sich über das große Lager und seine Miene verfinsterte sich ganz kurz. Dann setzte er seinen freundlichen, aber undurchdringlichen Gesichtsausdruck wieder auf. „Das müssen, nach den Zelten zu urteilen, fast dreihundert Mann sein. Plant der eine Invasion oder was soll das?", flüsterte Marc mir zu.

Wir schauten uns vorsichtig um, konnten aber die Stärke der Truppe nicht sicher einschätzen.

Es gab ein großes Hallo, als wir ins Lager einritten. Die meisten Landsknechte sahen verroht und ungepflegt aus; ihr Charme war genauso unappetitlich wie ihr Geruch. Aus der stumpfen Masse wurden mehrere, gegen uns Frauen gerichtete, sehr anzügliche Bemerkungen gegrölt. Ein paar verkommene Halunken machten eindeutige Gesten dazu, von der Art, die selbst unserer hart gesottenen Lucy die Röte ins Gesicht trieben.

Rittmeister von Ahrens Gesicht wurde, aufgrund der Anzüglichkeiten und Obszönitäten, blass vor Wut. Mit deutlichen, sehr harschen Worten verscheuchte er das Gesindel. Zwei der schlimmsten Typen drängte er einfach mit seinem Pferd zur Seite. Die Beiden fielen daraufhin in den Dreck. Das brachte uns ein paar zusätzliche, sehr böse Blicke ein.

Bevor die Situation eskalierte, hielten wir vor einem großen grauen Zelt an. Der Eingang öffnete sich und zwei Männer, jeder gerüstet mit einem Harnisch und der Bauernwehr an der Hüfte, traten heraus. Der schwarzhaarige der Beiden war offenbar der Adjutant; er war mir wegen seiner stechenden Augen auf Anhieb unsympathisch. Ich konnte nicht anders. Sein aufgedunsenes, von Akne verunstaltetes Gesicht, löste in mir Ekelgefühle aus. Er schrie und beschimpfte ziemlich rüde den Haufen Landsknechte, wobei seine Wortwahl mehr als drastisch ausfiel. Die letzten Gaffer trollten sich und zogen die beiden niedergerittenen, nun stark humpelnden Landsknechte mit sich fort.

Capitain Grothusen, der sich bisher das ganze Spiel stillschweigend angeschaut hatte, wandte sich uns zu. Mit jovialem Gesichtsausdruck stellte er sich selber vor: „Ich bin Capitain Grothusen, der Chef dieses Sauhaufens hier. Für das unzivilisierte Verhalten meiner Männer bitte ich vielmals um Entschuldigung. Aber seien Sie versichert, dass demnächst so etwas nicht mehr vorkommt. Ich werde aus diesem Haufen schon noch anständige Soldaten machen."

Mit einer nur angedeuteten Verbeugung befahl er: „Würden Sie mich bitte in mein Konferenzzelt begleiten.“ Er drehte sich um und schob seine feiste Gestalt ins Zelt zurück.

Wir stiegen von den Pferden, die sogleich von zwei Pferdeburschen weggebracht wurden. Als wir in das Zelt eintraten, scheuchte der Adjutant den Rittmeister von Ahrens mit einer arroganten Handbewegung hinaus, was Ahrens mit finsterer Miene quittierte. Mit einem galanten Gruß in unsere Richtung verschwand er. Grothusen winkte uns schmunzelnd zu einem Tisch, an dem er bereits auf einem thronähnlichen Stuhl Platz genommen hatte. Wir setzten uns zu ihm an das protzige Möbelstück und Marc stellte uns namentlich vor. Er gab nochmals die Geschichte unserer Tarnung als Händler zum Besten.

Anscheinend hocherfreut über die Aussicht, mit den Choctaw's Geschäfte zu machen, schickte Grothusen seinen Adjutanten los, um etwas Trinkbares zu besorgen. Der Adjutant brachte uns Krüge, voll mit dunklem Bier, auf denen ordentliche Schaumkronen standen.

„Das müssen wir begießen!“, rief Grothusen und hob seinen Krug. „Prost, auf die Zusammenarbeit mit dem Stamm der Choctaw's vom Berg Zaltana“.

Ich konnte über den Rand des Kruges hinweg sehen, dass seine Augen dabei hinterlistig funkelten. Wir hoben ebenfalls unsere Krüge und prosteten ihm zu. Wir nahmen einen großen Schluck; Grothusen beobachtete uns dabei im Schutze seines Humpens mit listigen Blicken. Dass dunkle Bier schmeckte hervorragend. Als ich mir den Schaum vom Mund wischte, erklärte er großmäulig: „Dieses Bier wird von den Mönchen vom Benediktinerkloster des hl. Stephan, extra nur für mich gebraut. Es ist wirklich köstlich.“

Er trank seinen Krug mit einem Schluck leer, wobei er sich jedoch beschlabberte und dann laut rülpste. Wir tranken ebenfalls aus und ich dachte, hoffentlich können wir bald weiter. Dieser Kerl ist einfach nur widerlich und äußerst abstoßend.

Aus meiner Miene konnte er wohl meine Meinung über sich ablesen, denn aus seinen Augen traf mich für einen Sekundenbruchteil ein hasserfüllter Blick. Er hatte sich aber sehr schnell wieder in der Gewalt und lächelte uns an: „Adrian, mein Adjutant, wird Sie zum Gästezelt führen, wo sie übernachten können. Morgen früh können Sie dann zu ihrer Einladung in die Stadt Kumamoto aufbrechen."

Er stand auf und räusperte sich: „Seien Sie bis dahin unsere Gäste. Ach übrigens, nachher halten wir Gericht über einen Spion. Sie sind herzlich eingeladen an der Verhandlung teilzunehmen. Bei der Gelegenheit können sie sich auch gleich über die Gepflogenheiten unserer Gerichtsbarkeit informieren. Anschließend wird das Urteil vollstreckt."

Er lachte hämisch und sein Schmerbauch wackelte heftig. Dann starrte er uns einen Augenblick überlegend an, so als wäre ihm gerade eine Idee gekommen. Vergnügt sagte er: „Heute Abend, wenn die Delegation der Ordensritter abgereist ist, möchte ich ihnen zu Ehren ein kleines Fest veranstalten. Es gibt einen sehenswerten Schaukampf, lassen Sie sich überraschen!" Er verbeugte sich leicht und bedauerte mit falschem Lächeln: „Ich muss jetzt leider wirklich weg, aber wir sehen uns noch." Er entließ uns mit einer lässigen Bewegung seiner dicken Wurstfinger. Sein Adjutant Adrian führte uns aus dem Zelt und wies uns den Weg zum Gästezelt.

Unterwegs sahen wir viele Betrunkene und an fast allen Ecken waren Raufereien und Streitereien im Gange. Vor den Zelten wurde gespielt und getrunken und nur weil der Adjutant uns begleitete, erreichten wir ohne Ärger das Gästezelt. Dieser besoffene und ungewaschene Haufen hatte nichts mit den gefürchteten Landsknechten zu tun, die seinerzeit wegen ihrer militärischen Präzision von Monarchen und Fürsten aus ganz Europa angeheuert wurden und keinen Gegner zu fürchten brauchten.

Unsere Pferde standen, an einer Holzstange angebunden, vor dem Gästezelt. Das Gepäck befand sich schon im Zelt; offenbar hatte man es durchsucht. Wir ließen uns aber im Beisein vom Adjutanten Adrian nichts anmerken.

Anschließend führte er uns zum Gerichtszelt, vor dem sich schon etliche Zuschauer eingefunden hatten. Im Gerichtszelt bildete die Vollversammlung der Landsknechte den so bezeichneten ‚Ring', um im Namen der ‚Gemein Landsknechte' ein Urteil zu sprechen.

Vor dem Beginn der Verhandlung johlten die teilweise Betrunkenen das Landsknechtlied: *„Ich leb und ich waiß nit, wie lang. Ich stirb und waiß nit, wann. Ich far und waiß nit wohin. Mich wundert, daß ich froelich bin."* Nach dem Lied betraten unter dem Jubel der Anwesenden, die zwölf Geschworenen das Zelt, um als Malefizgericht das Urteil zu fällen. Ihnen voran schritt stolz der Schultheiß, das war der Vorsitzende, selbstverständlich in der Gestalt von Grothusen.

Der arme Angeklagte hatte keine Chance. Die ganze Verhandlung war eine Farce, denn seine so genannten Verteidiger, der Gemeinwebel und der Ambrosat, gaben sich wenig Mühe. Und so war es nicht weiter verwunderlich, dass diese falsche Bande den armen Kerl schuldig sprach und zum Tod durch Vierteilen verurteilte. Unter dem Gejohle der Landsknechte, die gemeinschaftlich die Selbstjustiz einforderten, wurde der heftig sich wehrende Verurteilte nach draußen gezerrt. Vor dem Zelt hatte sich in der Zwischenzeit eine riesige Menschenmenge eingefunden, um das kommende widerliche Schauspiel zu genießen.

Marc hielt Lucy und mich zurück und warnte uns leise: „Ihr könnt nichts für diesen armen Teufel tun. Wir müssen uns heraushalten, so schwer uns das auch fällt."

Die nach draußen drängenden Landsknechten schoben uns mit aus dem Zelt und so mussten wir mit ansehen, wie der Verurteilte mit Füssen und Händen an die Pferde gekettet wurde. Der Mann weinte fürchterlich. Dennoch trieb man unter Beifall und Toben der stark angeheiterten Meute, die Pferde in vier Richtungen auseinander. Der Delinquent schrie gellend auf, als er zerrissen und zerfetzt wurde.

Ich drehte mich weg und übergab mich würgend am Zeltrand. Lachend und singend zerstreute sich die Menge wieder. Der zerrissene Leichnam wurde weggekarrt und der Platz mit ein paar Eimern Wasser gesäubert.

Mir ging es ziemlich schlecht. Mit weichen Knien wankte ich zum Brunnen am Rande des Platzes und tauchte meinen Kopf ins kalte Wasser. Ich schüttelte mich und sah, dass Lucy mit bleichem Gesicht neben mir stand. Sie hatte die Fäuste geballt, so dass die Knöchel weiß hervortraten. Auch Annas blieb mit fassungslosem Ausdruck neben mir stehen.

„Was sind das nur für Tiere", murmelte sie aufgewühlt. „Wir sollten hier schleunigst verschwinden."

Marc stieß mit zornigem Gesicht zu uns und flüsterte leise: „Ich glaube nicht, dass Grothusen uns heute noch gehen lässt. Er hat für uns noch etwas vorbereitet und das bedeutet bestimmt nichts Gutes."

Lucy spritzte sich kaltes Wasser ins Gesicht, spuckte in den Sand und verkündete kurz und bündig: „Ich bleibe keine Minute länger hier! Mir wird übel, wenn ich dieses Pack noch länger ertragen muss." Annas und ich nickten zustimmend.

Marc blickte uns mit zerfurchtem Gesichtsausdruck an: „Also gut, dann gehen wir jetzt ohne Hast zu unserem Zelt zurück. Und wenn uns jemand fragt, behaupten wir, dass wir nur ein paar Geschenke für Grothusen holen wollen."

Gemächlich schlenderten wir zum Zelt zurück. Unterwegs trafen wir den Adjutanten Adrian, der schon auf die Suche nach uns geschickt worden war; er sollte uns sofort zu Grothusen bringen. Ich blieb bei ihm stehen und lächelte ihn an: „Meine Gefährten holen aus unserem Gepäck nur ein paar Geschenke für ihren Boss." Marc blieb bei mir stehen, aber ich schob ihn weiter. Widerwillig folgte er Lucy und Annas zum Zelt.

Adrian schaute ihnen nach und bot mir damit die Gelegenheit, mich schnell nach etwaigen Beobachtern umzusehen. Als sich niemand um uns kümmerte, lenkte ich seine Aufmerksamkeit in eine andere Richtung, indem ich auf ein anderes Zelt deutete. Als er sich umdrehte, trat ich hinter ihn und schickte ihn mit einem *Shuto-Uchi*, ein Handkantenschlag an seine Schläfe, ins Land der

Träume. Ich schleifte den bewusstlosen Adjutanten hinter das Zelt und versteckte ihn unter einem Wacholderbusch im hohen Gras. Dann kehrte ich auf den Weg zurück; offensichtlich hatte niemand etwas bemerkt.

Während ich langsam zu unserem Zelt ging, beobachtete ich, dass die Delegation der Ordensritter, angeführt von meinem Albrecht, aus Grothusen's Offizierszelt herauskam.

„Mein Geliebter!“, jubelten meine Gefühle und sofort stieg der Wunsch in mir hoch, ihn noch einmal zu sprechen, bevor wir weiterreisten. Ich beschleunigte meine Schritte. Als ich unser Zelt erreichte, warteten meine Gefährten schon ungeduldig mit den Pferden auf mich. Ich nahm von Lucy meinen Mustang entgegen und band ihn hinter dem Zeltanbau fest.

„Haut ihr schon mal ab! Ich habe Albrecht gesehen. Bevor er aufbricht, möchte ich noch einmal mit ihm reden, dann komme ich sofort nach.“

„Wir warten hier auf dich!“, antwortete Marc heftig. Lucy war mit meinem Alleingang auch nicht einverstanden und wollte ebenfalls bleiben. Ich schüttelte starrsinnig den Kopf und sagte leise, aber bestimmt: „Ich passe schon auf mich auf, es wird mir nichts passieren.“

Marc zögerte und musterte mich mit gerunzelter Stirn: „Dann sei aber bitte vorsichtig. Ich traue Grothusen, diesem Schwein, und seinem Pack nicht über den Weg. Wenn du mit Albrecht gesprochen hast, kommst du sofort nach. Wir treffen uns an der Weggabel beim Sgian Dubh, dort wo unsere Waffen versteckt sind.“

Lucy ergänzte besorgt: „Wenn du in den nächsten zwei Stunden dort nicht eintriffst, kommen wir dich holen.“

Unwillig stiegen sie auf die Pferde, zogen sie herum und galoppierten aus dem Feldlager hinaus. Die betrunkenen Landsknechte, die als Wachen eingeteilt waren, saßen auf dem Boden und stierten ihnen mit glasigen Augen hinterher. Erst der aufgewirbelte Staub machte sie wütend, sie schüttelten ihre Piken und lallten ihnen unflätige Wörter hinterher.

Von ihnen unbemerkt, schlenderte ich in die Richtung von Grothusens Offizierszelt. Es war das größte Zelt und stand ziemlich genau in der Mitte des Lagers. Ich versuchte unauffällig zu bleiben und spazierte auf dem Weg, wie selbstverständlich, an den anderen Zelten vorbei.

Kurz bevor ich das große Zelt erreichte, kam ich an zwei großen Käfigen vorbei. In einem hatte man eine Harpyie angekettet, die bei meinem Anblick laut loskreischte und mit ihren gewaltigen Schwingen gegen die Gitterstäbe schlug. In dem anderen Käfig lag ein Kresch. Der große gelbe Wolf schaute mich mit seinen roten Augen an, knurrte nur und fletschte sein gewaltiges Gebiss. Schnell huschte ich weiter und konnte so gerade noch zwei Landsknechten unbemerkt ausweichen. Der Lärm hatte sie aufgeschreckt, deshalb schauten sie nach den Käfigen. Fluchend stachen sie mit langen Stangen auf die Tiere ein. Bei dem Krach, den sie dabei machten, konnte ich unentdeckt weiterlaufen.

Als ich Grothusen's Zelt erreichte, sah ich, dass die Delegation gerade von ihm verabschiedet wurde. Ich blieb draußen im Schatten stehen. Ein paar betrunkene Raufbolde purzelten, ineinander verkeilt, aus dem Zelt heraus und blieben grölend auf dem staubigen Weg liegen. Ein Offizier folgte Ihnen wütend, beschimpfte sie und verjagte sie dann mit ein paar Fußtritten. Es war Rittmeister von Ahrens, der mir als einer der Wenigen in dieser Landsknechtsbande sympathisch war.

Als er mich bemerkte, grüßte er mich mit einem Lächeln und deutete mir mit einer Handbewegung an, dass ich gefahrlos an ihm vorbei gehen könne. Danach drehte er sich suchend nach meinen Gefährten um und schaute mich fragend an. Ich bedankte mich bei ihm und sagte freundlich: „Die kommen gleich nach.“ Mit einem Nicken ging er ins Zelt zurück.

In diesem Moment verstand ich Marc's Ärger und Besorgnis. Leise fluchend gestand ich mir ein, dass ich mit diesem Alleingang meine Gefährten und mich selbst in Gefahr gebracht hatte. Nur weil ich selbstsüchtig war und Albrecht noch einmal in die Arme nehmen wollte. Ich zauderte kurz und entschloss mich umzukehren.

Ich drehte mich um. Gerade als ich losging, drangen erregte Stimmen aus dem Zelt an mein Ohr. Der Name Albrecht von Brandenburg fiel. Lauschend blieb ich wieder stehen.

„Ich bin dagegen“, hörte ich Rittmeister von Ahrens sagen.

Eine tiefe Stimme antwortete ihm polternd: „Das interessiert Grothusen aber überhaupt nicht. Er hat gesagt, um unsere Leute bei guter Laune zu halten, werden wir uns bei diesem deutschen Ritter mit ein paar Weibern, Pferden und Dukaten schadlos halten. Ein Teil seiner Ritter ist bei den Johannitern zu Besuch und deshalb wird es keinen nennenswerten Widerstand geben.“

„Weiter hat Grothusen gesagt, dass wir uns nach Albrecht auch um die anderen Ritterburgen kümmern werden. Er hat wohl ein paar Verbündete in der Hinterhand. Wen, weiß ich zwar nicht, die aber sollen außergewöhnliche Waffen besitzen. Die werden uns helfen, alle auf der Ebene zu besiegen“, rief eine weitere Stimme triumphierend. Es folgte eine Pause und dann erklang wieder Ahrends wütende Stimme: „Da mache ich aber nicht mit! Das ist nicht meine Welt!“ Mit schnellen Schritten stürmte er aus dem Zelt heraus.

Ich tat als hätte ich nichts gehört und schaute ihm ausdruckslos entgegen, was mir bei dem Gehörten gar nicht so leicht fiel. Er eilte mit schnellen Schritten an mir vorüber, sah mich mit einem seltsamen Gesichtsausdruck an und verschwand in einer Gasse, rechts neben Grothusen's Zelt.

Erschrocken dachte ich nach. Wie konnte ich meinen Geliebten warnen, ohne dabei geschnappt zu werden? Ein eisiger Wind blies durch meine Seele. Wie sollte ich es nur anstellen? Denn eines war mir klar, wenn die mich erwischten, würde die verrohte Meute kurzen Prozess mit mir machen. Und wahrscheinlich wäre ich dann über einen kurzen Prozess sogar noch froh.

Schaudernd dachte ich an eben; als sie den vermeintlichen Spion aburteilten und vierteilten, da hatten sie uns ihre Sitten sehr drastisch vorgeführt. Mir wurde flau im Magen. Aber es half alles nichts, ich musste Albrecht warnen. Wenn es zu einem Kampf kam, hatte ich nur meine Saigabel dabei. Mit der Hilfe meines Katanas wäre mir wohler gewesen, obwohl es mir wahrscheinlich gegen die Übermacht auch nicht viel geholfen hätte.

Hinter dem Zelt versteckt, spähte ich angespannt zur Delegation der Ordensleute, die noch immer vor dem Zelt stand. Albrecht stand bei Grothusen und unterhielt sich lebhaft mit ihm. Der Templer Karl von Antiochia und der Johanniter Martin von Hohenstein standen dabei und hörten ihnen zu. Laut lachend klopfte Grothusen Albrecht auf die Schulter und verabschiedete die Ritter mit einem leutseligen „Gott zum Gruße."

Als Albrecht und seine Mannen die Pferde bestiegen, schlängelte ich mich am Zelt vorbei und lief am Waldrand entlang, bis zum Ende des Zeltlagers. Mehrere Landsknechte sahen verwundert hinter mir her; sie riefen mit etwas nach, was ich aber in der Eile nicht verstand. Keuchend blieb ich neben einem dichten Busch mit roten und blauen Beerenfrüchten stehen.

Als der Tross mich erreichte, rannte ich zu Albrecht und hielt sein großes Streitross an. Verwundert sah er mich an, aber als er mich erkannte, stahl sich ein strahlendes Lächeln in sein Gesicht. Ich legte verschwörerisch den Finger auf die Lippen und zog sein Pferd an der Mähne weiter weg von seinen Begleitern. Er beugte sich lächelnd zu mir herunter; doch für einen Flirt war jetzt keine Zeit, obwohl ich viel darum gegeben hätte.

Ernst flüsterte ich ihm zu: „Du musst schnell nach Hause. Grothusen, dieses Schwein, will dich mit seinen Landsknechten überfallen und töten."

Er zog die Augenbrauen hoch und schüttelte ungläubig den Kopf, so dass seine schwarzen schulterlangen Haare nur so flogen. Ich beschwor ihn: „Du musst mir glauben! Ich habe es zufällig mitgehört. Morgen früh will er mit seiner Meute losreiten und deine Burg angreifen. Grothusen ist ein Verbrecher! Er hat sich mit den Akatsuki verbündet. Er muss seine Leute bei Laune halten; deshalb plant er diesen Beutezug. Sie werden alles niedermetzeln, denn sie wissen, dass zurzeit mehrere deiner Ritter nicht auf der Burg sind!"

Endlich begriff er die Tragweite meiner Worte und sein Gesicht verriet deutlich sein Erschrecken. Dann fasste er sich und drängte mich eindringlich: „Steig hinter mir auf! Komm mit mir, hier ist es ist für dich zu gefährlich."

Doch ich entgegnete ihm: „Mir passiert schon nichts, ich verschwinde hier, sobald du weg bist." Ich ließ die Mähne seines Rosses los und blieb schwer atmend stehen. Albrecht drehte sich im Sattel um, winkte mir grüßend zu und stieß seinem Pferd die Hacken in die Seiten. Rasch verließ sein Trupp das Zeltlager.

Als die Staubwolke sich legte, drehte ich mich um und lief am Waldrand zu den Zelten zurück. Ich musste unbedingt mein Pferd erreichen, zu Fuß hatte ich keine Chance hier wegzukommen. Bei den ersten Zelten versperrten mir plötzlich vier betrunkene Raufbolde den Weg.

Sie musterten mich feixend: „Na Schätzchen, was läufst du denn diesen frommen Rittern hinterher? Halte dich lieber an uns. So kräftige und rege Fische hast du zwischen deinen prächtigen Schenkeln noch nie gespürt!", grölte ihr Anführer. Mit einer ordinären Geste fasste er sich in den Schritt. Ich musste gegen meine aufkommende Angst ankämpfen, ließ mir aber vor ihnen nichts anmerken. Schnell wollte ich an Ihnen vorbei.

Doch der Erste, eine widerlich stinkende Figur, packte siegessicher nach mir und hielt mich an der Schulter fest. Ich fasste nach seinem Arm und riss ihn mit einer blitzschnellen Drehung von meiner Schulter. Dann wirbelte ich den Stinker herum und drehte ihm seinen Arm auf den Rücken. Es knackte vernehmlich, weil ich ihm dabei das Schultergelenk auskugelte. Erschrocken und voller Schmerz schrie er auf.

Mit einem kräftigen Tritt in den verlängerten Rücken, beförderte ich ihn in die Reihe seiner Kumpane. Die formierten sich gerade um einzugreifen. Er taumelte fluchend gegen den mir am nächsten stehenden Landsknecht und Beide fielen zu Boden.

Die beiden anderen waren plötzlich gar nicht mehr so betrunken. Sie hatten wohl schon länger auf eine Gelegenheit gewartet, um sich mit uns anzulegen; und nun kam ich ihnen gerade recht. Einer von ihnen hatte plötzlich ein langes Messer in der Hand und der Zweite versuchte in meinen Rücken zu gelangen.

Im Lager waren mittlerweile noch weitere Landsknechte auf uns aufmerksam geworden und kamen näher, um das Schauspiel nicht zu verpassen. Mir war klar, wenn ich jetzt nicht sofort Fersengeld gab und schleunigst verschwand, hatte ich keine Chance mehr, das Lager lebend zu verlassen.

Mit einem Schrei sprang ich auf den Messermann zu, der damit nicht gerechnet hatte. Blitzschnell holte ich meine Saigabel aus der Hülse und zog sie ihm quer durch die Visage. Er ließ sein Messer fallen, schlug seine Hände vor das stark blutende Gesicht und sackte jammernd auf die Knie.

Ich ließ mich zu Boden fallen, zog die Beine eng an den Körper und machte einen *Koho Kaiten* rückwärts. Seitlich abrollen und wieder hochkommen war wie eine Bewegung. Dem verdutzten Landsknecht, der mich doch eigentlich von hinten angreifen wollte, hielt ich plötzlich die Saigabel an den Mund. Dabei registrierte ich so ganz nebenher, dass zwischen seinen faulen Zähnen ansonsten nur noch dunkle Zahnlücken gähnten. Vor Entsetzen wurden seine Augen rund; in diesem Moment stieß ich ihm mit voller Wucht mein rechtes Knie in die Weichteile. Zischend entwich ihm der Atem aus der Lunge und er klappte mit einem gurgelnden Geräusch zusammen.

Ich steckte die Saigabel wieder in die Hülse zurück und wollte gerade starten um im angrenzenden Wald zu verschwinden. Doch plötzlich traf ein heftiger Schlag meinen Hinterkopf. Ich hatte das Gefühl, er würde explodieren; ein tierischer Schmerz raste durch den ganzen Körper und vor meinen Augen tanzten Sterne. Bevor mir das Licht ausging, schoss mir durch den Kopf, dass ich den vierten Landsknecht außer Acht gelassen hatte. Ich fiel nach vorne auf die Knie, dann wurde mir schwarz vor Augen.

Meine Ohnmacht dauerte nicht lange. Tritte und Schläge trafen meinen Körper und davon wurde ich wieder wach. Mehrere Landsknechte starrten sadistisch auf mich herunter und bearbeiteten mich mit den Füssen. Ich rappelte mich hoch und trat einigen Folterknechten in die Kniekehlen. Aber ihre Übermacht stieß mich auf den Boden zurück.

„Was ist hier los? Sofort aufhören damit!“ vernahm ich Grothusen's Geschrei. Als ich zwischen den Beinen der Männer hindurch linste, sah ich, dass sich Grothusen mit seinem fetten Bauch und den dicken Armen, rigoros einen Weg durch die mittlerweile stark angewachsene Männerhorde bahnte. Er schubste meine Peiniger einfach zur Seite und stellte sich breitbeinig über mich.

Ein Grinsen lief über sein feistes Gesicht, als er auf mich herab schaute. „Ja, wen haben wir denn da? Das ist eine elende Spionin! Schaut nur, sie hat sich als Indianerin verkleidet. Das find' ich aber besonders böse.“

Ich wollte aufstehen, aber Grothusen drückte mich grob zurück. Dann setzte er sich auf meinen Bauch, so dass mir die Luft wegblieb. Er beugte sich nach vorne und strich mir mit seinen dreckigen, ekligen, fetten Wurstfingern übers Gesicht. Seine Männer hielten meine Arme und Beine eisern fest, damit ich mich nicht gegen ihn wehren konnte.

„Wir sehen aber gar nicht gut aus, meine Liebe“, höhnte er mit treuherzigem Augenaufschlag und wischte mir mit einem Tuch etwas Blut aus dem Gesicht. Mein linkes Auge war fast zugeschwollen und so konnte ich ihn nur mit dem rechten anblinzeln. Dann betatschte er mit seinen dreckigen Händen meinen Körper.

Das beifällige Gejohle der Umstehenden spornte ihn zu weiteren Gemeinheiten an. Mit seiner linken Hand griff er nach hinten und rieb mit der Hand über die Innenseiten meiner Schenkel. Ich versuchte ihn stöhnend herunter zu werfen, aber dazu reichte meine Kraft nicht, er war einfach zu schwer.

„Ein Ritt auf einer Wildkatze, das liebe ich“ rief er und riss mir mit widerlichem Lachen Mutters Amulett von Hals. Dann beugte er sich ganz nah über mein Gesicht und flüsterte mir ins Ohr: „Ich weiß, wo du herkommst. Ich habe schon einige Leute getroffen, die mit Hilfe des Gargoyls nach Niihama gekommen sind. Sicher gierst du danach, mir alles darüber zu erzählen, nicht wahr, meine Liebe?“ Ein paar Tropfen seines Speichels spritzten mir auf die Wange als er weiter sprach: „Deinen Freund und die beiden anderen Schlampen werde ich mir auch noch kaufen. Aber später, erst will ich mich mit dir amüsieren. Du hast meinen Freund Albinus kalt gemacht, dafür wirst du büßen; und dabei werde ich mich sicherlich sehr gut unterhalten.“

Er steckte den Dreamcatcher meiner Mutter in seine Hose, dann zog er mir mein Armband vom rechten Handgelenk und streifte es sich über seinen linken Arm. Dabei bemerkte ich die Akatsuki-Tätowierung, die bei ihm bis zur Schulter hinauf reichte. Er presste seine Hände auf meine Brust und grinste mich wollüstig an. Dann begann er meine Brüste zu streicheln und zu kneten. Als er mit seiner Zunge mein Gesicht ablecken wollte, hob ich mit letzter Kraft den Kopf und spuckte ihm mitten ins Gesicht. Die betrunkene Meute johlte und lachte, als er sich meine mit Blut vermischte Spucke aus dem Gesicht wischte.

Er schaute mich mit kalten Augen an: „Wenn ich mit dir fertig bin, wirst du dir wünschen, dass du nie geboren wurdest.“ Er lachte dreckig und sagte zu seinen Leuten gewandt: „Nach mir, kann jeder Einzelne von euch die Schlampe haben, solange er will, oder besser noch, solange er kann.“

Er lachte wieder hämisch, packte mich an der Lederjacke, riss meinen Oberkörper halb hoch und verpasste mir mit seiner Stirn eine Kopfnuss. Vor meinen Augen explodierten Sterne und ein wahnsinniger Schmerz raste durch meinen Kopf. Dann gingen alle Lichter bei mir aus und ich stürzte in eine wohlige Ohnmacht.

Ich wurde von einem kalten Wasserschwall geweckt, der mich voll ins Gesicht traf. Ich hustete japsend; hämmernder Schmerz pochte gegen meine Schläfen. Ich schüttelte meinen Kopf, um die

Augen frei zu bekommen. Blinzelnd versuchte ich mich zu orientieren.

Sie hatten mich, breitbeinig stehend und die Arme über dem Kopf, an ein Holzkreuz in Form eines X gefesselt. Als sich mein Blick endlich klärte, sah ich in Grothusen's Gesicht und das seines Adjutanten.

Adrian kam näher und boxte mir mit hasserfülltem Gesicht in den Bauch. Keuchend atmete ich aus und mein geschundener Körper schmerzte. „Das ist für vorhin, du Schlampe", fauchte er wütend und wollte nochmals zuschlagen. Grothusen hielt ihn feixend zurück und schickte den widerlichen Typen mit einer knappen Handbewegung hinaus. Als Adrian widerstrebend das Zelt verlassen hatte, wandte sich Grothusen an mich: „Na, haben wir unseren Schönheitsschlaf beendet? Dann können wir uns ja jetzt den wirklich wichtigen Dingen zuwenden."

Ich versuchte meinen Schmerz zu ignorieren und schaute mich um. Im Zelt sah es aus, wie in einer Folterkammer. Verschiedene Werkzeuge, Zangen, mehrere Hämmer, ein Brenneisen und ein Teil, das wie ein Bohrer aussah, lagen auf einem Holztisch herum. Eine Streckbank und eine ‚Eiserne Jungfrau' vervollständigten die Kollektion der Marterwerkzeuge. Unter einer Plane erkannte ich die Umrisse einer Kanone. Eine Kanone? Woher hatte er eine Kanone, schoss es mir durch den Kopf. Dazu brauchte er doch Schießpulver! Und das gab es auf Niihama ja garnicht!

Grothusen, der meinen Blicken gefolgt war, höhnte: „Nicht wahr, meine Liebe, schöne Spielzeuge. Aber das hier, ist etwas ganz Besonderes."

Er ging mit tänzelnden Schritten zur Kanone. Hämisch kichernd zog er die Plane vom Geschütz und tätschelte liebevoll den Lauf. Mit irrem Gesichtsausdruck stellte er vor: „Das ist mein Prachtstück, die 'Tolle Grete'! Ein 20-pfündiges Feldgeschütz, so tödlich wie in früheren Zeiten. Damit werden wir alle, die nicht für mich sind, von der Ebene fegen", schrie er und verzog sein Gesicht zur Grimasse, wie ein Wahnsinniger.

„Wenn wir mit dem Geschmeiß dieser Ebene fertig sind, müssen sie alle nach meiner Pfeife tanzen. Meine Akatsuki-Freunde werden schon dafür sorgen! Vielleicht geben sie mir ja auch eine ihrer Blitzeschleudern. Dann werde ich zum alleinigen Herrscher, zum König von Niihama!“ Nach diesem Ausbruch brabbelte er noch etwas Unverständliches vor sich hin und zog die Plane wieder über das Geschütz.

Dann kam er zu mir und schlug mir ohne Vorwarnung mit der flachen Hand ins Gesicht. Ich schmeckte das Blut meiner aufgeplatzten Lippen, schaute ihn an und nuschelte mit geschwollenen Lippen: „Nimm meine Fesseln ab und ich zeige dir, wie stark du wirklich bist. Du kannst dich nur an Wehrlosen vergreifen, du feiges Schwein.“ Wütend zerrte ich an meinen Fesseln.

Er presste grob seine Hand auf meinen Mund und schnaubte: „Dein Stolz wird dir schon noch vergehen. Dann wirst du mich anwinseln: töte mich, töte mich! Aber es wird sehr lange dauern, bis ich mit dir fertig bin.“ Er verschränkte die Arme vor der Brust und sein aufgedunsenes Gesicht nahm einen hinterhältigen Ausdruck an.

Er beugte sich dicht zu mir herüber und flüsterte mir ins Ohr: „Es sei denn, du erzählst mir, wo das Artefakt ist und wer es vor mir versteckt hält. Dann lasse ich dich nicht leiden. Vielleicht werden wir sogar ein Pärchen.“

„Ha, ha!“, lachte er plötzlich so laut, dass sein Speckbauch auf und ab hüpfte und sein Gesicht rot anlief. Ich spuckte nach ihm, traf ihn aber nicht. Er war blitzschnell zwei Schritte zurückgetreten, so als hätte er dies erwartet. Er kam wieder vor, packte mit der rechten Hand meinen Hals und drückte zu; gleichzeitig grabbelte er mit der linken Hand in meiner Lederhose. Sein übelriechender Atem streifte mein Gesicht, dann fummelte er mit widerlich geilem Blick weiter an mir herum.

In diesem Moment stürzte sein Adjutant Adrian ins Zelt und rief aufgeregt: „Capitain! Capitain! Wir werden von Indianern angegriffen!“

Grothusen fluchte und ließ mich widerstrebend los. Er spuckte mir vor die Füße und brummte missmutig: „Ich komme gleich wieder, mein Schätzchen. Dann machen wir weiter.“ Er drehte sich um und schrie seinen Adjutanten wütend an: „Was redest du da für ein Blödsinn? Hier gibt es keine Indianer!“

Er packte seinen Adjutanten am Kragen und zerrte ihn mit schnellen Schritten aus dem Zelt. Während ich versuchte meine Hände zu befreien, lauschte ich angespannt auf das Geschehen da draußen. Viele Stimmen brüllten wild durcheinander, dann vernahm ich den Hufschlag von mehreren Pferden. Verzweifelt zerrte ich weiter an meinen Fesseln herum. Plötzlich hörte ich Kampfgeräusche, ganz nah am Zelteingang und dann röchelte jemand laut.

Einen Augenblick später stürmte Rittmeister Ahrens ins Zelt. Mit dem blutigen Bauernwehr in seiner Hand, lief er direkt auf mich zu.

„Keine Angst, ich will sie befreien! Können Sie laufen?“ Während er meine Fesseln durchschnitt, erwiderte ich: „Ich versuche es. Es wird schon gehen. Was ist da draußen los?“

Als die Stricke abfielen, machte ich einen Schritt vorwärts. Doch meine Knie gaben einfach nach; Ahrens konnte mich so gerade noch auffangen. „Ich glaube, das sind Ihre Freunde da draußen; die verursachen ein ziemliches Chaos.“ Ich stützte mich auf seine Schulter und so half er mir nach draußen.

Auf dem Tisch, direkt am Ausgang, lagen meine Saigabeln. Ahrens ließ mich los. Ich machte ein paar Übungen, um meine steifen Beine und Arme zu lockern. Anschließend steckte ich die Saigabeln in die Hülsen, die ich immer noch an der Hüfte trug. In diesem Moment kamen Grothusen und Adrian zurück. Wir prallten zusammen.

„Verdammt, was ist denn hier los?“ grunzte Grothusen erstaunt und stolperte ein paar Schritte zurück. Ahrens stürzte sich sofort auf den Adjutanten und rammte ihm sein Schwert in den Bauch. Mit fließender Bewegung zog er es sofort wieder heraus. Adrian presste beide Hände auf die Wunde und sank, mit ungläubig aufgerissenen Augen, röchelnd zu Boden. Im selben Augenblick ging Ahrens mit der bluttriefenden Bauernwehr auf Grothusen los.

„Halt!" schrie ich. „Das ist meine Sache. Passen sie nur auf, dass wir nicht gestört werden"

Trotz meiner schmerzenden Glieder ging ich langsam auf Grothusen zu. Ich sah wie er blass wurde; seine Schweinsaugen starrten mich fassungslos an. Ahrens zuckte mit der Schulter; er blieb mit gezücktem Schwert kampfbereit im Eingang stehen und schaute uns zu. Grothusen zog sein Messer. Hasserfüllt warf er einen Blick zu Ahrens und giftete ihn an: „Dafür wirst du noch büßen! Warte bis ich mit diesem Weibsstück hier fertig bin." Während er langsam auf mich zukam, brabbelte er geifernd: „Dann muss ich halt kurzen Prozess mit dir machen. Schade, dass wir Beide nun nicht mehr Zeit für uns haben."

„Da hast du Recht, du gemeiner Mörder. Nur werde ich es sein, der kurzen Prozess mit dir macht!"

Unter Aufbietung meiner letzten Kräfte sprang ich ihn mit einem heiseren Kampfschrei an. Er schwang sein Messer in großem Bogen und wollte mir die Brust aufschlitzen. Ich unterlief seinen Messerarm. Mit letzter Kraft krächzte ich ein 'Kiai'; dann traf meine Faust seine Herzgrube. Ich hörte es vernehmlich knacken. Grothusen blieb stocksteif stehen. Sein Arm fiel kraftlos nach unten und sein Messer rutschte ihm aus der Hand. Die Farbe seines Gesichtes wechselte zu Aschgrau.

„Du wirst keine Frau mehr quälen, denn nun fährst du zur Hölle", presste ich zwischen meinen geschwollenen Lippen hervor. Mit beiden Händen packte ich seinen Kopf und sah ihn hasserfüllt an. Er erkannte in meinen Augen sein Ende. Aus seiner Nase und aus dem leicht geöffneten Mund floss ein dünnes Rinnsal hellroten Blutes. Ich ließ seinen Kopf los und gab ihm den Rest. Mein *Shuto-Uchi* gegen seinen Kehlkopf wurde zu seiner Eintrittskarte in die ewige Verdammnis. Er sank gurgelnd in sich zusammen und blieb regungslos auf dem Zeltboden liegen.

Mit schmerzenden Gliedern bückte ich mich angewidert und holte mir mein Armband wieder zurück; er trug es noch immer an linken Arm. Dann nahm ich Mutters Amulett aus seiner Hosentasche. „Das ist meins, du Dreckstück!", schrie ich. Aufgewühlt, wie ich war, trat ich ihn in die Seite.

Ahrens zog mich energisch am Arm: „Wir müssen weg, da kommt jemand." Doch wie in Trance, blieb ich bei Grothusens Leiche stehen. Er schüttelte mich heftig und schrie mich an: „Aufwachen! Kommen Sie! Es ist vorbei!"

In diesem Moment erschienen Marc und Annas im Zelteingang. Er hielt seinen blutbefleckten Dämonenbringer im Anschlag. Als er sah, dass Ahrens mich grob schüttelte, sprang er brüllend auf ihn zu. Über seinem Kopf schwang er das Katana zum todbringenden Schlag. Ahrens ließ mich sofort los.

„Marc halt ein!", schrie ich heiser und stellte mich schützend vor Ahrens. Marc stoppte im letzten Moment und senkte sein Schwert. Ich stand schwankend und mit weichen Knien vor dem Offizier.

„Bist du in Ordnung?" fragte Marc und schaute mich prüfend an. Als er in meinem Gesicht die Schrammen und Blutergüsse sah, wurde sein Gesicht grau und Zornesfalten erschienen auf seiner Stirn. „Das wird schon wieder werden", nuschelte ich erschöpft und fiel ihm schluchzend in die Arme. Alle Anspannung fiel von mir ab. Mein ganzer Körper war nur noch ein einziger Schmerz.

Annas stand im Zelteingang und rief hektisch: „Beeilt euch, wir müssen verschwinden!" In der Hand hielt sie ihr Katana, an seiner Spitze klebten einige Bluttropfen. Marc löste sich vorsichtig aus meiner Umklammerung. Bittend schaute er Ahrens an, der mich ohne zu zögern auf den Arm nahm. Noch benommen, die Augen vor Schmerzen geschlossen, ließ ich es geschehen. So trug er mich auf seiner Armbeuge hinter Annas und Marc aus dem Zelt.

Draußen öffnete ich blinzelnd die Augen und versuchte die Situation, die sich mir darbot, zu erfassen. Einige Landsknechte lagen tot auf dem staubigen Weg, ihre Körper waren mit Pfeilen gespickt.

Ich hob leicht den Kopf und murmelte mit zusammengebissenen Zähnen: „Lucy scheint heute gut in Form zu sein. Lass mich bitte runter! Ich kann selber laufen, es geht schon wieder." Ahrens blieb stehen und ließ mich vorsichtig herunter. Nach ein paar taumelnden Schritten ging es wieder ganz gut, denn ich mobilisierte meine letzten Kräfte.

Wir liefen zum Waldrand, wo Lucy, den Bogen in der Hand, uns mit den Pferden erwartete. Als wir ankamen, rief sie aufgeregt: „Wird auch Zeit, dass ihr kommt! Ich habe keine Pfeile mehr." Dann sah sie mich liebevoll an, nahm mich erst einmal in die Arme und drückte mich an ihre Brust. Als ich schmerzvoll aufstöhnte, musterte sie mich erschrocken. Bei meinem Anblick verlor sie fast die Beherrschung.

„Das Schwein bringe ich um!", zischte sie wutentbrannt. Ich brachte ein gequältes Lächeln zustande und nuschelte, wobei ich versuchte, sie mit dem geschwollenem linken Auge anzublinzeln: „Sehe ich so schlimm aus? Aber was meinst du, wie die anderen erst aussahen, als ich mit ihnen fertig war."

Wir umarmten uns nochmals und als sie mich diesmal sachte an ihre Brust drückte, murmelte sie: „Ich bin vor Sorge fast verrückt geworden."

„Genug mit der Knutscherei. Wir müssen sehen, dass wir hier wegkommen, ehe die Typen da drüben zur Besinnung kommen. Irgendwann merken sie doch, dass wir kein ganzer Indianerstamm sind", drängte Marc uns leise zum Aufbruch. Ein wenig verlegen schaute ich sie an, als sie mir zärtlich über die geschwollene Wange strich. Das war das erste Mal, dass Lucy sich auf diese Weise mir gegenüber äußerte. Ein dicker Kloß bildete sich in meinem Rachen und es gelang mir nur mühsam, ihn hinunter zu schlucken.

Ihre Augen blitzten liebevoll. Schwungvoll sprang sie auf ihr Pferd: „Los komm", rief sie und hielt mir ihre Hand hin. Mit Mühe kletterte ich hinter ihr aufs Pferd, wobei jeder meiner malträtierten Muskeln aufschrie. Ich konnte ein Stöhnen nicht unterdrücken. Annas half mir und tröstete mich: „Keine Sorge, das kriegen wir schon wieder hin."

Bevor wir losritten, deutete Lucy auf Ahrens: „Was macht der denn hier?"

Der Rittmeister stand, wie das fünfte Rad am Wagen am Waldrand und beobachtete angespannt die Zelte. In der rechten Hand hielt er seine Bauernwehr und an seiner Hüfte hing die schwere Streitaxt. Ächzend legte ich meinen Kopf an ihre Schulter und murmelte: „Er hat mich befreit. Ohne ihn wäre ich vergewaltigt, verstümmelt und umgebracht worden."

Lucy ritt los, hielt unseren Mustang beim Rittmeister kurz an und schenkte ihm ein breites Lächeln. „Danke, dass sie unsere Prinzessin gerettet haben. Sie dürfen gerne mitkommen."

Ahrens steckte sein Schwert in die Scheide. Danach verbeugte er sich elegant und erwiderte nonchalant, mit einem Lächeln auf den Lippen: „Aber sehr gerne meine Dame."

Mit einem anfeuernden Schrei: „Los verschwinden wir, auf geht's!", gab Lucy die Zügel frei und stieß ihrem Pferd die Hacken in die Seiten. Wir galoppierten in den Wald; hinter ihr hatte ich meine liebe Not um nicht vom Pferd zu fallen. Annas, Ahrens und Marc, der die Nachhut bildete, schwangen sich auf die übrigen Pferde und folgten uns.

Während ich mich mit beiden Armen an Lucy festhielt und ihren Körper dabei fest umschlang, flüsterte ich ihr ins Ohr: „Du bist meine beste Freundin und ich liebe dich, so wie ich meine große Schwester lieben würde, wenn ich denn eine hätte".

Ich weiß aber nicht, ob Lucy meine Worte verstand. Unsere Gefährten schlossen auf und Marc lenkte seinen Mustang neben unser Pferd.

„Wir reiten zum Suwa-See. Auf der Insel Hisoka na, die durch einen Holzsteg mit dem Festland verbunden ist, werden wir ein paar Tage bleiben und uns ausruhen." Mitfühlend schaute er mich an. „Es wird dir dort gefallen, denn das Anwesen ist von deinem Vater errichtet worden. Es wird von meinen Onkel Yubai und meiner Tante Onjiko bewirtschaftet. Die Unterkunft für seine Vertrauten ist sehr gemütlich eingerichtet. Da ist genug Platz für uns alle" und mit leuchtenden Augen ergänzte er noch: „Es gibt sogar ein extra Teehaus." Er wollte mich damit wohl aufmuntern.

Ich nickte, während mir vor Erschöpfung die Augen zufielen. Das Schaukeln des Pferdes malträtierte meinen Körper.

Plötzlich schoss mir der Gedanke an meinen Geliebten Albrecht durch den schmerzenden Kopf. „Was ist mit Albrecht? Ich konnte ihn zwar warnen, aber trotzdem müssen wir ihm helfen!“, rief ich mit zittriger Stimme. Ich drehte mich zu Marc herum und wäre dabei fast vom Pferd gestürzt. Im letzten Augenblick konnte ich mich noch an Lucy festklammern.

Marc antwortete beruhigend: „Mach mal langsam! Die Landsknechte haben jetzt erst mal mit sich selbst zu tun; zurzeit haben sie keine Führung. Die ersten beiden Capitains hast du ja erledigt und mehre ihrer Unterführer gehen auf unser Konto. Außerdem wurde Albrecht von dir bereits gewarnt und er wird es auf alle Fälle bis zur Burg zurück schaffen.“

Er gab mir einen leichten Klaps auf den Rücken und versprach mir zur Aufmunterung: „Sobald wir den See erreicht haben, werde ich einen Boten losschicken, der ihn ausführlich über die neue Lage informiert und ihm sagen wird, dass es dir gut geht.“

„Albrecht muss auch erfahren, dass die Landsknechte Kanonen haben“, nuschelte ich. Als Marc zustimmend nickte, lehnte ich mich wieder an Lucys Rücken. Ich war im wahrsten Sinne des Wortes einfach kaputt und erledigt. „Wir sind bald da und sobald wir dich verarztet und uns ausgeruht haben, wird mein Onkel Yubai bestimmt für uns eine Teezeremonie abhalten“, sagte Marc. Aufgrund seiner Stimmlage schloss ich, dass er sich auf das Wiedersehen mit seinen Verwandten freute. Ich versuchte zu lächeln, jedoch es wurde nur eine Grimasse daraus. Aber seine Worte linderten meinen Schmerz ein wenig und ich klammerte mich noch fester an meine Freundin.

Nach einem kurzen Ritt, der mir aber wie eine halbe Ewigkeit vorkam, erreichten wir den Sgian Dubh. Zuerst einmal holten wir unsere Waffen aus dem Versteck hinter dem Busch.

Rittmeister Ahrens verließ uns hier: „Ich treffe euch in der Stadt Kumamoto. Ich habe hier noch etwas zu erledigen!“ rief er und galoppierte, ohne sich umzusehen, davon.

„Sei vorsichtig“ murmelte ich, aber das hörte mein Lebensretter schon nicht mehr.

„Ein netter Kerl“, meinte Lucy; Marc und Annas stimmten ihr kopfnickend zu. Wenige Augenblicke später verschwand er hinter einer Bodenwelle und wir machten uns endlich auf den Weg zum Suwa-See.

Vom Sieg im Kampf

Der Mond spiegelt sich im See: dies ist die Umgebung, der Kampfplatz.
Das ruhende Schwert: dies ist die Entscheidung über
unseren Standpunkt in dieser Schlacht.

Die Handlungen unseres Körpers, unserer Hände, unserer
Fußbewegungen: dies ist sowohl das, was wir selbst tun als auch das,
was unser Gegner tut in diesem Kampf.

Die Besessenheit überwinden ist das absolut notwendige Prinzip.
Nur dann können wir alle Fähigkeiten und Absichten durchblicken.

Dies ist der Kern, wahrzunehmen, was an Fähigkeiten und Absichten
vorhanden oder nicht vorhanden ist.

Ein klarer Blick ist entscheidend. Wir müssen frei sein
von Fixierungen, Besessenheiten, die unsere Sicht behindern,
uns ablenken vom Wesentlichen,
vom Jetzt der im Augenblick wirksamen Kräfte.

Besessenheit ist geistige Abirrung, die sich äußert
in unangemessener Fixierung auf Dinge, Situationen.

Unser Bewusstsein muss frei voranschreiten,
unsere Gedanken dürfen nicht auf das Schwert oder den Schlag des
Gegners geheftet werden.

Schwertmeister Yagyumunenori

II. Teezeremonie und Samurai

Von dem Ritt zum See bekam ich nicht viel mit. Dieses Auf und Ab auf dem Rücken des Mustangs war für mich eine endlose Tortur. Wie in Trance klammerte ich mich an Lucy fest und mobilisierte meine letzten Kraftreserven, um nicht vom Pferderücken zu fallen. Wie durch einen Schleier erfasste mein schmerzgeplagtes Gehirn die grünen Hügel und ersten Kirschbäume, die unser Ziel, den Suwa-See, ankündigten.

Nach etwa zwei Stunden erreichten wir endlich das Ufer. Als einziger Zugang zur Herberge diente ein Steg, der die grüne Insel Hisoka na, die etwa eintausend Meter weit im See lag, mit dem Festland verband. Ich kam erst wieder zu mir, als die Pferdehufe über den Holzsteg klapperten.

Mein Blick erhaschte einen Teil des flachen Hauses aus rötlichem Holz, das sich auf der Insel, am Fuß eines Hügels, malerisch zwischen Kirschbäumen versteckte. Die geraden Linien und ein mit gekrümmten Ziegeln gedecktes Dach verliehen ihm ein charakteristisches, typisch japanisches Ambiente.

Marc rief fröhlich: „Endlich! Wir haben es geschafft!“ Die letzten Meter überwanden wir voller Vorfreude, aber ziemlich erschöpft. Als wir die Pferde vor dem Haus zügelten, öffnete sich die große Schiebetür, ein mit lichtdurchlässigem Reispapier bespannter stabiler Holzrahmen. Zwei ältere Japaner traten durch die *Shōji* auf die Holzveranda hinaus, die offenbar um das ganze Haus herum verlief.

„Onkel Yubai, Tante Onjiko“, freute sich Marc und sprang behände von seinem Mustang. Er lief zu den Beiden und fiel ihnen um den Hals.

Ich stieg stöhnend vom Pferd und ließ mich geschafft auf eine Holzbank plumpsen. Das bequeme Sitzmöbel stand unter einer alten Zeder neben der Veranda und spendete angenehmen Schatten. Ich schaute zu Marc und Annas hinüber, die von den beiden Alten mit innigen Umarmungen freudig begrüßt wurden.

Lucy setzte sich neben mich auf die Bank. Besorgt fragte sie: „Na, wie geht es dir?“

„Es ging mir schon mal besser“, antwortete ich, legte ich mich auf die Bank und bettete den Kopf in Lucys Schoß. Seufzend schloss ich die Augen.

Doch bevor ich ins Tal der Träume abglitt, drangen Marcs Worte an mein Ohr: „Darf ich euch jetzt unsere Begleiterinnen vorstellen?“ Ich öffnete blinzelnd die Augen, um einen klaren Blick zu bekommen. Dann richtete ich mich leise stöhnend auf und versuchte ein Lächeln in mein Gesicht zu zaubern, was mir aber nur mühsam gelang.

Marc sprach Lucy und mich direkt an: „Ich möchte euch meine Tante Onjiko und meinen Onkel Yubai Kissaki Kenshi vorstellen. Dass sind die liebsten Menschen, die ich kenne“, um gleich darauf lachend zu ergänzen: „Ihr Beiden seid natürlich eingeschlossen.“

Verlegen verbeugten sich die beiden Alten vor uns. Lucy und ich standen auf und erwiderten die höfliche Verbeugung. Dann stellte Marc uns Beide seinem Onkel und seiner Tante vor. Ich bemerkte ein erfreutes Aufblitzten in den noch jugendlichen Augen des Onkels, als er erfuhr, dass ich Svansons Tochter sei.

Tante Onjiko nahm mich bei der Hand: „Komm mein Mädchen! Entschuldige bitte, aber du siehst nicht besonders gut aus. Wir werden erst mal deine Verletzungen versorgen. Danach wird ein heißes Bad deine Lebensgeister wieder wecken.“ Das kam von Herzen. Mit ihrer Anteilnahme vermittelte sie mir das Gefühl, als wäre ich ihre Tochter. Sie nahm mich bei der Hand und führte mich zum Haus.

Während ich auf der Veranda mühevoll meine Mokassins auszog, drehte sich Tante Onjiko zu den Anderen um und sagte resolut: „Ihr seht so aus, als könntet ihr auch ein heißes Bad gebrauchen. Also herein mit euch! Und du, mein lieber Mann, schaff' bitte ihr Gepäck herein und lass die Pferde versorgen.“

Mit einer leichten Verbeugung schnappte sich Onkel Yubai unser Gepäck. Marc schob derweil Annas und Lucy auf die Veranda, wo sie genau wie ich, sich ihrer Mokassins entledigten.

Zwei Bedienstete nahmen vom Onkel das Gepäck in Empfang und brachten es in die Gästezimmer.

Marc bat bei dieser Gelegenheit seinen Oheim, einen Boten zur Burg von Albrecht von Brandenburg zu schicken. Er solle ihm die Nachricht überbringen, dass wir alle gesund am See eingetroffen wären. Onkel Yubai schickte daraufhin einen seiner Bediensteten sofort los. Ich bedachte Beide dafür mit einem dankbaren Lächeln.

Danach betraten wir mit den bereitgestellten Holzsandalen, den Getas, das traditionelle japanische Haus. Ich roch sofort den leichten, typischen holzeigenen Duft des Zedernholzes, aus dem das ganze Haus erbaut wurde. Ich liebte diesen Geruch. Dass das Holz sich mit dem ätherischen Öl gegen Holzschädlinge schützte, war für mich nur ein interessanter Nebeneffekt. Der rötliche Farbton verlieh dem Haus eine Note warmer Gemütlichkeit.

Onjiko führte uns in einen großen Raum, der mit angenehm frisch riechenden Tatami-Matten ausgelegt war. Von Schmerzen gepeinigt, folgte ich ihr in die gute Stube. Trotz meines körperlichen Zustandes, blieb ich einen Moment stehen, um die stilvolle und warme Atmosphäre des Zimmers in mich aufzunehmen.

Die schlichte Einrichtung bestand aus einem niedrigen Tisch und zwei *Zaisus*. Die japanischen Bodenstühle, mit den dazugehörigen Sitzkissen, bildeten mit dem Tisch eine ruhige klare Linie. In einer Glasschale auf dem Tisch lag ein schlichtes, aber kunstvolles Ikebana-Blumenarrangement. Rechts davon stand ein halbhoher Apothekerschrank, über dem ein *Kagami* an der Wand hing. Alle Möbel waren, genau wie das Haus, aus dem herrlich duftenden Zedernholz getischlert.

In einer zurückgesetzten Nische, der traditionellen Tokonoma, sah ich das obligatorische Rollbild. Das sehr wertvolle *Kakemono,* das von dem *meijin* Toyohiro Utagawa etwa um 1810 gemalt wurde, zeigte einen Samurai mit zwei Schwertern. Marc muss das Bild des Meisters aber erst später hierher gebracht haben, dachte ich mit gerunzelter Stirn im Weitergehen. Vielleicht ein Geschenk für die Beiden? Bei Gelegenheit würde ich Marc einfach mal danach fragen.

Onjiko schob die beiden Fusuma zur Seite. Die bewegliche, zweiteilige Papierwand war kunstvoll bemalt. Auf der linken Seite saß eine Geisha zusammen mit einem Samurai auf einer Steinbank in einem Teegarten. Die rechte Seite zeigte einen Sonnenuntergang über dem Fuji-san. Einzeln betrachtet waren es zwei eigenständige Bilder, aber zusammen geschoben ergab sich daraus für den Betrachter eine herrliche Gesamtkomposition.

Wir betraten einen weiteren Raum, in dem sich eine Liege und ein Wasserbecken befanden. Zwei Diener waren dabei, das Becken mit heißem Wasser zu füllen. Hinter dem Bassin öffnete sich der Raum und gab den Blick frei auf einen herrlich angelegten Garten, in dessen Mitte sich der Rotenburo befand, das original japanische, heiße Wasserbecken im Freien.

Ich war überwältigt von der schlichten Schönheit dieser Anlage. Stand man am Eingang des Hauses, sah es recht klein und unscheinbar aus. Erst beim Eintritt ins Haus, mit dem Blick in den Garten und den dahinter liegenden, durch einen Torbogen vom Rotenburo abgetrennten Teegarten, konnte man erahnen, wie groß und weitläufig das Anwesen tatsächlich war.

Wir entkleideten uns und die Diener nahmen unsere Sachen zum Reinigen mit. Onjiko klatschte zweimal in die Hände, sofort erschienen zwei in traditionelle Kimonos gekleidete Frauen. Annas, Lucy und Marc wurden im Becken von den Beiden nacheinander mit heißem Wasser aus hölzernen Zubern übergossen und mit Bürsten und Schwämmen abgerubbelt. Erst als ihre Haut eine leicht rötliche Färbung annahm, wurden ihre Körper abschließend nochmals mit heißem Wasser abgespült. Danach durften sie über die Veranda zum Rotenburo. Sie setzten sich in das von einer heißen Quelle gespeiste Becken.

Währenddessen inspizierte mich Onjiko auf der Liege mit fachkundigen Händen. Nach der Untersuchung meiner Wunden und Prellungen erklärte sie mir in ihrer ruhigen Art mitfühlend: „Das sieht alles ziemlich schlimm aus und du wirst dich noch eine längere Zeit daran erinnern, aber Gott sei Dank ist keine Rippe gebrochen und innere Verletzungen kann ich auch nicht erkennen."

Sie gab mir aufmunternd einen Klaps auf den Po. Dann führten mich die beiden Dienerinnen zum Wasserbecken, übergossen mich, wie zuvor meine Gefährten, mit heißem Wasser und rubbelten meine Haut sanft mit einem Schwamm ab. Immer wieder mussten die Diener neues heißes Wasser herbeischleppen. Nach einer letzten Dusche durfte ich zu den Anderen ins Freie.

Beim Anblick meines Körpers mit all den Prellungen und Abschürfungen, die mittlerweile alle Farben schon angenommen hatten, hielten meine Gefährten entsetzt die Luft an. Meine linke Wangenhälfte war angeschwollen, und das Auge schillerte in allen Regenbogenfarben.

Ich ließ mich langsam in das mindestens 45 Grad heiße Wasser gleiten. Beim ersten Kontakt empfand ich die enorme Hitze des Wassers als kalt. Erst nach längerer Zeit realisierte ich die tatsächliche Temperatur. Meine Haut rötete sich langsam und wurde gleichzeitig stark durchblutet. Dadurch lösten sich meine Verspannungen und die schlimmsten Schmerzen wurden gelindert; ich fühlte sie nur noch dumpf im Hintergrund rumoren.

In den entspannten Gesichtern meiner Gefährten las ich die gleichen wohligen Empfindungen. Still genossen wir dieses ultimative Badeerlebnis. Entspannt saß ich bis zum Hals im Wasser und döste vor mich hin. Nach einer Weile in der trägen Mattigkeit, gingen meine Gedanken auf Wanderschaft und das Gemurmel meiner Gefährten vereinte sich zu einem einzigen Ton.

Mein Blick fiel auf einen prächtigen alten Baum, aus dessen dunkelgrünen Kelchblättern kleine purpurfarbene, rosenartige Blüten wie Rubine in der Sonne strahlten. „Das muss ein uralter Kamelienbaum sein" murmelte ich. Seine Höhe schätzte ich auf etwa sieben Meter.

Ich wusste, dass die Kamelie einer der beliebtesten Ziersträucher in China und Japan war. Vor einiger Zeit hatte ich in einer Gartenausstellung etwas über die berühmte *Yunnan*-Kamelie gelesen. Das war ein fast siebenhundert Jahre alter Kamelienbaum in Japan. Und nach dem Umfang zu schätzen, war dieser Baum hier bestimmt nicht wesentlich jünger. Ich seufzte: „Was für eine Pracht“ und ließ mich noch etwas tiefer ins Wasser gleiten.

Langsam fand ich wieder in die Gegenwart zurück und hörte, wie Marc Lucy gerade erklärte, dass diese heiße Quelle von meinem Vater beim Bau des Hauses extra angelegt wurde. Und dass Vater, meine Mutter und Annas zusammen mit ihm diese Annehmlichkeit hier schon oft genossen hatten. Als ich an meine Mutter dachte, erfasste mich tiefe Traurigkeit und ich konnte meine Tränen nicht zurückhalten.

Sofort erkundigten sich Annas und Lucy besorgt nach meinem Befinden. Sie fragten mich, ob ich sehr starke Schmerzen hätte. Es dauerte einige Augenblicke ehe ich ihnen antworten konnte: „Ich habe an meine Mutter gedacht. Wie schön wäre es jetzt, wenn sie hier dabei sein könnte.“

Ich wischte mir eine Träne aus dem Augenwinkel. Teilnahmsvoll umarmten mich die Beiden und spendeten mir ein bisschen Trost. „Außerdem will ich mich bei Euch noch entschuldigen. Denn durch meinen Eigennützigkeit, Albrecht wiederzusehen, brachte ich euch in Lebensgefahr.“

Marc kam dazu schaute mich liebevoll an und sagte: „Schon in Ordnung, es ist ja noch einmal gut gegangen.“ Grinsend fügte er hinzu: „Deine Unvernunft hat dir ja auch einige bunte Andenken eingebracht“ und strich mir sanft über das geschwollene Gesicht. „Ich rufe jetzt die Frauen, sie sollen dich ins Haus zurückbringen. Du musst dich ausruhen. Keine Widerrede, das ist ein Befehl! Morgen bist du wieder fit und dann sehen wir weiter.“

Er rief nach den Frauen, die mich in einen weichen Bademantel einhüllten und ins Haus brachten. Onjiko hatte einen kleinen Raum für mich alleine vorbereitet; der Boden war mit dem traditionellen japanischen Futon ausgelegt. Meine Kleider hingen bereits gesäubert im Wandschrank. Die Schlafmatte in der Mitte des Raumes zog mich magisch an. Müde und kaputt ließ ich mich einfach darauf fallen. Noch bevor mich der Schlaf übermannte, bat ich Marcs Tante um eine Lederschnur für das Amulett meiner Mutter.

Onjiko brachte die Schnur und legte mir den Anhänger um den Hals. Danach küsste sie mich auf die Stirn, deckte mich mit einem Laken zu und sagte leise: „*Doro no yō ni nemuru, Zan mu ji dō,* schlafe mein Mädchen, träume den Traum, den du im Herzen trägst." Ein tröstliches Gefühl der Leere breitete sich in mir aus. Ich bekam noch nicht einmal mehr mit, dass sie die Schiebetür leise hinter sich schloss; ich war vor Erschöpfung bereits eingeschlafen.

Das Aufschieben der Fusuma verursachte ein leises schleifendes Geräusch - und das mogelte sich in meinen Traum. - Ich versuchte gerade, mit meinem Mustang über einen Graben auf eine Insel zu springen. Albrecht stand am Strand und winkte mir zu. Aber ich schaffte es einfach nicht, mein Pferd weigerte sich. Verzweifelt stieß ich ihm die Hacken in die Flanken, aber es nützte nichts. Die Insel trieb ab wie ein Floß. Albrecht wurde immer kleiner, bis ich ihn nicht mehr sehen konnte. - Mit einem Ruck kam ich hoch und schaute verwirrt die Frau an, die vor dem Eingang meiner Kammer kniete.

Sie lächelte mich kurz an und verschwand dann wieder. Im ersten Moment wusste ich nicht, wo ich war. Dann klärte sich mein Verstand und mir fiel wieder ein, dass wir es bis zum See geschafft hatten. Ich schüttelte mich, um den Traum loszuwerden.

Ich hörte ein leises Plätschern. Langsam stand ich auf; die Frau hatte die Papierwände meiner Stube ganz beiseitegeschoben. Im angrenzenden Raum sah ich ein Natursteinbecken und darin sprudelte eine Wasserfontäne. Ich ging hinüber und bemerkte ein weiteres großes Bassin, das im Boden eingelassen war. Darin stand ein kleiner Stuhl und eine Schüssel. Nahebei stand ein zierlicher Tisch mit ein paar Handtüchern darauf; daneben lag ein Stück Seife in einer Glasschale.

Ich zog den Bademantel aus, füllte die Schüssel mit Wasser aus dem Springbrunnen und setzte mich im Becken auf den Stuhl. Hier seifte ich meine schmerzenden Glieder von oben bis unten ein. Danach goss ich mir mehrmals Wasser über den Kopf und spülte die Seife wieder ab. Das Wasser war eiskalt aber ungemein erfrischend.

Nach dem kalten Wasserguss spürte ich von meinen Prellungen schon fast nichts mehr. Diese Waschung hatte für mich auch eine rituelle Bedeutung. Ich fühlte, dass ich mit der Seife auch den Schmutz von meiner Seele abwusch. Meine Lebensgeister kehrten Stück für Stück zurück. Ich trocknete mich ab und ging zum Schlafraum zurück. Mit frischer Unterwäsche, darüber ein einfacher Hauskimono aus weißer Seide, zog ich den Obi fest und schlüpfte in die Holzsandalen. Voller Elan machte ich mich auf die Suche nach meinen Gefährten.

Ich schob die Fusuma des Waschraumes zur Seite und trat auf die Holzveranda. Ein sonniger Morgen mit wunderschönem blauem Himmel begrüßte mich. Ich hörte Stimmengemurmel und folgte den Holzdielen bis zum Garten. Hier saßen alle um einen runden Tisch und frühstückten.

Mit großem Hallo begrüßten sie mich freudig. Alle fragten mich fast gleichzeitig danach, wie es mir denn heute gehe. Schmunzelnd antwortete ich: „Mir geht es sehr gut, ich könnte schon wieder Bäume ausreißen.“ Im Stillen amüsierte ich mich über meinen Spruch, denn mit 'Bäumen' meinte ich doch wohl eher Bonsais.

Als Lucy mich innig drückte und herzte, konnte ich ein schmerzliches Zusammenzucken leider nicht verhindern. Trotzdem ließ ich mir weiter nichts anmerken und setzte ich mich mit übertriebenem Schwung in die Mitte der Gesellschaft. Dafür wurde ich sofort mit einem stechenden Schmerz in der rechten Seite 'belohnt'.

„Na ja“, flüsterte Marc, der mich beobachtet hatte, leise ins Ohr: „Ein wenig achtgeben solltest du schon noch. Onkel Yubai wird dich nachher ein bisschen massieren und auf deine Blessuren etwas von seiner Heilsalbe auftragen.“

„Aber jetzt muss sie erst mal etwas Essen, damit sie wieder zu Kräften kommt“, sagte Tante Onjiko streng. Sie beauftragte die Diener, mir eine Hühnersuppe zu bringen. Wie auf Kommando meldete sich mein Magen. Als die duftende Suppe gebracht wurde, löffelte ich die Schale mit Heißhunger bis zur Neige aus. Zwischen einzelnen Bissen ins kräftige dunkle Brot, das zur Suppe gereicht wurde, fragte ich Marc, ob seit gestern irgendetwas Neues passiert sei.

Schmunzeln sah er mich an: „In der Zeit, in der du deinen Schönheitsschlaf gehalten hast, war ich in Kumamoto beim Hatamoto Kami Kiminobu und habe ihm unseren Besuch angekündigt. Gleichzeitig sondierte ich die Umgebung und traf mich mit einigen Leuten."

Ungläubig schaute ich zu Annas und Lucy, die bestätigend nickten. Lucy wollte mich, wie immer, etwas foppen und sagte vorwurfsvoll: „Du Schlafmütze hast volle drei Tage lang gepennt. In dieser Zeit mussten wir deinen hübschen Hintern bewachen und deswegen konnten wir selber kein Auge zutun."

Übertrieben missbilligend sah sie mich an. Ich starrte zurück; dann streckte ihr die Zunge heraus. Wie immer schaffte sie es mit ihrer schnodderigen Art, ernste Situationen zu entkrampfen. Die Frühstücksrunde brach in ein herzerfrischendes Lachen aus. Ich lachte so sehr, dass ich fast keine Luft mehr bekam, weil mich die rechte Seite doch noch empfindlich schmerzte.

Danach kündigte Marc lächelnd an: „Zur Feier des Tages möchte Onkel Yubai heute Mittag für uns eine Teezeremonie im Teehausgarten durchführen. Deshalb würde ich sagen, wenn Reneé mit dem Frühstücken fertig ist, geht sie zur Massage. Inzwischen helfen Annas und ich Onjiko bei den Vorbereitungen zur Teezeremonie und Lucy besorgt das Essen für heute Abend."

Begeistert stimmte Lucy zu und grinste in meine Richtung: „Endlich mal was Vernünftiges zu tun, als immer nur den Babysitter für unsere kleine Prinzessin zu spielen." Ehe ich darauf antworten konnte, nahm Onjiko Lucy beim Arm und zog sie zur Terrasse. Dabei sprach sie: „Ich gebe dir einen Diener mit, der soll dir beim Tragen des Abendessens helfen" und Beide verschwanden ins Haus.

Yubai wartete höflich im Hintergrund, bis ich mit dem Essen fertig war. Dann nahm er mich bei der Hand und führte mich über die Holzterrasse in einen Raum mit Verbindung zum Garten und zum Rotenburo. Er empfahl mir, nach der Massage dort noch eine Sitzung abzuhalten.

Onkel Yubai's Hände waren göttlich; noch nie zuvor erhielt ich eine so wohltuende Massage. Nach einer Stunde intensiven Durchknetens waren meine verbliebenen Schmerzen vollends verflogen. Danach trug er seine Heilsalbe auf, sie duftete herrlich nach Jasmin. Zum Schluss wählte er für meine geschwollene Wange noch eine spezielle Wundsalbe aus, die er mir mit Gebrauchsanweisung überreichte. Ich bedankte mich aufgekratzt bei ihm. Anschließend gönnte ich mir noch einige Minuten Ruhe und Entspannung im heißen Wasser des Rotenburo. Jetzt fühlte ich mich wirklich wie neugeboren und zu neuen Taten bereit.

Lucy hatte einen Fasan erlegt und in der Küche zur Zubereitung fürs Abendessen abgegeben. Es sollte ein Festmahl werden, wie Onjiko schmunzelnd ankündigte. Sie verriet mir, dass es außer dem Fasan noch einen frisch gefangenen Suwa-Lachs gebe.

„Endlich eine Abwechslung zu unserer bisherigen Speisenkarte", freute ich mich.

Die Vorbereitungen für die Teezeremonie waren inzwischen abgeschlossen. Onjiko riet Lucy und mir, uns dafür in traditionelle Kimonos zu kleiden.

Ich entschied mich für einen schlichten roten *Yukata*-Kimono, während Lucy einen weißen bevorzugte. Selbstironisch meinte sie, dass sie in einem Weißen unschuldiger aussehe. Annas zeigte sich in einem dunkelblauen Kimono, auf dem Rücken war eine stilisierte goldene Sonne in einem Dreieck aufgestickt. Tante Onjiko trug einen schwarzen *Kuro Tomesode*-Kimono. Auf der Brust, dem Rücken und auf den Ärmeln waren fünf kleine Wappen, die *Kamon* der Familie Kissaki Kenshi, eingewebt. Marc und Onkel Yubai trugen zu ihrem Kimono eine Überjacke, auf die ebenfalls das Familienwappen gestickt war. Dazu trugen sie den *Hakama,* das zeremonielle Beinkleid.

Wir betraten den Teehausgarten durch ein Holztor und schritten über den ersten Trittstein. Traditionell soll die erste Stufe die

Selbsterkenntnis und das Abstreifen des Alltags symbolisieren, erklärte Marc.

Der Garten selber war einer rauen Berglandschaft nachempfunden. Auf dem festgestampften Boden war weißer Kies aufgeschüttet, der eine Wasserfläche symbolisierte. Wir folgten dem Trittsteinweg über eine Brücke zum Teehaus. Das war eine schlichte Hütte aus unbehandeltem Zedernholz; ihr Dach war mit Rinde gedeckt. Am Eingang stand neben dem steinernen *Tsukubai,* dem Wasserbecken, eine Steinlaterne. Auf dem Becken lag eine Kelle, Teemeister Onkel Yubai hatte sie dort abgelegt. Mit Wasser aus dem Becken, säuberten wir uns in Form einer symbolischen Waschung die Hände und spülten den Mund aus.

Über den zweiten Trittstein betraten wir, durch eine niedrige Fusuma, in gebückter Haltung die Empfangs-Halle.

„Dies bedeutet symbolisch, dass der Rang oder die Stellung im Alltagsleben, draußen vor der Tür des Teeraums gelassen wird. Gäste und Gastgeber sind Gleiche unter Gleichen", erklärte Marc leise.

Wir setzten uns auf die Sitzkissen am Boden. Tante Onjiko reichte uns kleine Reisbällchen, dazu gab es dünnen heißen *Gyokuro*-Tee in leichten Teeschälchen.

Wir plauderten angeregt miteinander. Marc erläuterte, hauptsächlich für Lucy, dabei die kostbaren Gegenstände zur Teezubereitung. Ein Lächeln huschte über mein Gesicht. Ich konnte mich noch genau an die schönen und friedlichen Stunden in Marcs Garten erinnern, wo er in seinem *Chashitsu* nur für mich eine Teezeremonie abgehalten hatte. Während ich ihm bei den Erklärungen zuhörte und dabei beobachtete, mit welcher Freude er die Utensilien beschrieb, wurden meine Erinnerungen an diese wunderbaren Stunden wieder deutlich.

Außer Lucy kannten alle Teilnehmer der Zeremonie aus eigener Erfahrung die Bedeutung der Gegenstände zur Teezubereitung. Trotzdem hörten sie Marcs Ausführungen interessiert zu und bewunderten die kostbaren Utensilien gebührend. Man konnte ihm ansehen, dass er die Bedeutung und den Sinn einer Teezeremonie verinnerlicht hatte.

Onkel Yubai räusperte sich und wir schwiegen erwartungsvoll. Er erklärte uns, dass er die Zeremonie nach den Regeln von Sen no Rikyû, des Vaters des Teeweges, abhalte. Er las uns ein Gedicht des verstorbenen Meisters vor, welches aus dem Gedichtband Rikyû Hyaku Shû stammte: *"Sono michi ni iran to omou kokoro koso wagami nagara no shisho narikere."* Unser Translater übersetzte es mit den Worten: „Das Herz wünscht sich in den Weg hinein zu begeben. Genau dieses Herz ist der Lehrer des Selbst." Damit schloss Yubai den ersten Teil der Teezeremonie, und wir begaben uns in den Garten.

„Na, wie findest du die Zeremonie?", fragte ich Lucy.

„Ich bin begeistert von der Stimmung", sie wandte sich an Marc: "... und besonders von deinem Vortrag." Er nickte und wollte etwas erwidern, da riefen uns fünf Gongschläge zur Zeremonie zurück. Bevor wir in das Teehaus zurückgingen, wurde wieder die symbolische Waschung im Tsukubai durchgeführt, ebenso der Gang über den Trittstein.

Nun begann der zweite Teil der Teezeremonie. Onkel Yubai hatte inzwischen den eisernen Kessel mit Holzkohle beheizt, das Wasser im Kessel summte und der Duft von leichtem Räucherwerk durchzog den Raum. Onjiko verteilte kleine Reiskuchen und Süßigkeiten. Jetzt richtete sich unsere Aufmerksamkeit voll auf die Bewegungen des Teemeisters, der den Tee nach altem Ritual zubereitete.

Er nahm ein Utensil nach dem anderen zur Hand. Stets sehr konzentriert und mit ruhigen, wohlüberlegten Bewegungen. Er zelebrierte die Zubereitung, die in vorher bestimmten Bahnen verlief und bei der jede seiner Handbewegungen genau festgelegt war.

Aus der Lackdose holte er mit dem Teelöffel fein gemahlenen Matcha, der aus dem besten Grüntee, dem *Gyokuro*, hergestellt war. Er strich den Matcha durch das Teesieb in die Teeschale. Danach goss Yubai mit dem Schöpflöffel heißes Wasser in die Teeschale.

Dann schlug er mit dem *Chasen* mit ruhigen Bewegungen den Tee schaumig. Als er fertig war, reichte er uns den zu Beginn recht starken Tee.

Danach verteilte Tante Onjiko einen leichten Tee aus flachen Schalen. Zwischendurch säuberte sie die Teeschalen mit kleinen, unscheinbaren Tüchern. Dazu erklärte sie leise: „Diese *Chakin* sind aus reinem Leinen. Sie sind bei der Teezeremonie das Utensil, neben dem Teebesen, das durch nichts anderes ersetzt werden darf."

Zum Abschluss des Rituals erläuterte uns Onkel Yubai die lebensphilosophischen Gedanken des Sen Rikyu. Dieser verband mit dem Akt der Teezubereitung die geistige Übung der vier Lebenshaltungen. Die Erste verkörpert Harmonie und Frieden, die Zweite Hochachtung und Ehrfurcht, die Dritte die Reinheit und die Vierte die Stille und Gelassenheit.

Wir verließen die Hütte, von der Zeremonie noch stark beeindruckt. Wir verbeugten uns vor Onkel Yubai, der vor der Tür saß und uns verabschiedete. Marc erklärte uns im Garten, dass die Teezeremonie erst dann wirklich abgeschlossen sei, wenn die Gerätschaften ordnungsgemäß gesäubert und verstaut wären. Danach reinigt man noch die Hütte, selbstverständlich nach vorgegebenem Ritual. Indem wir den Teegarten wieder über die erste Trittschwelle verließen und das Holztor hinter uns zuzogen, kehrten wir sinnbildlich wieder in unseren Alltag zurück. Noch ganz unter dem Eindruck der Teezeremonie setzten wir uns stillschweigend im Hausgarten an den Tisch.

Erst als Tante Onjiko und Onkel Yubai zu uns stießen, lebte die Unterhaltung wieder auf. Wir bedankten uns nochmals bei den Beiden.

Mit leichter Verbeugung nahmen sie unseren Dank entgegen. Yubai klärte uns über die verschiedenen Gestaltungsarten einer Tee-zeremonie auf und erläuterte uns auch den Unterschied zwischen chinesischen und japanischen Teegärten. So sind die chinesischen Teegärten immer als Gärten zum Begehen gedacht, dagegen sind die Japanischen Gärten oftmals nur als Gärten zum

Betrachten angelegt. Außerdem findet man in traditionellen chinesischen Gärten keine, der in den japanischen Anlagen obligatorischen Steinlampen.

Zwischendrin warf ich in die Unterhaltung ein, dass diese doch sehr wertvollen Utensilien zur Teezeremonie, auf der Erde als Antiquitäten quasi unbezahlbar wären. Lucy zog eine Grimasse und versetzte mit blitzenden Augen: „Darüber müssen wir uns noch einmal unterhalten, bevor wir zurückgehen."

Ich hob die Augenbrauen und erwiderte kopfschüttelnd: „In deinen Augen stehen mal wieder nur Dollarzeichen."

„Von Nichts kommt Nichts", antwortete Lucy und schaute feixend in die Runde. Wir hänselten uns, wie immer, noch ein wenig. In der weiteren Unterhaltung gestand Lucy, dass sie den starken Matcha-Tee nicht so prickelnd fand und wie ich, den etwas schwächeren Tee vorzog. Marc und Annas waren aber an den starken Matcha gewöhnt. Bei diesem Geplänkel verging die Zeit wie im Fluge. Tante Onjiko und Onkel Yubai verließen uns, um das Abendessen vorzubereiten.

In diesem Moment fiel mir wieder das Rollbild. „Marc, ich bin etwas irritiert und wollte dich schon seit unserer Ankunft deswegen mal fragen: das wertvolle Kakemono von Meister Toyohiro Utagawa, das im Haus hängt, wurde doch etwa um 1810 gemalt. Aber du bist doch schon viel länger auf Niihama. Wann hast du das Bild dann auf diese Ebene gebracht? Und ist Onjiko wirklich deine Tante und Yubai dein Onkel?"

Marc schmunzelte augenzwinkernd: „So, so! Was dir nicht so alles auffällt. Aber du hast Recht. Als ich 1638 von deinem Vater hierher gebracht wurde, rettete er mir, wie du ja weißt, bei einer Auseinandersetzung mit der Obata-Schwertschule das Leben. Mein Bruder wollte damals, trotz der Anfeindungen, nicht mit nach Niihama und blieb zu Hause in Kumamoto. Tante Onjiko und Onkel Yubai sind Nachfahren aus der direkten Linie meines Bruders. Sie sind meine Verwandten und deshalb nenne ich sie halt Onkel und Tante. Weil sie die Letzten des Familienzweiges der

Kissaki Kenshi waren, habe ich sie gefragt, ob sie zu mir auf die Ebene übersiedeln wollten."

Er schmunzelte und sagte an uns gewandt: „Ihr könnt euch sicher vorstellen, wie überrascht und ungläubig die Beiden auf ihren, aus dem Nichts aufgetauchten, Verwandten reagierten. Es bedurfte einiges Zureden und sehr viel Überzeugungsarbeit, bis sie mich tatsächlich als ihren ‚Enkel' annahmen. Und 1868 war es dann soweit. Das war in dem Jahr, als der letzte Tokugawa-Shogun zurücktrat und der Kaiser seine Regierung in Edo errichtet. Edo wurde ja später in Tokio umbenannt. Ach so, das Rollbild überreichte der Meister der Familie Kissaki Kenshi damals höchstpersönlich."

Onjiko nickte bestätigend. Lachend umarmte Marc seine Tante und gab ihr übermütig einen Kuss auf die Wange. Onjiko hatte schon eine ganze Weile zugehört und herzte nun Marc und sagte mit einem Lächeln: „Plötzlich hatten wir einen Enkel ... und was für einen!"

Ein Diener beendete unsere Plauderstunde, er bat uns zum Essen. Arm in Arm gingen Marc und Onjiko vor uns ins Haus. Vergnügt folgten wir den Beiden in einen separaten, mit Schiebewänden abgeteilten Speiseraum und setzten uns in die Saizu an dem wunderschön eingedeckten Tatamitisch. Wir ließen uns den ganzen Abend über köstlich bewirten.

Ich hatte noch nie einen so hervorragend zubereiteten Lachs gegessen und auch der Fasan schmeckte hervorragend. Tante Onjiko hatte auf jeden Platz einen *o-mamori* gelegt, ein Glücksbringer in Form eines Amulett-Beutelchens; dazu überreichte sie uns Votivtafeln, Ema genannt.

In der lustigen Runde wurden viele Geschichten und Anekdoten erzählt, dabei sprachen wir dem Nationalgetränk Nihonshu, dem japanischen Sake, reichlich zu. Zwischendurch flüsterte mir Onkel Yubai, schon ein wenig angeheitert, ins Ohr: „Dies ist ein *Seishu,* ein Premium-Sake." Und wie es aussah, mundete der gekühlte Sake allen sehr. Als Lucy mir zum wiederholten Male mit dem rechteckigen, sehr alten Zedernholzbecher zuprostete, bemerkte ich, dass das Getränk nicht nur gut schmeckte, sondern auch gut wirkte.

Da entdeckte mein schweifender Blick an der Wand einen Schwertständer, auf dem ein außergewöhnlich langes Schwert lag. Das war mir bis jetzt noch garnicht aufgefallen. Neugierig stand ich auf und besah es mir aus der Nähe. Es war ein gerades, schlichtes Holzschwert, dessen Aura mich aber sofort in Bann schlug.

Marc, der meinen Faible für Schwerter kannte, war mir gefolgt: „Ein wunderbares Schwert, nicht wahr?" Er strich ganz sanft über das Holz.

„Das ist aus Kamelienholz, wie auch dieser schlichte Schwertständer hier. Das *Bokutachi* ist angeblich das ‚Erste Schwert' des Tenno Keiko, es stammt etwa aus dem achten Jahrhundert. Es heißt *Zuìquán*. So um Elfhundert verschwand es aus dem Kaiserlichen Palast in Kyōto. 1962 entdeckte ich das Schwert durch Zufall bei einem Antiquitätenhändler in Washington. Der Händler war ein sehr undurchsichtiger Typ, angeblich mit Verbindungen zur Antiquitätenmafia. Als ich etwas über die Herkunft des Schwertes erfahren wollte, wich er mir nur aus ... und sein Preis war auch nicht akzeptabel. Also konnte ich nicht umhin, es mir in einer Nacht- und Nebelaktion zu besorgen. Man könnte auch sagen: *‚Hun shui mo yu'*, in getrübtem Wasser fischen", fügte er lächelnd hinzu.

„Ich habe es dann Onkel Yubai geschenkt. Übrigens, diese schönen Puppen hier hat Tante Onjiko ebenfalls aus Kamelienholz geschnitzt" sagte er und deutete auf drei bunt bemalte Figuren.

Ha, er wollte mich nur von einer Kritik an seiner 'Übernahmeaktion' abbringen. Seine Miene blieb ausdruckslos, nur die Lachfältchen um seine spöttisch blinkenden Augen vertieften sich, als ich ihn mit schmalen Augen musterte. Ich hatte ihn noch nie so relaxt und so aufgeräumt gesehen. Vielleicht lag es ja auch am reichlichen genossenen Sake. Sein Grienen reizte mich dazu, in zu tadeln: „Du und mein Vater! Eure Ansichten über Eigentum sind nach meiner Meinung, gelinde ausgedrückt, schon sehr seltsam."

Schelmisch zwinkerte er mir zu: „Wir haben uns nur das genommen, was uns sowieso schon gehörte. Das war immer alles vollkommen legal. Weil ich aus einer entfernten Blutlinie des Tennos stamme, gehört das Schwert ‚Knochenbrecher' also rechtmäßig mir."

Er gab mir einen Kuss auf die Stirn und kehrte schwungvoll zum Tisch zurück, wo Onkel Yubai ihn mit einem neuen Becher Sake empfing. Mit belustigtem Lächeln sah ich hinter ihm her und schüttelte meinen Kopf über seine legere Art, Eigentum zu definieren. Danach bewunderte ich nochmals die schlichte Eleganz des Schwertes.

Mit gebührendem Respekt würdigte ich anschließend die bunten Kokeshi-Puppen. Dann kehrte ich wieder zu der trinkfreudigen ‚Gesellschaft' am Tisch zurück.

Nach ein paar Trinksprüchen erzählt Marc uns dann von seinem Besuch in Kumamoto. „Viele Samurai dort beschäftigen sich nur noch mit spirituellen und künstlerischen Dingen und hängen den buddhistischen Lehren an. Aber Gerüchte besagen, dass einige der höher gestellten Samurai das alte System der Aristokraten, der Adligen Samurai, wieder anstreben. Sie wollen es in Kumamoto, unter der Führung eines von ihnen gewählten Shogun's wieder einführen. Anscheinend sind einige von ihnen auch Vasallen der Akatsuki. Aber wer genau von denen mit den Akatsuki gemeinsame Sache macht, konnte ich leider nicht erfahren."

Dieser Bericht führte zu mehreren Diskussionen zwischen Marc und seinen Verwandten. Der Onkel und die Tante reagierten ziemlich bestürzt auf die Vorstellung einer Rückkehr zum ‚Alten System'. Erst nach einigen Schlucken Sake beendeten sie das Thema wieder.

Dann kam die Sprache auf Waffen- und Kampftechniken, wobei alle Anwesenden gerne ihre Erfahrungen und Anekdoten beisteuerten. Die Diener kamen mit dem Nachschenken aus den kleinen, henkellosen Krügen kaum noch nach und unsere Stimmung wurde immer ausgelassener. Mittlerweile war die Nacht hereingebrochen und hatte das restliche Tageslicht verschlungen.

Mit Hilfe der Bediensteten hängte Tante Onjiko rote Lampions rund ums Haus herum auf. Sie waren beschriftet mit den Schriftzeichen für Glück, Gesundheit und Stärke. Mit dem roten Licht verbreiteten die Lampions auf der Terrasse eine verzauberte, märchenhafte Atmosphäre.

Als Lucy dann zu vorgerückter Zeit, zusammen mit Onkel Yubai einen Neuseeländischen Table Dance vorführen wollte und sie dabei die zarte Einrichtung fast demoliert hätten, da wurde es Zeit für uns alle, diesen schönen Abend zu beenden. Onjiko nahm ihren singenden Gatten unter die Arme und schleppte ihn aus dem Zimmer. Auch Annas und Marc sahen ziemlich geschafft aus, als sie verschwanden.

Und ich kümmerte mich um unsere ‚Ballett-Tänzerin: „Komm du Neuseeländische Elfe, es ist Zeit fürs Bett.“ Ich tätschelte ihre Wange und wir suchten, leicht schwankend, unsere Schlafstätten auf. Es dauerte nicht lange und aus allen Räumen tönte vielstimmiges Schnarchen. Kurz danach fiel auch ich, trotz der lauten Schlafgeräusche, in einen tiefen und festen Schlaf.

Durch das geschäftige Treiben um das Haus herum wachte ich auf. Auf der Veranda wuselten die Bediensteten schon mit trippelnden Schritten herum. Eine ganze Weile widmete ich mich meinen Kopfschmerzen. Als mir etwas besser wurde, rappelte ich mich auf und schob die Fusuma zur Seite. Mit zusammengekniffenen Augen blinzelte ich in die Morgensonne, die bereits blendend hell am blauen, wolkenlosen Himmel stand. Gähnend streckte ich mich ausgiebig. Nur mit Slip und Shirt bekleidet, streckte ich meine Arme in die klare, aber noch sehr kühle Morgenluft.

Neben mir öffnete sich eine weitere Schiebetür und Lucy streckte den Kopf heraus. Sie hatte ihre Augen ebenfalls noch 'auf halb Acht' und murmelte: „Ich glaube, mein Kopf platzt gleich.“

„Da hilft nur eines! Folge mir unauffällig.“ Ich zog sie hoch, nahm sie bei der Hand und ging mit ihr über die Terrasse ums Haus herum. Lucy trottete noch im Halbschlaf neben mir her und fragte gähnend: „Wo willst du denn hin?“ Erst als ich auf der

Terrasse die Absperrung zum See entfernte, dämmerte ihr so langsam, was ich vorhatte. Aber bevor sie flüchten konnte, gab ich ihr einen Schubs. Mit wild rudernden Armen und einem lauten Schrei stürzte sie in den See. Planschend und prustend tauchte sie kurz darauf wieder an der Wasseroberfläche auf.

„Brr! Ist das kalt!“ Als sie mein grinsendes Gesicht sah, drohte sie mir: „Warte nur, meine eiskalte Rache wird dich irgendwann erwischen!“ Dann schwamm sie zur Terrasse zurück.

„Na, was machen deine Kopfschmerzen jetzt?“, fragte ich. Beim Anblick ihres leicht angeknitterten Gesichtes mit den nassen Haaren, die wild am Kopf klebten, prustete ich laut los.

Mittlerweile war der Rest unserer Gemeinschaft aufgewacht. Ebenfalls beide leicht verkatert, erschienen Annas und Marc auf der Terrasse. Als ich Lucy, mit Annas Hilfe, aus dem Wasser helfen wollte, sagte Marc ganz trocken: „Das ist eine wirklich gute Idee“, und schubste uns beide in den See.

Aber ich hatte so etwas schon vermutet und erwischte bei dem Gerangel seinen Arm, darum flog er mit uns ins kühle Nass. Dort hatte der Arme nicht die geringste Chance gegen uns drei Weiber. Er japste nach Luft und versuchte uns zu entkommen, aber wir tauchten ihn immer wieder unter. So tobten wir noch eine ganze Weile durch das erfrischende Wasser. Tante Onjiko stand kopfschüttelnd auf der Terrasse, aber über unsere Albernheiten amüsierte sie sich königlich.

Dann kam ein aufgeregter Diener und berichtete ihr irgendetwas. Winkend rief sie uns zu: „Genug getobt! Kommt jetzt heraus! Wir bekommen Besuch. Ein Abteilung Samurai hat sich angekündigt.“

Wir schwammen sofort zur Terrasse zurück. Als Letzte zog ich mich die Leiter zur Terrasse hinauf. Als ich bereits die letzte Stufe erreicht hatte und mich zum Schritt auf die Terrasse anschickte, da verwirklichte Lucy eiskalt ihre Rache. Sie war an der letzten Sprosse stehen geblieben, so dass ich nicht weiter hoch kam. Mit spitzbübischem Grinsen schaute sie mich an und schubste mich dann erneut mit Schwung in den See zurück. Ich ruderte wild mit den Armen und klatschte rückwärts ins Wasser. Schnaubend tauchte ich wieder auf. Als ich mich erneut an den Rand der Terrasse klammerte, schauten meine Freunde mich von oben mit feixenden Gesichtern an. Sie hatten sich bereits die blauen Bademäntel übergestreift, die eine Bedienstete für uns bereithielt.

Ich wollte gerade losschimpfen, was ich doch für 'liebe Freunde' hätte, als sich auf der Veranda uns zwei Personen näherten. Da ich nur mit meiner Unterwäsche bekleidet war und erst sehen wollte, wer denn die Neuankömmlinge wären, ließ ich mich ins Wasser zurückgleiten. Halbwegs vom Holzsteg verborgen, verfolgte ich wassertretend die Vorgänge über mir. So bekam ich mit, dass Tante Onjiko sich kurz verneigte und dann schnell die Terrasse verließ, um ihren Mann zu holen.

Marc begrüßte unterdessen die Besucher. Eine der Personen war Hauptmann Shimazu Yoshihiro. Der Hauptmann, mit voller Rüstung bekleidet, war ein Samurai vom Shimazu-Clan. Er verneigte sich achtungsvoll und bekundeten Marc, alias Yagyu Kissaki Kenshi, seinen Respekt. Ebenso achtungsvoll begrüßte er Annas.

Die zweite Person in schwarzem Outfit, aus meiner Sicht halb verdeckt vom breiten Kreuz des Hauptmanns, stand abwartend daneben. Sie senkte vor Marc und Annas nur leicht den Kopf. Es sah so aus, als würden sie sich kennen.

Marc übernahm dann unsere Vorstellung: „Das ist Lucy, eine meiner Begleiterinnen. Sie ist die beste Bogenschützin, die ich kenne." Dann drehte er sich zum See herum, deutete auf mich und feixte: „Und das ist meine andere Gefährtin, unsere manchmal etwas schüchterne Badenixe Reneé."

Ich wollte eine unbeteiligte Miene aufsetzen und mich ganz cool auf die Terrasse hochziehen; doch das misslang mir gründlich. Ich rutschte mit der linken Hand ab und wäre deshalb fast wieder ins Wasser zurückgefallen. Doch die Schwarzgekleidete Person trat mit zwei schnellen Schritten aus dem Schatten des Hauptmanns und reichte mir die Hand.

„Vielen Dank", murmelte ich und ließ mir von ihr heraushelfen. Etwas verlegen schaute ich in ein attraktives schmales weibliches

Gesicht mit sehr ausdrucksvollen, schwarzen Augen ... und die funkelten mich belustigt an. Nach der Hitze meines Gesichtes zu urteilen, waren meine Wangen schon puterrot angelaufen. Als der Hauptmann und die schöne Frau mich dann auch noch, mit meiner auf der Haut klebenden Unterwäsche, von oben bis unten mit anerkennenden Blicken musterten, glühten meine Wangen erst recht.

Ich strafte Lucy mit einem vernichtenden Blick und riss ihr meinen Bademantel aus der Hand. Während ich ihn mir überzog, zischte ich Marc zu: „Die Rache ist mein!“ Zu den Gästen gewandt, machte ich eine leichte Verbeugung ein und sprach ganz knapp: „Freut mich sehr, sie kennen zu lernen“ und stolzierte an ihnen vorbei. Ich glaube, dass da meine roten Ohren wie rote Schlusslichter leuchteten.

Im Haus stieß ich fast mit Onkel Yubai zusammen, der zur Begrüßung der Samurai herbeieilte. Ich hörte noch, wie Onkel Yubai die beiden Besucher ins Haus bat. Marc dagegen entschuldigte sich bei ihnen für einen Moment und folgte, zusammen mit Annas und Lucy, mir nach. Ich schlüpfte schnell in meine Indianerkleidung und ging gemeinsam mit meinen Gefährten, die sich inzwischen ebenfalls umgezogen hatten, zum Empfangsraum des Hauses. Bedienstete brachten uns Tee und kleine Reisplätzchen.

Wir wurden von der Samurai-Abteilung schon erwartet. Ich zählte insgesamt sieben Krieger, die anscheinend alle einen höheren Rang beim Shimazu Clan einnahmen. Ich schloss das aus dem Wissen, dass nur höhere Samurai auf Pferden in den Kampf reiten durften. In der Ecke stand ihr Clan-Banner; auf ihm war mittig ein runder geviertelter Kreis eingestickt und das alles in schwarz-weiß gehalten.

Nach der gegenseitigen, wieder sehr achtungsvollen Begrüßung, bezeugten die Anwesenden gegenseitig ihren Respekt vor den jeweiligen Kampfstilen. Auf der einen Seite Marc, der den Niten ichi ryu-Stil vertrat und auf der anderen Seite der Taisha ryu-Stil, den der Shimazu Clan bevorzugte. Marc, der Hauptmann und zwei seiner Männer begannen miteinander eine Diskussion über irgendwelche Probleme in Kumamoto, von denen ich keine Vorstellung hatte.

Zwischenzeitlich erklärte uns Onkel Yubai, dass die Samurai eine Bande von Mördern und Dieben verfolgten, die eine Karawane aus Kumamoto überfallen hatte. Dabei wurden mehrere Männer getötet und außerdem ein paar Frauen entführt.

„Diese Samurai hier sind im Koryu Bujutsu ausgebildet, da werden sämtliche Kampfstile gelehrt, die ursprünglich als Kriegskunst galten. Ich wünschte mir inbrünstig, dass sie diese Bande bald erwischen und dabei hoffentlich auch die armen Frauen befreien können."

Wir stimmten ihm zu. Er beklagte sich: „In der letzten Zeit wurden immer wieder Karawanen überfallen. Wer dafür verantwortlich ist, das weiß keiner. Aber man muss diesen Überfällen endlich Einhalt gebieten!"

Während seiner Erklärung beobachtete ich unseren weiblichen Gast. Die attraktive Frau stand nahe der Wand und betrachtete gelassen den Trubel um sie herum. Sofort fielen mir wieder ihre sehr ausdrucksvollen schwarzen Augen auf, die ihr schmales Gesicht beherrschten. Sie hatte eine fantastische Figur, die nach meiner Meinung jedem männlichen oder auch weiblichen Betrachter gefallen musste.

Die enge schwarze Bekleidung betonte ihre sportliche Erscheinung noch. Das lange, pechschwarze Haar, hatte sie zu einem Zopf geflochten, der bis zu den Pobacken hinab reichte. Über dem Hosenanzug trug sie eine Weste mit Schlaufen, darin steckten zwölf Wurfmesser. An ihrer Hüfte hing ein ziemlich schwerer *Tessen*. Der Kampffächer war an einen ebenfalls schwarzen Gürtel drapiert, der einen schnellen Zugriff und deshalb sofortigen Einsatz erlaubte.

Wahrscheinlich konnte sie mit dieser nicht zu unterschätzenden Waffe auch gut umgehen. Bei der Betrachtung dachte ich so bei mir: die hat über die Kampfkunst mit dem tessen-jutsu nicht nur gelesen.

Tante Onjiko stand neben mir und bemerkte, dass ich die Frau beobachtete. Leise flüsterte sie mir zu: „Sie heißt Karen Mokyue." In einem hochachtungsvollen Ton ergänzte sie: „Und sie ist eine *Ninja*!"

Erstaunt fragte ich: „Tatsächlich, eine ausgebildete Ninja?"

„Ja, soweit ich weiß. Wenn du mehr über sie wissen willst, musst du meinen Neffen fragen. Die Beiden kennen sich sehr gut." Verschwörerisch wisperte sie, als wollte sie verhindern dass jemand unbefugt mithörte: „Man erzählt sich über sie: wenn sie auf der Jagd ist, erscheint sie wie ein Geist. Man gab ihr deshalb den Namen *Angeni* und behauptet weiter, weil sie nur einen kleinen Schatten wirft, sei sie *chephe*. Sie ist jedenfalls sehr gefährlich!"

Onjiko nahm von einem Diener eine Schale Tee entgegen. Sie nippte daran und bedeutete mir mit einer Kopfbewegung, dass ich ihr folgen solle.

Wir schlenderten raus auf die Terrasse, wo wir alleine waren. Dort erzählte sie dann leise weiter: „Dein Vater hat für besondere Aufgaben, sie und noch ein paar andere Ninjas auf die Ebene gebracht. Sie stammt aus dem Dorf Haguro."

Onjiko runzelte ihre Stirn, überlegte kurz und flüsterte: „Das liegt am gleichnamigen Berg im Bezirk Yamagata. Nachdem sie und weitere Ninjas von einem ihrer Kameraden verraten wurden, soll sie eine der Wenigen gewesen sein, die diese Intrige überlebten. Und das nur wegen ihrer Ninjutsu-Kunst aus dem Haguro Ryu."

Onkel Yubai rief seine Frau zu sich und so stand ich für einen Augenblick allein, in Gedanken versunken auf der Terrasse. Als ich ins Zimmer blickte, sah ich Karen Mokyue direkt in die hypnotisierenden schwarzen Augen. Anscheinend hatte sie mich die ganze Zeit über ebenfalls beobachtet. Sie lächelte mich irgendwie hintergründig und wissend an, so als wüsste sie genau, dass ich mir Gedanken über sie machte. Dieses Lächeln verursachte ein leichtes Kribbeln in meinen Bauch und mein Puls beschleunigte sich. Ich muss zugeben, dass ich mich von dieser Frau schon sehr stark angezogen fühlte.

Ich schreckte zusammen, als Lucy, wie aus dem Nichts, neben mir auftauchte und leise sagte: „Eine faszinierende Frau, nicht wahr?“ Ich fühlte mich von ihr ertappt. Mit heißen Wangen schaute ich sie an und konnte nur zustimmend nicken, was sie mit süffisantem Lächeln quittierte. Ich überspielte meine Verlegenheit und nahm sie forsch bei der Hand; gemeinsam begaben wir uns zurück in den Empfangsraum.

Dort berichtete Marc den anwesenden Samurai gerade von unserem Erlebnis auf der Karawanenstraße. Er erzählte ihnen von dem Hinweis auf den *Hitomi gokū-Clan* des Ninja Sarutobi Sasuke, den wir gefunden hatten und auch von den zahlreichen Gerüchten über die Karawanenüberfälle. Sein Bericht löste bei den Samurai großes Entsetzen und Wut aus; erst brandete zorniges Gemurmel auf, dann verkündete jeder lautstark seine Meinung, aber leider alle durcheinander - und das auch noch gleichzeitig.

Nachdem sich alle wieder etwas beruhigt hatten, erzählte ihnen Marc vom Erscheinen der Akatsukis und von unserem Zusammenstoß mit den Landsknechten. Er schilderte ihnen den Kampf mit dem Tohopka, den mit Albinus und von der Auseinandersetzung mit Grothusen, besonders meinen Part hob er bei diesen Ereignissen hervor. Die Samurai ließen darüber anerkennende Bemerkungen fallen. Diese Geschichten schienen aber auch Karen Mokyue sehr zu beeindrucken.

Die Lobhudelei wurde mir nun aber doch ein bisschen peinlich und deshalb sagte ich zu Hauptmann Shimazu Yoshihiro, dass das Ganze nicht so dramatisch gewesen sei. Meine Gefährten hätten am Gelingen mindestens ebensoviel Anteil gehabt, wie ich. Ich wollte die Aufmerksamkeit der Samurai ein wenig von mir ablenken und fügte deshalb hinzu: „Vor allem haben uns des öfteren die Schießkünste mit dem *Yumi* von Lucy aus der Patsche geholfen.“

Der Hauptmann und die Samurai schauten Lucy erstaunt an. Dann sagte Shimazu Yoshihiro anerkennend zu ihr: „Meine Hochachtung, werte Frau. Es gibt bestimmt nicht viele Frauen, die diese Künste beherrschen. Zu meinem Bedauern habe ich leider augenblicklich keine Zeit um mich mit Ihnen über das *Kyudo* zu unterhalten. Aber bei unserem nächsten Zusammentreffen müssen wir das unbedingt nachholen.“

Nach einer knappen Verbeugung verabschiedete er sich und wünschte uns eine gute Weiterreise nach Kumamoto. Wir antworteten ihnen mit unseren guten Wünschen zum Gelingen ihrer Mission. Dann ging der ganze Trupp zu den Pferden. Die Rümpfe und Oberschenkel ihrer Reittiere wurden von wattierten Steppdecken geschützt; sie dienten dem Zweck, verirrte Pfeile abzufangen. Die Krieger stiegen in ihre Kura; diese japanische Sättel sehen im Gegensatz zu unseren Sätteln wie hölzerner Hocker mit hohen Lehnen aus.

Sie drehten sich um und grüßten uns zum Abschied nochmals freundlich. Anschließend stellte sich Hauptmann Shimazu Yoshihiro in die Steigbügel, diese Abumi waren wie Schuhe geformt; er reckte die rechte Faust gen Himmel und gab mit lautem „waai“ das Zeichen zum Aufbruch. Im scharfen Galopp verließ der Trupp die Insel Hisoka na über den Holzsteg, zur weiteren Verfolgung der Verbrecherbande.

Zu meinem Erstaunen ritt Karen Mokyue nicht mit ihnen. Sie stand bei Annas und unterhielt sich mit ihr. Marc nahm Lucy und mich an die Hand und führte uns zu den Beiden.

Sie unterbrachen ihre Unterhaltung und Marc sagte zu uns: „Da vorhin beim Baden die Begrüßung etwas zu kurz gekommen ist, darf ich euch jetzt nochmals meine sehr gute Freundin Karen Mokyue vorstellen.“ Er grinste mich dabei frech an: „Außerdem freue ich mich darüber, dass sie uns auf dem Weg zur Heimstätte begleiten will.“

Ich ließ mir nichts anmerken. Die peinliche Sache von vorhin war für mich erledigt. Wir lächelten uns an, verbeugten uns flüchtig voreinander und wechselten ein paar belanglose Sätze. Irgendwie machte die Frau mich wuschig. Deshalb war ich ganz froh als sie sagte: „Ich muss im Dojo noch ein paar Übungen machen. Vielleicht sehen wir uns dort. Bevor ihr nach Kumamoto aufbrecht, wollt ihr noch etwas trainieren, so sagte jedenfalls Marc zu mir.“ Mit funkelnden Augen sah sie uns an, aber insgeheim sagte mir mein Gefühl, dass sie nur mich allein ansprach.

Ein Lächeln huschte über ihr Gesicht und nach einer angedeuteten Verbeugung verließ sie den Empfangsraum. Als sie über die Terrasse verschwand, sah es für mich so aus, als würde diese Frau, mit der grazilen wohlproportionierten Figur, schweben.

Marc sah uns fragend an: „Ihr seid doch damit einverstanden, dass sie uns begleitet?“

„Ja klar“, meinte Lucy: „Sie ist in unserer Mitte willkommen. Mit ihr gewinnen wir sicher eine tolle und furchtlose Kämpferin. Und besonders unsere Prinzessin hier, ist von dieser schwarzen Kriegerin sehr angetan.“ Sie sah mich dabei an, wobei der Schalk in ihren Augen funkelte.

Um meine Verlegenheit zu verbergen nickte ich zustimmend. Dann wandte ich mich Marc und Annas zu und bestätigte forsch: „Das ist mir ganz Recht. Außerdem kennt ihr Beiden sie ja gut. Und ja, sie ist mir sehr sympathisch.“

„Dann ist es ja beschlossene Sache!“, freute sich Marc. Annas gab ihre Zustimmung dazu mit den Worten: „Ihre Kampfkünste können uns noch sehr helfen!“

Die Dienerinnen brachten uns Tee und wir quatschten noch eine ganze Weile weiter. Bis Marc äußerte, es wäre doch vielleicht gar nicht so übel, noch ein paar Trainingseinheiten zu absolvieren. Niemand machte Einwände und sogar Lucy sagte: „Ein paar Übungen wären für meine Kondition nicht zu verachten.“

So gingen wir in unsere Schlafräume und kleideten uns etwas sportlicher; die Dienerinnen hatten jedem von uns einen Hakama in den Wandschrank gehängt. Wir trafen uns auf der Terrasse und gingen gemeinsam zum Dojo. Vor dem Eingang des Trainingsraums blieben wir stehen und bewunderten die wunderschönen Katakanas, die auf dem weißen Reispapier der beiden Fusumas gemalt waren.

„Ki Ken tai no ichi“, las Marc vor.

„Und was heißt das?“, fragte Lucy wissbegierig. Sie hatte ihren Translater im Zimmer vergessen.

Marc antwortete: „Das heißt: Einheit von Geist, Körper und Schwert. Es beschreibt den idealen, mentalen und physischen Zustand eines Jeden, der sich mit der Schwertkampfkunst befasst.“

Er sah Lucy an und erzählte: „Als ich mich einmal überheblich gegen meine Mitschüler verhielt, erklärte mein Sensei Musashi, es ist notwendig, dass ein Mann sich vor einem Duell auf seine Bescheidenheit besinnt. Denke an deine eigenen Schüler, welche noch unerfahren im *Ken jutsu*, dem Schwertkampf sind. Verachte niemanden, der sich dir im Zweikampf stellt. Rechne immer mit seiner Geschicklichkeit, begegne ihm respektvoll, unabhängig von seinem Verhalten und ob er stark oder schwach ist.“

Als ich bei dieser Erklärung Lucys Gesichtsausdruck sah und sie ihm dazu auch noch verstehend antwortete: „Aha, so ist das also“, da konnte ich mein Lachen nur mühsam unterdrücken. Das aber brachte mir einen ‚bösen Blick‘ von Lucy ein, die meine Reaktion registriert hatte. Amüsiert schob Marc die beiden Fusumas zur Seite.

Wir blieben in der Tür des Dojos stehen und beobachteten fasziniert, wie Karen auf dem alten Holzboden mit ihrem Tessen ein paar Übungen machte. Bewundernd beobachteten wir ihre panthergleichen Bewegungen. In einen schwarzen Hakama gekleidet und mit dem Kampffächer in der Hand, bekämpfte sie mit eleganten Sprüngen einen imaginären Gegner. Der lange geflochtene Zopf, an dessen Ende ein kleines silbernes Messer befestigt war, zischte dabei wie eine Sichel durch die Luft. Sie beendete ihre Übung mit einer Verbeugung vor dem Dojo-Altar. Dann steckte sie den Tessen in den Gürtel ihres Hakamas und kam mit geschmeidigen Schritten zu uns an den Eingang; die Anstrengung war ihr nicht anzumerken.

Nach einer leichten Verneigung sprach sie uns mit ihrer rauchigen Stimme an: „Bevor ihr mit dem Training beginnt, möchte ich noch eine kleine Übung durchführen. Wer von euch möchte mir bei dieser einfachen Trainingseinheit assistieren?“ Sie schaute mich dabei herausfordernd an, mit Augen, in denen viele kleine Teufelchen funkelten.

Marc grinste mich an, Annas verneinte ziemlich schnell und Lucy erklärte niederträchtig: „Das ist was für unsere 'scharfe Klinge'“ und schubste mich leicht in Karens Richtung. Mit blitzenden Augen schaute ich Lucy böse an und murmelte: „Und so eine will sich meine Freundin schimpfen.“

Mit heißen Wangen, drehte ich mich zu Karen um. Laut sagte ich zu ihr: „Denken Sie bitte daran, ich bin leicht eingerostet. Also gehen Sie bitte mit mir etwas vorsichtiger um. Aber bevor wir loslegen, möchte ich mir ihren Kampffächer etwas genauer ansehen. Denn ich hatte bisher noch nie das Vergnügen, gegen einen Tessen anzutreten.“

Mit glänzenden Augen und einem süffisanten Lächeln auf den Lippen, zog sie den Tessen aus dem Gürtel und reichte ihn mir. Dabei berührte ihre Fingerspitzen leicht meine Hand; bei dieser Berührung kroch mir eine Gänsehaut über die Arme und es kribbelte in meinem Bauch. Die erotische Ausstrahlung dieser Frau war einfach umwerfend. Ich schluckte den dicken Kloß, der sich in meinem Hals bildete, hinunter und versuchte mich auf den Kampffächer zu konzentrieren.

Der Tessen war aus Metall; seine zehn stählernen Rippen endeten in sehr scharfen Spitzen. Ich schätzte das Gewicht der Waffe auf etwa ein Kilo. Das Fächerblatt bestand aus schwarzem gelacktem Papier, um es stabiler und unempfindlicher gegen Feuchtigkeit und Schmutz zu machen, wie Karen dazu erklärte. Der Tessen unterschied sich kaum von einem normalen Fächer; durch sein Aussehen war er nicht so leicht als Waffe zu erkennen.

Lucy war hinter mich getreten und schaute mir neugierig über die Schulter. Ich öffnete den Fächer und zusammen betrachteten wir die kunstvoll aufgemalten roten Katakanas. Auf der Vorderseite prangten die Schriftzeichen für Haguro, die Stadt aus der Karen stammte und auf der Rückseite waren Schriftzeichen, die Karen mit unbewegtem Ausdruck übersetzte: „*Shini megami,* Göttin des Todes.“

Mit neuem Respekt reichte ich ihr die nicht zu unterschätzende Waffe zurück. Sie wies uns noch auf die herrliche Gravur am Stiel des Fächers hin. Mit leicht ironischem Unterton in der Stimme erklärte sie: „Das heißt *saibankan* - und bedeutet Richter."

Dann steckte sie den Fächer wieder in ihren Gürtel zurück; den Tessen trug sie an der Hüfte, so wie andere Leute ein Messer oder ein Kurzschwert. Dann stellte sie sich in die Mitte des Dojos und demonstrierte uns, dass es möglich ist, den Tessen blitzschnell zu ziehen und einzusetzen, ähnlich wie Schwerter im *iai-jutsu*-Stil.

Zum Abschluss erläuterte sie uns seine verschiedenen Anwendungsmöglichkeiten. Zusammengefaltet ließ sich der Tessen, wie ein kurzer Stock, als Schlag- und Stoßwaffe gebrauchen und hatte, so eingesetzt, eine nicht zu unterschätzende Wirkung. Die Ninja nutzten ihn mit speziellen Griff- und Hebelanwendungen, effektiv zum Blocken und zum Ableiten von Angriffen, ebenso zum Stoßen und Schlagen, oder zum schmerzhaften Niederhalten eines Gegners.

„Man kann mit ihm die Schmerz- und Schwachpunkte des menschlichen Körpers konzentriert fixieren oder attackieren", erläuterte Karen dazu mit sardonischem Grinsen.

Dann steckte sie den Fächer wieder in den Gürtel zurück und reichte mir ein *Tantō* mit einer etwa 28 Zentimeter langen Klinge. Sie positionierte sich in der Grundstellung und forderte mich mit einer lässigen Handbewegung heraus.

„Greife mich mit dem Messer an ... und hab dabei keine Hemmungen", schob sie noch hinterher.

Ich nahm das Messer in die rechte Hand. Um sie zu überraschen, machte ich sogleich zwei schnelle Schritte und griff sie an. Blitzschnell zog sie mit der linken Hand den Tessen, öffnete dabei ruckzuck den Fächer und drehte ihren Körper etwas nach außen. Meinen Stich zu ihrem Hals mit dem Tantō, wehrte sie mit geöffnetem Fächer ab. Mit der rechten Hand schlug sie mir das Messer aus der Hand, dabei klemmte der Fächer beim Schließen meine Stichwaffe ein. Ich versuchte nun mit einem *Empi* auf ihren Hals durchzukommen, aber nach ihrer eleganten Ausweichbewegung verpuffte mein Ellbogenstoß wirkungslos.

Aber dadurch verringerte sich die Distanz zu ihr. Sofort stieß sie mit dem Tessen nach meinem Gesicht. Ich wich mit dem Kopf nach hinten aus, geriet dadurch leider in eine leichte Rücklage. Karen nutzte meine Situation sofort zu ihrem Vorteil aus. Mit einem lauten Kiai setzte sie zu einem *Ashi barai* an.

Ihren Fußfeger konnte ich nicht mehr kontern. Unsanft landete ich auf meinem verlängerten Rücken. Karen setzte sofort nach, stürzte sich auf mich und klemmte mich mit ihrem ganzen Körper am Boden fest. Dabei drückte sie den Fächer leicht gegen meinen Hals. Sie beugte sich ganz nahe zu mir herunter, ihre Wange streifte sanft die meine, als sie mir ins Ohr flüsterte: „Du hast verloren. Du bist mir jetzt auf Gedeih und Verderb ausgeliefert."

Ich roch den erotischen Duft ihres Körpers und eine Gänsehaut lief über meinen Rücken.

Einen Augenblick lang fixierten mich ihre dunklen ausdrucksvollen Augen, dann küsste sie mich kurz, aber leidenschaftlich auf den Mund. Ihre Zunge liebkoste dabei für einen Augenblick meine Lippen. Danach löste sie sich von mir, stand auf, verbeugte sich leicht und verließ mit schnellen Schritten das Dojo, ohne sich nochmals umzudrehen.

Konsterniert blieb ich auf dem Rücken liegen. Ich wusste zuerst nicht, wie ich auf diese Situation reagieren sollte. Marc räusperte sich verlegen. Mit einem kurzen: „Alles in Ordnung mit dir?", verschwanden er und Annas, ohne meine Antwort abzuwarten. Lucy hockte sich neben mich auf den Boden und sah mir in die Augen. Auf die Ellbogen gestützt, wollte ich etwas sagen, aber es hatte mir einfach die Sprache verschlagen. Lucy stellte in ihrer schnoddrigen Art fest: „Da hast du aber einen Fan der besonderen Art gewonnen."

„Mir ist aber gar nicht nach Scherzen zumute", antwortete ich leise. Ernst antwortete sie: „Ich weiß, aber da musst du jetzt durch. Das einzige, was ich dir raten kann, ist, dass du so schnell wie möglich für klare Verhältnisse sorgst. Sie ist wirklich eine sehr interessante Person", schickte Lucy mit einem gedankenverlorenen Gesichtsausdruck noch hinterher.

Karen
A. Mundt

Dann gab sie mir die Hand, zog mich hoch und sagte energisch: „Ich habe jetzt keine Lust mehr zu trainieren. Komm, wir lassen wir uns im heißen Wasser des Rotenburo verwöhnen. Wer weiß, wie oft wir so einen Luxus noch genießen können. Vielleicht verkosten wir dazu noch den einen oder anderen Becher gekühlten Nihonshu-Sake."

Sie hatte meine Hand gar nicht erst losgelassen, sondern zog mich einfach mit. Ich fand die Idee nicht schlecht, denn so gewann ich Zeit, um wegen Karen mit mir ins Reine zu kommen. Kurze Zeit später saßen wir Zwei, mit einem Becher Sake in der Hand, entspannt im heißen Wasser des Rotenburos und genossen den Ausblick auf den herrlichen Garten. Nach einigen Minuten kamen Marc und Annas und leisteten uns im Entspannungsbad Gesellschaft. Beide ließen sich wegen des Vorfalls im Dojo nichts anmerken, wofür ich dankbar war. Weil Karen nicht auftauchte, fragte ich Marc nach ihr.

„Sie ist schon zur Stadt vorausgeritten, um einen Informanten zu treffen. Außerdem wollte sie sich dort noch ein wenig umsehen. Wir treffen uns dann dort."

Entspannt ließ ich mich bis an das Kinn ins Wasser gleiten und versuchte, meine Gedanken zu ordnen. Ich seufzte, vielleicht löste sich die Angelegenheit mit Karen von selbst auf. Zwei Dienerinnen brachten uns Getränke und nach einer guten halben Stunde der Entspannung machten wir uns reisefertig.

Onkel Yubai kam mit einem Bündel aus dem Haus. Während er das Bündel auspackte, sagte er stolz: „Ich habe sie selber geschmiedet und angefertigt." Er hielt Lucy sechs außergewöhnliche Pfeile entgegen: „Den Spitzen verlieh ich die Form eines Bambusblattes und dann habe ich sie mit Adlerfedern befiedert."

Lucy nahm die Pfeile entgegen und untersuchte sie sorgfältig mit staunenden Augen.

„Diese japanischen Pfeile sind mit Bambusschäften versehen, die ich in einer Mulde mit stark erhitztem Sand begradigt habe. Die schmalen, vierseitigen Pfeilspitzen, *Sasa no ha,* das Bambusblatt, schmiedete ich in einer eigens zu diesem Zweck gebauten Schmiede", erklärte Yubai mit einem bescheidenen Lächeln.

„Ich habe noch nie Pfeile von solcher Perfektion gesehen", sagte Lucy ehrfurchtsvoll und verstaute sie in ihrem leeren Köcher. „Endlich bin ich wieder vollends kampffähig." Mit einer tiefen Verbeugung dankte sie Yubai. „Mit diesen Dingern schieße ich auf zweihundertfünfzig Metern jedem Feind den Pickel von der Nase", versprach sie mit grimmigem Lächeln.

Bevor wir uns von den beiden Alten verabschiedeten, nahm mich Onkel Yubai zur Seite. „Leider habe ich von deinem Vater keine neuen Nachrichten erhalten. Vor etwa fünfzehn Monaten war er zum letzten Mal hier zu Besuch. Er war damals ziemlich besorgt und verärgert über seine göttlichen Kollegen, wie er sich auszudrücken pflegte. Genaueres konnte oder wollte er mir nicht sagen. Nur dass es bald Veränderungen geben würde und wir Fremden gegenüber sehr vorsichtig sein sollten."

Ich dankte ihm und plötzlich wurde mir klar, dass sein Besuch zeitlich etwa mit dem tödlichen Unfall meiner Zieheltern zusammenfiel. Ich musste schlucken. Vater hatte ihn nicht verhindern können, selbst mit seiner, für uns Sterbliche so unvorstellbaren Macht.

Seufzend verabschiedete ich mich von Onkel Yubai. Er nahm mich in den Arm und sagte: „Sei vorsichtig, mein Kindchen. Und wenn du deinen Vater triffst, bestelle ihm viele Grüße von uns und gehe nicht zu hart mit ihm ins Gericht."

Ich gab ihm einen Kuss auf die Wange und drückte Tante Onjiko ganz fest. Sie wischte sich vor lauter Rührung eine Träne aus dem Augenwinkel. Die Beiden waren mir in der kurzen Zeit sehr ans Herz gewachsen. Ich ging zu meinen wartenden Gefährten und stieg auf meinen Mustang. Über den Holzsteg verließen wir die grünen Insel Hisoka na.

Am Festland angekommen, schaute ich zurück, um mich noch einmal von unserem Hort der Erholung zu verabschieden. Nachdem wir den See umrundet hatten, erblickten wir Reisfelder, soweit das Auge reichte. Am Ende der Terrassen erhoben sich sanfte Hügel, an deren Hängen, etwa in einhundertfünfzig Meter Höhe, wurde der besondere Gyokuro-Grüntee angebaut. Hinter den Hügeln lag die Stadt Kumamoto mit ihrer mächtigen Wehranlage *Sazukari mono,* die mitten in der Stadt lag und vollständig vom Fluss Toki no nagare umschlossen wurde. Wir nahmen den Karawanenweg und passierten die Hügel.

Etwa zwei Stunden später erreichten wir die Stadt. Wir ritten auf einer breiten, kopfsteingepflasterten Straße, direkt zur Kommandantur. Der Weg führte uns, vorbei an vielen kleinen Läden und zahlreichen Gaststätten, quer durch die Provinzmetropole. Und überall winkten uns freundliche Menschen zu.

Auf einer klassisch hölzernen Bogenbrücke, mit zierlichem Geländer und kunstvoll geschnitzten Geländerpfosten, überquerten wir den Fluss. Die Brücke wurde von den Einheimischen *taiko bashi koi naka* genannt, wie Annas uns erläuterte. Hinter der ‚Bogenbrücke der Liebenden' hielten wir unsere Pferde erst einmal staunend an. Die Festung war ein gewaltiger, überaus imposanter Gebäudekomplex; hier wollten wir den Hatamoto Arima Yamato no Kami Kiminobu tek ken treffen.

Marc erklärte uns die Anlage: „Die Burg wurde im Jahre 1607, im Stil des Meisters Katō Kiyomasa, erbaut. Die Außenmauern sind so steil, dass die Bürger sie hinter vorgehaltener Hand als Rattenabwehr, *Nezumi-gaeshi,* bezeichnen. Denn wie sie behaupteten, können nicht einmal die Nager diese Mauern überwinden."

Stark beeindruckt ritten wir langsam auf das Haupttor der Festung zu. Interessiert hörten wir dabei seinen weiteren Ausführungen zu, die Marc mit lebhaftem Einsatz von Armen und Händen unterstrich.

„Zehn Türme verstärken in regelmäßigen Abständen die Außenmauern, die die Wehranlage in einer Gesamtlänge von fast fünf Kilometern umschließen. Durch achtzehn Eingänge und neun große Tore kann man die Anlage betreten oder verlassen. Innerhalb des Komplexes gibt es zwölf Brunnen, die sowohl zur Trinkwassergewinnung als auch zum Löschen dienen."

Vor dem prächtigen Haupttor hielten wir unsere Pferde erneut an. Wir bestaunten ein weißes, dreiteiliges Tor; ein großer Bogen in der Mitte und rechts und links je ein kleinerer Bogen. Über dem mittleren Tor war eine *ka shin* angebracht. Die Statue der Flussgottheit *Mizu-chi*, schaute mit einer schrecklichen Grimasse auf uns herab.

Marc zeigte auf die Mauer, die beidseitig vom Haupttor wegführte: „Diese hohe Mauer verläuft entlang des Toki no nagare. Die Gebäude und der Aufbau selbst sind aus Holz. Das Hauptgebäude, auch *Donjon* genannt, mit der charakteristischen Form der dreieckigen Regenpfeifer-Giebel, ist etwa dreißig Meter hoch. Der Hauptturm wird von den Bürgern 'Himmelsschutz-Kabinett' genannt. Der kleinere Anbau misst nahezu neunzehn Meter in der Höhe und ist durch eine überdachte Passage mit dem Hauptgebäude verbunden."

Für seinen hervorragenden Vortrag als ‚Fremdenführer' bedankten wir uns bei ihm mit starkem Applaus.

Im langsamen Trab ritten wir durch die *Shiro san mon*, wie das Haupttor genannt wurde, an vier grimmig aussehenden Wächtern vorbei. Marc schaute sich dabei immer wieder stirnrunzelnd um, doch Karen war nirgendwo zu entdecken. „Das ist schon sehr merkwürdig", brummte er leicht verstimmt. „Wir hatten uns hier vor dem Haupttor verabredet." Nachdenklich blickte er über den Innenhof.

Zwei Samurai nahmen uns in Empfang und befragten Marc, der sich als unser Anführer outete. Nach einem kurzen Gespräch führte uns einer der Wachen zum Hauptgebäude, das im Innenhof der Burg, dem *Honmaru* stand. Der zweite Samurai ging um uns beim Hatamo Kiminobu anzumelden. Während wir warteten erwiderte Annas beschwichtigend: „Sie wird wohl einen triftigen Grund haben. Du kennst doch unsere *Angeni*, sie wird schon einen Weg finden, um sich mit uns in Verbindung zu setzen."

Annas benutzte in Gegenwart des bei uns verbliebenen Samurai's absichtlich Karens Indianernamen, denn der machte lange Ohren um die leise geführte Unterhaltung zu verstehen.

Marc machte trotzdem einen besorgten Eindruck und wollte ihr etwas erwidern, aber er schluckte seine Antwort schnell herunter.

Denn der erste Samurai kam zurück; zwei unterwürfig dienernde Angestellte begleiteten ihn: „Hatamo Kiminobu ist leider verhindert. Morgen früh wird er einen Vertrauten schicken, der euch dann zur Audienz eskortieren wird. Die beiden Diener führen euch jetzt zu den Quartieren und werden alles Weitere für eure Unterbringung veranlassen."

Der Samurai sprach mit Marc in einem sehr unhöflichen Ton, was unserem Freund ziemlich sauer aufstieß. Aber Annas berührte nur kurz seinen Arm und flüsterte ihm leise zu: *„Xiao li cang dao,* hinter dem Lächeln das Schwert verbergen."

Das veranlasste ihn, sich etwas zurückzunehmen; trotzdem bedankte er sich bei dem Wächter nur kurz und knapp. Nach den Sitten dieses Landstrichs schrammte das so gerade noch an einer Beleidigung vorbei.

Danach folgten wir den beiden Bediensteten, die uns zu den Quartieren in das kleine angrenzende Nebengebäude führten. Sie zeigten uns die *shukuhaku jo*, die zwar nebeneinander lagen, aber durch einen langen Flur getrennt waren. Am Ende des Flures zog ich die Fusuma auf und kam in ein größeres Zimmer.

Als ich eine weitere Papierwand zur Seite schob, blickte ich auf einen kleinen Garten, in dem ein kleiner Brunnen plätscherte und eine Bank zum Verweilen einlud. „Nicht schlecht", meinte ich zu Marc, der mir gefolgt war. Nach einer kurzen Besichtigung des Gartens, der durch eine kleine Mauer begrenzt wurde, gingen wir zurück und verstauten unser Gepäck.

Als wir fertig waren, tauchte plötzlich Karen, wie der sprichwörtliche Geist, bei uns auf. Bevor wir sie lautstark begrüßen konnten, legte sie ihren Zeigefinger auf den Mund und bat uns zu schweigen. Sie führte uns in den Garten und setzte sich auf die Bank, während wir uns um den Brunnen herum verteilten. Dann erzählte sie uns im verschwörerischen Ton, dass der Hatamo Kiminobu und sein Hauptmann Houjou Ujiyasu sie empfangen hatten und ihr dabei sehr merkwürdige Fragen stellten.

„Unter anderem, ob ich euch getroffen hätte und wer Marc bei seiner Reise begleitet - und ob ich wüsste wo ihr hinwollt. Ich bin sicher, dass die Beiden etwas zu verbergen haben. In der Stadt kursieren Gerüchte, die mir zu denken geben. So wird behauptet, dass der Kiminobu-Clan mit seltsamen Fremden zusammenarbeitet. Das können nur diese vermaledeiten Akatsuki's sein!“

Annas schüttelte ungläubig den Kopf, während Marc den Bericht still, aber mit wütend verkniffenen Augen verarbeitete.

Mit finsterer Miene berichtete Karen weiter: „Mir wurde außerdem von vertrauter Stelle zugetragen, dass einige Landsknechte mit dem Mörderclan von Sarutobi Sasuke in Verbindung stehen.“

Ein innerer Konflikt zeichnete sich in ihrem Gesicht ab. Ihre schwarzen Augen verströmten plötzlich eine unheimliche Kälte, die sich im ganzen Garten auszubreiten schien. Ich bemerkte, dass sie ihre rechte Hand um den Tessen klammerte, bis die Fingerknöchel weiß hervortraten. Eine Glocke beredten Schweigens hing über uns, als wir über die möglichen Konsequenzen ihrer Mitteilung nachdachten. In mir keimte der Verdacht auf, dass dieser Sasuke der Verräter sein musste, von dem Tante Onjiko mir erzählt hatte.

Dann hörten wir, wie Karen zwischen zusammengepressten Lippen hindurch fauchte: „Dieses Monster werde ich zur Strecke bringen, das habe ich mir geschworen!“ Meine Nackenhaare stellten sich hoch, als ich aus ihrem Mund diesen absoluten Schwur vernahm und plötzlich fröstelte es mich.

Einige Momente später fragte Marc leise, ob sonst noch etwas passiert sei. Es dauerte einige Augenblicke, ehe sich Karen wieder gefasst hatte. Die aufgekommene Kälte im Garten verflüchtigte sich wieder. Mit abfälligem Schnauben antwortete sie: „Auf dem Weg in die Stadt wurde ich von zwei Kerlen überfallen, die sich als Ninja verkleidet hatten.“

Geringschätzig meinte sie dann: „Sie waren keine guten Kämpfer“ und fügte bedeutungsschwer hinzu: „Aber einer von ihnen hatte auf dem Arm eine Akatsuki-Tätowierung.“

Wir redeten noch eine Weile über die Situation, bis Karen die Diskussion mit den Worten beendete: „Ich werde jetzt noch einen anderen Informanten aufsuchen. Wenn ihr in die Stadt geht, seid vorsichtig, geht nicht allein und vor allen Dingen ... nicht ohne Waffen!" Sie lächelte uns kurz an und verschwand wie sie gekommen war, wie ein Geist, der sich in Nichts auflöst.

Nach einigen lauten Überlegungen zu unserem weiteren Vorgehen, beschloss Marc, dass er zusammen mit Lucy einen weiteren Vertrauten, den Samurai-Hauptmann Joshjida Saszuke vom Shimazu-Clan, aufsuchen werde. Weil ich aber keine Lust hatte müßig herumzusitzen, fragte ich Annas, ob sie sich mit mir die Stadt ansehen möchte. Annas war einverstanden. Sie sagte, dass sie schon mehrmals in der Stadt gewesen sei, aber sie würde mir gerne alles zeigen.

Bevor Marc aufbrach, wies er uns in einem sehr ernsten Ton an: „Wenn ihr in die Stadt geht, seid bitte vorsichtig. Zieht euch am besten um, sodass ihr nicht überall sofort auffallt." Er umarmte Annas kurz und gab ihr einen Kuss, dann verschwand er mit Lucy. Die zeigte uns Zurückbleibenden im Abgang das Victoryzeichen und lächelte mich aufmunternd an.

Annas und ich gingen zurück in unsere Zimmer, um uns als Einheimische zu ‚verkleiden'. Mit der traditionellen Bekleidung hatte uns Tante Onjiko ausreichend versorgt.

Ich zog einen schwarzen Hakama an, ein sehr weites Beinkleid mit mehreren Bügelfalten; den befestigte ich über der Taille mit einem Band. Dann schnallte ich mir meine beiden Saigabeln um und zog den Kimono aus weißer Baumwolle darüber. Er war unterhalb der Taille mit dezenten roten Kirschblüten verziert und wurde mit einem breiten, sehr langen Obi festgebunden. Zum Schluss schlüpfte ich in die weißen, leicht ovalen japanischen Sandalen. So bekleidet stellte ich mich Annas vor, die mich begutachtete und mit meinem Erscheinungsbild zufrieden war.

Annas hatte sich selber einen feinen, halbformellen roten Kimono, ein *Komon*-Kimono, über dem roten Hosenrock angezogen.

Annas

Das feine Muster des Kimonos bestand aus den Katanas für ‚göttliche Macht'. Dieses dezente Muster war nur aus der Nähe sichtbar. Ein breiter Obi und rote Sandalen vervollständigten ihre Bekleidung. Als Zeichen ihres Samurai-Ranges trug sie einen Dolch und ein reich verziertes Wakizashi, das in Brokat gehüllt war.

„Diese Klinge habe noch nie bei dir gesehen, woher stammt sie?" fragte ich. Ausweichend antwortete sie mit einem warmen Lächeln: „Diese Geschichte werde ich dir ein andermal erzählen." Also musste ich meine Neugier bezähmen. Nach gegenseitiger Musterung befanden wir, dass uns die Kimonos perfekt kleideten und wir uns so in der Stadt sehen lassen konnten. Dann brachen wir auf zur Stadtbesichtigung.

Hinter der Holzbrücke kamen wir nach einigen hundert Metern an einer Reihe kleiner, gut besuchter Lädchen mit allerlei Krimskram vorbei. Nach kurzem Stöbern, schlenderten wir weiter und gelangten vor einen Tempel. Links und rechts bewachten hohe Steinfiguren, die *Nio*, die Wächter, den Tempeleingang; ein riesiges hölzernes Tor mit zwei rot bemalten Flügeln. Durch den Eingang betraten wir die Haupthalle. Innen, vor der Kanon-Figur, lagen mehrere Opfergaben und viele Räucherstäbchen glommen zu ihren Ehren. Vor der Statue standen einige Männer und Frauen, die mit gefalteten Händen beteten.

Die Luft war geschwängert vom gebetsmühlenartigen Gemurmel der Anwesenden und dem Aroma der Räucherstäbchen. Annas erklärte mir, dass der Tempel eine Nachbildung des Kiyomizu dera-Tempels in Kyoto sei. Er wurde auf Bestreben des ehemaligen Hatamo Osjidori Kempu erbaut. Wir verließen den Tempel durch den Hinterausgang und passierten einen Drachenbrunnen, der den Eingang zu einem sehr schön angelegten Tempelgarten bildete. Daran schloss sich ein Friedhof an, auf dem ausschließlich im Kampf gefallene Samurai bestattet wurden.

Im Park gaben sich feuerrote Ahornbüsche, rosa Kirschblüten und vereinzelten Zedern ein erlesenes Stelldichein rund um einen Kamelienbaum. Um dieses Arrangement herum leuchtete fröhlich eine herrlich bunte Blumenpracht. Am Parkende zierte ein kleiner

Steingarten mit künstlerisch gestalteten Bonsaibäumen von Kiefer, Wacholder und Ulmen das gärtnerische Gesamtkunstwerk. Darin lud uns eine geschwungene Steinbank zum Verweilen ein. Doch wir verließen den Park und gingen auf der Hauptstraße weiter; dort herrschte geschäftiges Treiben. An einem kleinen Stand blieben wir stehen. Eine ältere Frau, mit einem kleinen Kind auf dem Rücken, verkaufte kleine heiße Reiskuchen, von denen wir uns ein paar schmecken ließen.

Wir spazierten weiter und erreichten nahe am Stadtrand das nächste Wahrzeichen von Kumamoto. Das war ein Nachbau des Leyasu-Tokugawa-Schreins von Nikko. Man erkannte den schintoistischen Schrein schon am *Tori*, dem Eingang zum Heiligtum.

Um den oberen Eingangsteil waren viele *Shimenawa* geschlungen. Diese geflochtenen, mit weißen Papierstreifen geschmückten Reisstrohbänder, waren hier fast überall um die heiligen Steine gebunden. Auch in den Bäumen auf dem Weg zum Schrein und am Eingang selbst fanden wir die Bänder.

Den Hauptzugang zum Schrein flankierten zwei steinerne Hunde, die *Komu inu*. Der linke Hund namens ‚*a*', mit geöffnetem Maul, symbolisierte den Beginn der Welt; der rechts sitzende Hund ‚*un*', mit geschlossenem Maul, verkörperte das Ende der Welt. Auf dem Hauptweg gelangten wir weiter zum *Chozuya*, dem Reinigungsbecken. Wie es der Brauch vorschrieb, schöpften wir mit der Hishaku-Kelle etwas Wasser aus dem Becken. Wir wuschen uns damit die Hände und spülten den Mund aus, um so gereinigt den Schrein zu betreten.

Vor der *Haiden*, der Haupthalle des Schreins, stand der *Saisen bako*, eine Art Opferstock. Wir warfen eine Münze hinein. Daraufhin durften wir mit Hilfe eines sehr dicken Strickes eine kleine Schreinglocke läuten, um die Schrein-Gottheit auf uns aufmerksam zu machen. Dann klatschten wir zweimal in die Hände und verbeugten uns.

Annas forderte mich auf, mein Glück zu testen. Sie schüttelte kräftig eine Holzbox, daraus zog ich dann ein Stäbchen, auf dem eine Nummer vermerkt war. Das Hölzchen gab ich wieder in die Box zurück, für die Nächsten. Für meine gezogene Nummer 8 erhielt ich einen entsprechenden Glückszettel, auf dem Vorhersagen für verschiedene Dinge des Lebens geschrieben standen.

Ich las laut vor: „Sie treten eine plötzliche Reise an und sind gesegnet mit einem langen Leben. Eigentlich trifft das zu!“, rief ich erstaunt.

Annas lachte hellauf und feixte daraufhin: „Wer mit seinem Glückszettel allerdings nicht zufrieden ist, knotet einfach seinen Papierstreifen hier an einen Baum und dann nimmt die Schrein-Gottheit sich seines Unglücks an. Es kann also nichts schief gehen, egal welche Vorhersage man auch zieht.“

Vergnügt verließen wir den Schrein und schlenderten langsam in die Richtung zur Festung zurück. Auf dem Rückweg entdeckte ich auf der anderen Straßenseite wieder die drei Männer, die mir eben schon vor Tempelanlage aufgefallen waren. Sie spähten immer wieder zu uns herüber. Aber wenn ich sie anschaute, sahen sie in eine andere Richtung oder drehten sich weg.

Ihre Kleidung war unauffällig aber schmutzig. Die Tatsache, dass alle Drei mit Katanas bewaffnet waren, behagte mir aber gar nicht. An einer Straßengabelung, kurz vor der Festung, stieß ich Annas leicht an und deutete mit einer Kopfbewegung auf die Drei. Annas blickte hinüber und schnaubte verächtlich.

Die Wegelagerer begriffen, dass wir sie entdeckt hatten. Sie rissen ihre Katanas aus der Scheide und griffen uns sofort an. Laut schreiend überquerten sie die Straße. Die gemeinsame Aktion bewies mir, dass es sich nicht um einfache Straßenräuber handelte.

Augenblicklich war die Straße wie leergefegt. Wie auf ein Kommando wurden überall die Klappläden geschlossen. Sämtliche Personen flüchteten sich in nahe gelegene Häuser oder suchten in den Läden Schutz.

Ich zerrte die Saigabeln unter meinem Kimono hervor und postierte mich schützend vor Annas. Sie zog ihr Kurzschwert und wich zurück bis an die Wand des Töpferladens. Mit einem Kreuzblock meiner Saigabeln konnte ich den Schwerthieb des ersten Gegners gerade noch abwehren. Das bereitete mir zwar einige Mühe, aber trotzdem gelang es mir den Angreifer anschließend mit Wucht zurückzudrängen.

Überrascht durch meine gekonnte Gegenwehr, wichen die drei *Hitokiri* für einen Moment zurück. Sie verständigten sich mit kurzen Blicken, danach lösten sich die Attentäter mit ein paar Schritten voneinander, um in breiter Front erneut anzugreifen. Ich bewegte mich etwas von Annas weg, so dass sie mehr Raum für ihr Wakizashi gewann. Dann orientierte ich mich neu und ging in Abwehrstellung.

Bevor die Wegelagerer uns erreichten, sprang eine schwarze Gestalt katzenhaft zwischen den Fronten hindurch. Mit einem lauten Kiai tötete Karen, quasi noch im Sprung, mit ihrem Tessen den vordersten Attentäter. Irritiert durch den neuen unerwarteten Gegner zögerten die Auftragskiller einen Wimpernschlag lang. Deshalb konnte ich den zweiten Berufsmörder mit einem Stich meiner Saigabel an der Schulter verletzen. Mit einem gequälten Aufschrei taumelte er zwei Schritte zurück, ließ das Katana fallen und presste seine Hand auf die Wunde.

Karen wartete den Erfolg ihrer Aktion nicht ab, sondern beendete ihre Rolle vorwärts. Noch im Aufstehen schleuderte sie aus dem Handgelenk ein Shuriken auf den dritten Angreifer. Dieser erhob gerade sein Katana zum todbringenden Hieb auf meinen Kopf. Den Schlag hätte ich wahrscheinlich nicht mehr verhindern können.

Der Shuriken traf den Attentäter in den Hals und zerfetzte ihm den Adamsapfel. In einer hohen Fontäne spritzte sein Blut zu Boden. Mit einem ungläubigen Ausdruck im Gesicht ließ er sein Katana fallen und griff mit den Händen nach dem Wurfmesser. Doch das nützte ihm nicht mehr. Mit schrecklichem Gurgeln und weit aufgerissenen, schmerzverzerrten Augen sank er auf die Knie. Ein letztes Stöhnen quälte sich aus seinem Mund, dann fiel er zu Boden - genau vor meine Füße.

Weil nun keine Gefahr mehr bestand, atmete ich zweimal tief durch, steckte die Saigabeln wieder in die Lederhüllen zurück und verdeckte sie mit dem Kimono. Auch Annas blies erleichtert die Luft aus und führte ihr Wakizashi zurück in seine Scheide. Ich blickte mich nach Karen um, die sich bereits mit dem von mir verletzten Angreifer beschäftigte.

Wir liefen zu Karen hinüber. Die stieß gerade den Attentäter ziemlich unsanft zu Boden und befragte ihn wenig zimperlich. Aber der Verletzte machte keine Anstalten ihr zu antworten. Als Karen ihn erneut hart anfasste, sprudelte plötzlich weißer Schaum aus seinem Mund. Seine Augen weiteten sich, sodass man sah nur noch das Weiße sah. Ein letztes krampfhaftes Zucken schüttelte ihn, dann war er tot. Er hatte auf eine im Backenzahn verborgene Giftkapsel gebissen.

Karen ließ frustriert den Toten zu Boden sinken und ärgerte sich: „Schade! Er wollte mir partout nicht erzählen, wer ihn geschickt hat. Aber ich denke, wir kennen seinen Auftraggeber.“ Sie deutete auf den Leichnam und sagte wütend: „Der da, das ist einer der persönlichen Wachen von Hatamos Kami Kiminobu.“ Und mit einem letzten zornigen Ausruf: „Dafür werde ich ihn zur Rechenschaft ziehen!“

Schnell hatte sie sich wieder in der Gewalt. Sie umarmte uns kurz, schaute uns mit ihren dunklen Augen forschend an und fragte besorgt: „Seid ihr in Ordnung?“

„Alles bestens“, erwiderte Annas und ich schob hinterher: „Wir sind froh, dass Du gekommen bist. Wer weiß, wie die ganze Sache sonst ausgegangen wäre.“

Danach verbeugte mich leicht und dankte ihr ganz leise: *„Giri*, ich schulde Dir mein Leben.“ Ich atmete zweimal tief durch und schloss meinen Dank mit den Worten ab: „Nun habe ich eine Verpflichtung dir gegenüber. Sei dir gewiss, dass ich meine Schuld begleichen werde.“

Ein leichtes Lächeln überflog ihr Gesicht und ihre Augen leuchteten in einem warmen Glanz. Sie drückte kurz meine Hand und wollte etwas sagen, als lauter Lärm die Straße herunter schallte. Karen drückte uns nochmals kurz, dann verschwand sie blitzschnell zwischen den Umstehenden - wie ein Geist.

Mittlerweile waren die Menschen wieder aus ihren Häusern und Läden heraus gekommen. Die stetig anwachsende, lärmende Menschenmenge bildete einen Kreis um uns herum.

„Weg da! Weg da!", brüllte jemand von hinten.

Eine Gasse bildete sich und ein Trupp Samurai baute sich vor uns auf. Die Wachen kamen aus der Festung. Annas schob sich vor mich. Mit ziemlich arrogantem Gehabe blaffte sie den Führer der Wache an: „Ihr kommt viel zu spät! Ich musste mich und meine Zofe selber gegen diese Strauchdiebe verteidigen! Dabei wäre das doch eigentlich eure Aufgabe." Damit zog sie die Aufmerksamkeit der Samurai auf sich, um von Karen's Verschwinden abzulenken.

Der Hauptmann musterte Annas mit schmalen Augen, blickte dann auf mich und danach auf die toten Angreifer. Nach einem letzten Zögern verbeugte er sich letztendlich vor Annas. Somit bestätigte er ihren Rang als edle Samurai-Dame.

„Edle Dame, entschuldigen sie bitte meine Unzulänglichkeit. Hauptmann Tazemon Uguschji steht zu Ihren Diensten."

Ich atmete leise erleichtert aus. Wie es sich für eine Dienerin gehört, senkte ich den Kopf und richtete meinen Blick zu Boden. Tazemon Uguschji herrschte zwei der umstehenden Gaffer an und befahl ihnen, die Leichen in die Festung zu bringen. Freundlich wandte er sich wieder an Annas. Bestimmt, aber höflich bat er uns, ihn zur Festung zu begleiten um Meldung beim Hatamo Kami Kiminobu zu machen.

In Begleitung der Wachen erreichten wir die Festung. Der Hauptmann führte uns ins Empfangszimmer des obersten Samurais, Hatamoto Arima Yamato no Kami Kiminobu tek ken. Vor der großen, mit goldenen Ornamenten beschlagenen Doppeltür, standen zwei Samurai in voller Kampfmontur. Sie ließen uns nach eingehender Musterung mit ihren kalten Augen passieren. Hauptmann Uguschji öffnete die Türen und blieb unterwürfig neben mir am Eingang stehen. Annas dagegen stolzierte zwei Schritte weiter ins Zimmer hinein.

Bei unserem Eintritt sprang Hatamo Kiminobu von seinem thronähnlichen Stuhl auf. Mit breitem, jovialem Lächeln eilte er

Annas entgegen und begrüßte sie fröhlich. Er hatte eine kräftige mittelgroße Gestalt und sah für sein Alter gesund und fit aus. Die blaugrünen Augen strahlten eine gewisse Frische aus, jedoch lauerte auch eine nicht zu übersehende Gefährlichkeit in ihnen. Den Kerl sollte man bloß nicht unterschätzen!

„Edle Frau, ich bedaure den Zwischenfall zutiefst! Ich verspreche Ihnen, dass die Schuldigen von mir persönlich zur Rechenschaft gezogen werden. Ich bin froh, dass ihnen und ihrer Dienerin weiter nichts passiert ist."

Annas deutete eine Verbeugung an und erwiderte dann ziemlich kühl: „Ich nehme ihre Entschuldigung an, aber die Schuldigen wurden von mir schon bestraft."

Einen Augenblick schaute der Hatamo sie konsterniert an, fing sich aber dann schnell wieder und grollte: „Man hat mich anscheinend über den Vorfall nicht richtig informiert! Aber umso besser, wenn die Täter ihre gerechte Strafe schon erhalten haben. Es war wohl nur einfaches Gesindel." Nach einer kurzen Pause, in der er uns mit gerunzelter Stirn musterte, fragte er in freundlichem Tonfall: „Edle Dame, nach meinen Informationen hat ihnen eine Ninja bei der Auseinandersetzung geholfen. Ist das richtig? Kennen sie vielleicht diese Person? Ich würde mich gerne bei ihr für Ihre Rettung bedanken."

Sie verneinte - seine Augen blitzten. Diese Lüge glaubte er ihr offensichtlich nicht, aber das konnte er ihr natürlich nicht vorwerfen. Annas gab nach diesem Augenduell dem Hatamo zu verstehen, sie wünsche in ihr Quartier zurückgeleitet zu werden.

Kiminobu verbeugte sich galant und wies den Hauptmann an, uns ins Quartier zu eskortieren. An der Tür drehte ich mich im Hinausgehen um und sah, wie der Hatamo uns mit ausdruckslosem Gesicht hinterher schaute. Als sich unsere Blicke kreuzten, huschte ein Lächeln über sein Gesicht und er winkte mir freundlich zu. Aber das freundliche Lächeln erreichte seine Augen nicht, die hatten einen harten metallenen Ausdruck. Meine Meinung, dass dieser Mann sehr gefährlich sei, schien sich zu bestätigen.

Untertänig senkte ich den Kopf und verließ mit gemischten Gefühlen das Gebäude - zwei Schritte hinter Annas. Vor dem Hauptgebäude warteten Marc und Lucy auf uns. Sie hatten von dem Vorfall gehört und waren sofort zur Burg geeilt. Marc erkundigte sich zurückhaltend bei Annas, die aber seine Besorgnis schnell entkräften konnte. Dann wandte er sich an den Wachführer, der neben uns stehen geblieben war und die Szene genau beobachtete.

Barsch und ziemlich wütend fuhr Marc den Hauptmann an: „Ich bin erstaunt, dass es in dieser angeblich sicheren Stadt zu einem Überfall auf meine Dame kommen konnte." Herausfordernd schaute er Uguschji an.

Ich sah, dass es Uguschji in den Fingern juckte, die offensichtliche Herausforderung zu erwidern, aber er beherrschte sich. Seine Augen schleuderten Blitze auf Marc, dennoch antwortete er in einem entschuldigenden Ton: „Unser Hatamo hat sich schon bei der Dame entschuldigt - auch für uns."

Sarkastisch fügte er hinzu: „So etwas wird nicht mehr vorkommen! Die Hintermänner des Überfalls, falls es welche gegeben hat, werden gefunden und mit aller Härte bestraft."

Annas berührte Marc beruhigend an der Hand. Um eine Eskalation zu vermeiden sagte sie zum Hauptmann: „Ich habe die Entschuldigung des Hatamo angenommen und wir bedanken uns für Ihr Geleit." Um ihm aber doch noch eins auszuwischen, fuhr sie abschließend arrogant und herablassend fort: „Wir benötigen Sie jetzt nicht mehr. Für den Rest des Weges können wir uns selbst besser vor etwaigem Gesindel schützen."

Wir ließen Hauptmann Uguschji, dessen Gesicht rot angelaufen war, wie eine unwichtige Person stehen. Im Fortgehen sah ich beim Blick über die Schulter, dass Uguschji zornig und mit geballten Fäusten hinter uns her starrte. Marc und Annas hatten sich im Hauptmann einen weiteren Todfeind geschaffen.

Wir begaben uns auf direktem Weg zu unserem Quartier. Dort erwartete uns Karen schon ungeduldig. Sofort gingen wir in den kleinen Garten, wo wir hoffentlich vor eventuellen Lauschern sicher waren. Marc hatte sich inzwischen wieder einigermaßen beruhigt. Zuerst bedankte er sich bei Karen für unsere Rettung.

Danach gab er uns die letzten Informationen, die er vom Samurai-Hauptmann Joshjida Saszuke erfahren hatte: „Anscheinend will sich Hatamo Kiminobu, mit Hilfe der Akatsuki und einigen ihm verpflichteten Samurai-Clans, zum Shogun küren lassen. Er möchte unter seiner Herrschaft das alte System der adligen Samurai wieder einführen. Seine Clankrieger sollen die herrschende Klasse werden, die dann alle Wach- und Polizeiaufgaben für ihn zu erledigen hat."

Bei dieser Erklärung lachte Karen grimmig auf: „Das wird ihm nicht gelingen; und wenn doch, dann nur über meine Leiche."

Beschwichtigend berührte Marc ihren Arm und berichtete weiter: „Ich habe zusammen mit Hauptmann Joshjida Saszuke den Ältesten Rat informiert. Der hat daraufhin für morgen früh den Rat der Stadt einberufen; der wird dann den Samurai Matsushita Nakatsukasa zum neuen Hatamo ausrufen. Gleichzeitig werden sie Kiminobu unter Hausarrest stellen. Der Nakatsukasa-Clan wurde bereits angewiesen, alle Mitglieder des Kiminobu-Clans zu entwaffnen."

„Klasse!" Bei dieser Mitteilung klatschte Karen zufrieden in die Hände und ihre grimmige Miene lockerte sich etwas.

„So Leute! Anstatt in Euphorie auszubrechen und uns beruhigt zurückzulehnen, sollten wir heute Abend unbedingt mit unseren Waffen schlafen gehen." Marcs Worte wirkten zuerst einmal wie ein Schock auf uns, sie sorgten wirkungsvoll für Ruhe. Alle schauten ihn fragend an.

Nach einer Kunstpause, bei der wir an seinen Lippen hingen und auf eine Erklärung warteten, räusperte sich Marc: „Hauptmann Joshjida Saszuke hat erfahren, dass ein paar *Hitokiri* uns heute Abend einen netten Besuch abstatten wollen. Die Attentäter sollen mich in die ewigen Jagdgründe befördern; auf mich wurde ein Kopfgeld ausgesetzt."

Mit einem Anflug von Sarkasmus beschwerte er sich: „Aber über die Höhe der Kopfprämie bin ich doch sehr enttäuscht."

Als wir diese Mitteilung erst einmal verdaut hatten, entbrannte eine hitzige Debatte darüber, wie wir darauf reagieren sollten. Endlich bat Marc um Ruhe: „Eure Vorschläge in allen Ehren; aber ich habe schon einen Plan ausgetüftelt. Annas und ich werden im hinteren Zimmer, das mit dem Zugang zum kleinen Garten, übernachten."

Er wandte er sich an Lucy. „Lucy, dich möchte ich bitten, dich im Garten zu positionieren und uns den Rücken freizuhalten." Als Lucy einverstanden nickte, drehte er sich zu uns herum. „Karen und du Reneé, ihr werdet die linken und rechten Zimmer am Fluranfang beziehen und uns, wenn nötig, zu Hilfe eilen." Als er Karen dabei anblickte, die ihre Arme vor der Brust verschränkt hatte und ziemlich entrüstet das Gesicht verzog, schickte er schnell hinterher: „Du wirst mit Reneé dafür sorgen, dass keiner dieser Mörder entkommt."

So ganz überzeugt waren wir Beide aber nicht, vor allem Karen wollte sich am liebsten in vorderster Front auf die Attentäter stürzen. Jedenfalls konnte ich das deutlich an ihrer Körperhaltung ablesen.

Marc beendete die Diskussion mit den Worten: „Ich brauche euch ja nicht erst zu erzählen, dass diese Hitokiri gut ausgebildete Attentäter und Meuchelmörder sind. Also machen wir es so, wie ich gesagt habe." Murrend fügten wir uns.

„Und jetzt lasst uns zusammen etwas Essen gehen. Ich habe Hunger. Kurz hinter der Festung, in der Shinobigasse, habe ich einen kleinen gemütlichen Gasthof entdeckt. Er liegt direkt am Fluss und Joshjida Saszuke meinte, dass es dort im *Yado Shiro* den besten Fisch der Stadt gibt. Ich lade euch ein."

Erfreut stimmten wir ihm zu. Zum Ausgehen konnten wir praktischerweise unsere Kimonos gleich anlassen. Auf Marcs Bitte zog sich sogar Karen einen Kimono über. Er war blutrot, mit einem großen eingestickten schwarzen Schriftzeichen. Wie Karen grimmig bestätigte, entsprach die Farbwahl ihrer momentanen Stimmung.

Auf Lucys Frage nach der Bedeutung des Schriftzeichens erklärte Annas mit schmunzelndem Gesicht vieldeutig: „Das heißt *tatsu*, was schlicht und einfach 'Drache' bedeutet."

Ich blickte Karen an und konnte mir das Grinsen nicht verkneifen. Als sie mich dann noch gespielt grimmig mit den Zähnen anbleckte, prustete ich laut los. Mein Lachen steckte alle an und fürs Erste verflüchtigten sich die Gedanken an Attentäter, Tod und Kampf aus unseren Köpfen. Entspannt machten wir uns auf den Weg zur Shinobigasse. Außerdem meldete sich bei dem Einen oder Anderen ein laut knurrender Magen.

Wegen Annas und Marcs Erscheinung als hohes Samurai-Pärchen, bekamen wir in der Gaststätte den besten Tisch. Es war sehr gemütlich, trotz der einfachen Bänke und Stühle aus Zedernholz. Mehrere Bedienstete wuselten um uns herum und versuchten uns jeden Wunsch von den Lippen abzulesen. Und das Wichtigste, der Fisch schmeckte wirklich lecker und der Sake ebenso. Dazu gab es köstliche Reistörtchen in allen Variationen. Joshjida Saszuke hatte Marc nicht zuviel versprochen.

Von unserem Tisch aus hatten wir einen guten Blick auf eine kleine Bühne. Nach einem Gong, wurde der rote Drachenvorhang aufgezogen. Drei Jugendliche in bunten Kostümen, alle im Alter von etwa vierzehn Jahren, sprangen mit akrobatischen Verrenkungen und lautem Rufen auf die Bühne. Dort boten sie den Gästen eine ungewöhnliche Darbietung. Zur traditionellen Musik einer Shamisen, tanzten sie eine Art von *Noh*-Schauspiel, in dem jeder Tänzer eine Rolle spielte.

„Das sind reisende Schausteller. Und wenn ich richtig verstanden habe, tritt nachher noch die berühmte Schamanin Miki Baku auf, eine *Shū eki*", erklärte uns Karen.

Unter höflichem Applaus der anwesenden Gäste beendeten die Jugendlichen ihre Aufführung. Die Musikerin legte ihr Shamisen auf den Holzboden und schlug mit einem Klöppel den Gong. Danach nahm sie ihr Instrument wieder auf und mit vielen Verbeugungen verließ sie und die Tänzer die Bühne.

Nachdem der letzte Hall des Gongs verklungen war, führte ein in einen schwarzen Kimono gekleidetes junges Mädchen, eine alte Frau auf die Bühne. Die Alte trug ihr schlohweißes Haar schulterlang; ihre gebrechliche Gestalt umhüllte ein weißer Kimono mit langen Ärmeln. Bei jeder ihrer Armbewegungen schienen die eingestickten schwarzen Drachen auf ihren Ärmeln lebendig zu werden. In der rechten Hand hielt sie eine Noh-Maske.

Das Mädchen führte die Schamanin zum Stuhl, auf dem zuvor die Musikerin gesessen hatte. Nachdem die Alte sich niedergelassen hatte, verbeugte sich das Mädchen und verkündete mit glockenheller Stimme: „Frau Miki Baku beantwortet die Fragen der ehrenwerten Anwesenden."

Stühle wurden gerückt und das Scharren von Schuhen vermischte sich mit dem Flüstern der Bittsteller und Fragenden. Alle vertrauten der Schamanin ihr Schicksal an; die meisten erwarteten von ihr eine Anleitung zur Lösung ihrer Probleme.

Wir beobachteten, wie die Schamanin den Gästen die Fragen nach ihrem Glück, Gesundheit und Wohlstand beantwortete; meistens sagte sie ihnen gute Aussichten für ihre Zukunft voraus. Dabei berührte sie die Hände der Gäste, hielt sich die Maske vors Gesicht und gab ihnen mit leiser Stimme Auskunft und Ratschläge.

In einem, mit Ornamenten verzierten, kupferfarbigen Becher, sammelte das Mädchen ihr Honorar ein. Die Gäste, die sich über gute Auskünfte freuen durften, schmissen auch reichlich Münzen in den Becher.

Ich unterhielt mich gerade mit Annas, als Lucy mich anstieß und auf das Mädchen deutete. Sie stand mit engelsgleichem Gesicht vor unserem Tisch und ihre hellblauen Augen zogen mich regelrecht in ihren Bann. Meine Umgebung rückte in einen diffusen Hintergrund, denn diese Augen, in dem traurig schönen Gesicht, beherrschten plötzlich alles.

Sie verbeugte sich vor mir, nahm meine Hand und sprach mit lieblicher Stimme: „Bitte folgen sie mir! Meine Großmutter wird ihnen ihre Zukunft erklären."

Wie unter hypnotischem Zwang stand ich auf und folgte der grazilen Gestalt, ohne auf die Bemerkungen meiner Gefährten zu achten. Das Mädchen führte mich zu der Alten mit dem faltigen Gesicht, die mich durchdringend musterte.

Sie nahm meine Hände und betastete sie mit gerunzelter Stirn: „Nenn mir Deinen Namen“, befahl sie mir leise mit klarer Stimme.

„Reneé“, antwortete ich wie in Trance.

Ihre stahlgrauen, noch sehr jugendlich wirkenden Augen musterten mich nochmals eindringlich. Danach berührten ihre Finger, die trotz ihres augenscheinlichen Alters noch weich und geschmeidig waren, prüfend mein Gesicht. Nach einem Moment des Fühlens zog sie plötzlich die Hände zurück, so als habe sie sich an meinen Wangen verbrannt. Ihr Gesicht zeigte einen sehr ernsten Ausdruck. Sie nahm die Maske aus ihrem Schoss und hob sie mit einer raschen Bewegung vor ihr Gesicht.

Augenblicklich verfinsterte sich die Umgebung um mich herum. Die Geräusche verebbten und übergangslos war ich mit der lebendig gewordenen Noh-Maske allein in einem dunklen, engen Raum.

Mit geschlechtsloser Stimme, die in meinem Kopf zu entstehen schien, sprach die Maske: „Du bist Svansons Tochter. Nimm dich in Acht! Ich höre den Gesang des Shuyì. Hüte dich vor der Berührung seiner schwarzen Schwingen. Der Todesvogel schaut dir inständig über die Schulter. Sein Odem wird dich bei der langen Suche nach deiner Bestimmung überallhin begleiten.“

Die Noh-Maske wurde größer, kam auf mich zu und schien mich verschlingen zu wollen. In den leeren Augenhöhlen brannten zwei feuerrote Augen, die mich spöttisch anblickten und ein tiefes höhnisches Lachen erklang in meinem Inneren. Dann wurde es langsam wieder heller um mich herum.

Ich befand mich plötzlich wieder auf der Bühne und die Geräusche der Gaststätte drangen an mein Ohr. Ich sah der Schamanin ins Gesicht, ihre stahlgrauen Augen schauten mich wissend an. Die Noh-Maske lag in ihren Schoß. Das Mädchen nahm mich bei der Hand und führte mich an meinen Platz zurück.

Es war wie nach einem Traum, der mich immer noch gefangen hielt. Ich schüttelte meinen Kopf, um wieder einen klaren Gedanken zu fassen. Danach wandte ich mich zu dem Mädchen um. Bevor ich mit ihr sprechen konnte, verneigte sie sich stumm, drehte sich um und verließ mit schnellen Schritten unseren Tisch. Im letzten Moment erhaschte ich noch einen Blick in ihr Gesicht. Ein schmerzlicher Ausdruck lag in ihren Augen und eine Träne kullerte ihr über die Wange. Unter diesen Eindrücken lief mir ein kalter Schauer den Rücken herunter.

Während ich mich wieder hinsetzte, fragte Lucy mich: „Was hat dir die Hexe geweissagt? Wir konnten hier unten leider nichts verstehen; wir sahen nur deinen steifen Rücken."

Ich überlegte, ob ich Ihnen mein Erlebnis schildern sollte, entschied mich dann aber dagegen. Da ich die gute Stimmung nicht trüben wollte sagte ich lachend: „Sie faselte etwas von einem langen Leben. Lasst uns darauf trinken."

Damit versuchte ich meine Befangenheit abzuschütteln oder wenigstens zu kaschieren. Während Marc unsere Becher füllte, sah ich wie die Schamanin unter dem Beifall der Anwesenden die Bühne verließ. Die Alte drehte sich noch einmal kurz zu mir um und sah mich lächelnd an, dann verschwand sie. Anscheinend hatten die Leute in der Gaststätte von all dem nichts mitbekommen und ich fragte mich, ob ich das Ganze nicht doch nur geträumt hätte.

Karen musterte mich nachdenklich. Sie flüsterte, mit einem ernsthaften Unterton in der Stimme, mir leise zu: „Diese Shū eki ist auf ganz Niihama für ihre hellseherischen Fähigkeiten berühmt und gefürchtet. Du solltest das Gesagte nicht auf die leichte Schulter nehmen."

Ich nickte zustimmend, aber nach ein paar Minuten hatte ich die Schamanin schon wieder vergessen. In Anbetracht dessen, was heute Abend noch passieren sollte, hielten wir uns dieses Mal bei dem Sake etwas zurück. Wir machten uns gesättigt und entspannt auf den Heimweg.

Für etwaige Beobachter sah es so aus, als hätten wir dem Sake reichlich zugesprochen. Wir verteilten uns wie abgesprochen auf die Zimmer und jeder machte sich auf seine Weise für das anstehende Gefecht bereit.

Ich zog den Kimono aus, schlüpfte in eine bequeme leichte Hose und eine weit geschnittene Jacke. Das Oberteil war, wie die Hose, aus feiner schwarzer Seide und garantierte mir die Bewegungsfreiheit, die ich für einen Kampf brauchte. Danach löschte ich die Laterne und legte mich mit blankgezogenem Katana ‚Böser Geist weiche' auf das Futonbett. In Gedanken sah ich meine Gefährten, wie sie ebenfalls ihre Waffen bereithielten; dachte an Marcs Klinge ‚Dämonenbringer, die bestimmt schon nach Blut lechzte.

Nach einiger Zeit kehrte Ruhe in unserem Quartier ein; man vernahm nur noch Schlafgeräusche. Gelegentlich täuschte Marc noch einige Schnarchtöne vor. Meine Sinne waren angespannt, und ich versuchte, die leisen Zwischentöne zu identifizieren. Aber nach einer Weile erlahmte meine Konzentration und meine Gedanken drifteten ab. Ich überdachte meine Lage, die Liebe zu Albrecht, die Situation mit Karen und mein Verlangen, meinen Vater endlich kennenzulernen.

Plötzlich hörte ich ein Geräusch, das nicht zu den Schlafgeräuschen passte. Wieder hellwach versuchte ich meine Atmung nicht zu verändern und lauschte angespannt weiter. Meine Augen hatten sich inzwischen an die Dunkelheit angepasst. Durch die Fusuma machte ich im Flur mehrere Schatten aus. Es waren sechs Personen, die den Flur entlang schlichen. Es mussten sehr professionellen Attentäter sein, da sie jetzt jegliches Geräusch vermieden.

Während ich den Griff meines Katanas fester umklammerte, behielt ich die Fusuma im Blick. Zwei der Angreifer blieben vor meiner Tür stehen, während die restlichen vier Mörder sich langsam auf das Zimmer von Marc und Annas zubewegten. Ich spannte meine Muskeln und wartete fieberhaft auf den Ausbruch des Kampfes. Der erste Schrei hallte über den Flur und zerstörte die friedliche Stille.

Sofort sprang ich auf und richtete das Katana in Brusthöhe auf die Fusuma. Als sie aufgerissen wurde, stieß ich einen Schrei aus und schnellte vorwärts. Ich stach mit dem Schwert auf die Gestalt im Türrahmen ein. Mit einem Reflex wehrte der Attentäter meinen Stich zur Seite ab. Ich sah Hauptmann Houjou Ujiyasu, der ganz in Schwarz gekleidet, mich völlig überrascht mit Stielaugen anguckte.

Ungläubig starrte er mich an, als er mich als die angebliche Dienerin wiedererkannte. Fast gleichzeitig wichen wir Beide voreinander leicht zurück, dann nahm jeder seine Angriffsstellung ein.

Ich stellte meine beiden Füße parallel nebeneinander. Mein *Kamae,* meine Ausgangsstellung war damit erfolgversprechender als die seine; außerdem erwies sich die Distanz als genau richtig für einen *Chiwari,* ein Hieb durch seine Brust.

Er bemerkte, dass ich momentan im Vorteil war, sofort wich er etwas zurück. Schnell rückte ich einen Fußbreit nach, um die optimale Distanz beizubehalten. Auf dem Gang tobten bereits heftige Kämpfe. Als er sah, wie Karen seinen Kameraden mit dem Tessen erledigte, wurde ihm klar, dass ihr Überfall gescheitert war. Mit einem Schrei, der seine ganze Enttäuschung ausdrückte, fuhr er herum und flüchtete.

Damit hatte ich nicht gerechnet, aber einen Sekundenbruchteil später sprang ich aus dem Zimmer und wollte hinter ihm her.

„Lass ihn laufen!“, rief Karen und sah mich mit vor Erregung blitzenden Augen an. Wir sprangen über die Leiche des von ihr getöteten Attentäters und rannten zum Zimmer von Marc und Annas. Wir kamen gerade rechtzeitig, um mitzuerleben wie Marc mit einem gewaltigen Streich seines Dämonenbringers den letzten Gegner niederstreckte. Annas stand kampfbereit im Hintergrund, in der rechten Hand hielt sie ihr Wakizashi. Marcs Katana hatte reiche Ernte gehalten. Außer dem geflüchteten Hauptmann Houjou Ujiyasu, war keiner der Attentäter mit dem Leben davon gekommen.

Vom Garten her stürmte Lucy herein. Als sie uns alle unverletzt beisammen stehen sah, lächelte sie erleichtert. Aus ihrem Mund kam ein tiefer erleichterter Seufzer.

Mit Inbrunst sagte sie: „Gott sei Dank seid ihr alle unverletzt." Langsam sank unser Adrenalinspiegel wieder.

Wenige Minuten später stürmten die ersten Wächter in unser Quartier; sie brauchten aber nur noch die toten Attentäter einzusammeln. Wir reinigten unsere Waffen und sprachen dem Kriegsgott unseren Dank aus. Als alle Spuren des Überfalls beseitigt waren, setzten wir uns noch einmal kurz zusammen, um den Überfall noch einmal Revue passieren zu lassen.

Dabei berichtete ich meinen Mitstreitern, dass Hauptmann Ujiyasu der geflüchtete Attentäter sei. Mit grimmigem Gesicht antwortete Marc, dass die Angelegenheit morgen endgültig beendet würde; kopfnickend stimmte Karen ihm zu. Danach beendete Marc unsere Runde und meinte, es wäre nun endlich Zeit zum Schlafen. Bevor wir in unsere Zimmer verschwanden, gaben wir uns noch gegenseitig die Hand und beglückwünschte uns zum überstandenen Kampf.

„Wir gegen den Rest der Welt - und der sieht gegen uns ziemlich alt aus", merkte Lucy zum Abschluss ironisch an.

Ich legte mich ziemlich müde aufs Futonbett. Nach der Anspannung und der Adrenalinausschüttung war die Müdigkeit letztlich ganz normal. In diesem Moment kam mir zu Bewusstsein, dass ich für mein Überleben hier auf der Ebene, schon einen großen Teil meiner Skrupel über Bord geworfen hatte. „Ich hoffe nur, dass all' die Toten mich im Traum nicht verfolgen werden", murmelte ich - und mit diesem Gedanken schlief ich endlich ein.

Hauptmann Joshjida Saszuke informierte uns am Morgen, dass die Anhänger und Clanmitglieder Kiminobus vom neuen Hatamo inhaftiert wurden. Nur der Verräter Kiminobu halte sich noch mit ein paar Getreuen im Haupthaus der Festung, dem Donjon Tenshukaku, versteckt.

Wir brachen sofort auf. Da die Bastion achtzehn Yagura-Eingänge und neun Tore hatte, mussten wir uns trennen. Lucy, Annas und der Hauptmann Joshjida Saszuke bezogen mit einem Trupp Samurai aus dem Clan des neuen Hatamos, ihre Stellung am Haupteingang. Marc drang mit vier Samurai in das Haupthaus ein.

Inzwischen wurden ebenfalls die übrigen Eingänge und Tore bewacht, so dass keine Maus unbemerkt das Haupthaus verlassen konnte.

Karen und ich betraten das Haupthaus durch die Tigerpforte. Karen war sich sicher, dass der Verräter sich im Shinsō, einem tief in der Festung verborgenen Thronsaal, versteckte. Und sie war sich gleichfalls sicher, dass er dort auf sie warten würde. In Karens Rücken versuchte ich, mit dem gezogenen Schwert in der rechten und der Saigabel in der linken Hand, geräuschlos Anschluss an sie zu halten. Karen schlich wie ein Panther durch die Flure und Zimmer; in der Faust hielt sie den Tessen bereit. Plötzlich verhielt sie ihren Schritt, hob die Hand und deutete mit einer Kopfbewegung zu der Fusuma auf der rechten Seite.

Jetzt hörte auch ich die leisen Stimmen aus dem Zimmer neben ihr; das klang ganz nach einem Streit. Karen hob drei Finger und schaute mich auffordernd an. Ich steckte meine Saigabel in die Lederhülse zurück, stellte mich in Angriffsstellung für einen *Kamitatewari*, ein Spalthieb von oben. Während ich das Katana über den Kopf hob, bedeutete ich Karen, dass ich bereit wäre. Dabei konzentrierte ich mich auf mein Schwert und versuchte nebenbei gelassene Zuversicht auszustrahlen. Für einen kurzen Moment schien mir, als ob an der Klingenspitze ein tiefblaues Licht waberte, doch es verlosch sofort wieder.

Karen nickte mir anerkennend zu und zog dann blitzschnell die Fusuma zur Seite. Sie stieß einen schrillen Schrei aus und stürmte mit einer Rolle vorwärts ins Zimmer. Nur eine Sekunde später sprang ich ihr hinterher und sah, dass Karen wie ein schwarzer Dämon Hauptmann Houjou Ujiyasu mit dem Tessen bedrängte. Nach dem ersten Überraschungsmoment wehrte der Samurai sich vehement.

Die beiden anderen Männer, einfache Wachsoldaten, waren durch unser plötzliches Auftauchen und Karens wildem Angriff, wie vor Schreck erstarrt. Beim Anblick meines erhobenen Schwertes reagierte der Kleinere von ihnen und versuchte mir seinen *Ryo shinogi gata* ins Gesicht zu stoßen. Ich wich leichtfüßig seinem Speer mit der beidseitig geschliffenen Schneide aus und meine Klinge fuhr ihm mit einem gewaltigen Schlag durch den Kopf. Er war schon tot, bevor er zu Boden stürzte.

Das Blut spritzte dem zweiten Wächter ins kalkweiße Gesicht. Er schaute mich mit weit aufgerissenen kreisrunden Augen entgeistert an. Aus der Drehung heraus hob ich mein Katana zu einem *Karigane*, einem Schwerthieb durch den Oberkörper. Entsetzt ließ er seinen Speer fallen; kurz vor dem Aufprall auf seine Brust konnte ich meinen Schlag gerade noch abstoppen. Nach einem schnellen Schritt auf ihn zu, hieb ich ihm meinen Schwertgriff gegen die Schläfe. Wie vom Blitz getroffen fiel er um.

Dann wirbelte ich herum und sah noch, wie Karen Hauptmann Ujiyasu mit dem letzten Streich ihres Tessen den Rest gab. Mit einem letzten Seufzer sank er auf die Knie, lehnte sich an die Wand - und starb in dieser Stellung. Schnaubend entlud sich meine angestaute Anspannung. Ich blickte auf die Toten; was für ein schreckliches Ende für diese, nur ihrem Herrn treu ergebenen Krieger.

Karen schaute mich an und in ihrer Miene zeigte sich die Zufriedenheit über den Kampfausgang. Sie nickte mir zu. Nach allen Seiten sichernd, bewegten wir uns vorwärts, immer tiefer in die Festung hinein. Ab und zu hörten wir Schreie und Kampflärm; anscheinend waren Marc und seine Begleitung auf Kiminobu's Getreue gestoßen.

Nach mehreren Biegungen und Gängen mit leeren Zimmern, stießen wir auf mehre Samurai des Nakatsukasa-Clans. Sie standen, mit gezogenen Schwertern und Lanzen, sichernd vor einer großen zweiflügligen Tür. Zwei Leichen lagen vor ihren Füssen. Ich erkannte sie als die beiden Hauptleute, die uns gestern vor dem Audienzzimmer, zur Unterredung mit Kami Kiminobu empfangen hatten.

Bei unserem Anblick steckten die Samurai ihre Katanas schweigend in die Scheiden zurück. Karen säuberte ihren Tessen und steckte ihn wieder in ihren Gürtel. Ich dagegen behielt mein Katana weiterhin gezückt in der Hand. Die Krieger salutierten, als wir die Flügeltüren aufschoben und an ihnen vorbei ins Zimmer gingen.

Es war ein ziemlich sparsam eingerichteter Raum, in dessen Mitte ein niedriger Tisch aus dunklem gemasertem Holz stand und dazu mehrere Bodenstühle. An der Wand hing ein Rollbild, auf dem ein lebensgroßer Samurai einen Tanz mit zwei Schwertern aufführte, daneben stand die Standarte des Kiminobu-Clans.

Davor, auf einem thronähnlichen Rattanstuhl mit hohem Rückenteil, saß der Hatamo. Bei unserem Eintritt sprang er auf und aus seinem breiten Brustkasten erklang ein tiefes Grollen, das sich beinahe wie ein Lachen anhörte. Hatamo Kami Kiminobu war noch immer ein imponierender Anblick. Er hatte nichts von seiner gefährlichen Ausstrahlung verloren.

„Da kommt Gott Swansons persönlicher Todesengel, um mich für meinen angeblichen Verrat zu bestrafen", dröhnte seine Bassstimme durch das Zimmer. „Ich habe dich schon erwartet."

Als Karen darauf nichts erwiderte, zuckte er mit der Schulter, fast so als würde er resignieren. Doch plötzlich schien seine große schwere Gestalt zu explodieren. Mit wilden Armbewegungen schleuderte er im Stile des *Haya uchi* aus den weiten Ärmeln seines Kimonos mehrere Wurfeisen, *Bo-Shuriken* auf sie. Der Hatamo warf die beidseitig geschliffenen Eisen im *Jiki da*-Stiel; die Shuriken rasten nun flirrend in gerader Linie auf Karen zu. Blitzschnell zog sie ihren Tessen und schlug im *Jiki da*-Stil, das Pfeilstoppen in der Luft, alle Wurfeisen beiseite.

Währenddessen hielt ich ihr mit meinem Katana den Rücken frei. Trotz der Wachen vor der Tür, könnten ja etwaige letzte Getreuen des Hatamos zu uns durchbrechen. Schließlich ist man nie gänzlich vor unangenehmen Überraschungen gefeit. Doch glücklicherweise erwies sich meine 'Rückversicherung' als unnötig.

Mit einer Vorwärtsrolle brachte Karen sich auf Schlagdistanz zum Hatamo. Blitzschnell zog sie ihm mit einem schrillen 'Kiai' den Tessen quer durch den Hals. Der Verräter umklammerte mit beiden Händen seinen Hals. Mit weit aufgerissenen Augen starrte er entsetzt auf das hellrote Blut, das zwischen seinen Fingern hervorquoll. Röchelnd sank er auf die Knie und quetschte noch einen letzten Seufzer zwischen den Lippen hervor. Dann fiel er langsam zur Seite und blieb sterbend in einer großen Blutlache liegen.

Karen hockte sich auf ihre Fersen und verfolgte ungerührt das Ende des Hatamos. Nach seinem letzten Hauch stand sie auf und sprach ein Dankesgebet an Gott Bishamon. Sie säuberte den Fächer und steckte ihn anschließend in den Gürtel zurück. Dann ging sie nochmals zur Leiche des Hatamo. Schweigend schob sie den rechten Ärmel seines Kimonos hoch und zeigte mir die Akatsuki-Tätowierung auf seinem Arm. Das war der letzte Beweis für seine Verstrickungen in die Machenschaften der Akatsuki's.

Ich steckte mein Katana in das Lederhalfter zurück und nickte bestätigend. Schweigsam verließen wir den Thronsaal. Die vor der Tür postierten Wachen richtet ihre *Tsuku nari*-Lanzen zu Boden. Schweigend und mit unbewegten Gesichtern ließen sie uns passieren. Alle Kampfspuren und die Leichen der gefallenen Anhänger des Verräters hatte man inzwischen beseitigt.

Im Hof, vor dem sechsstöckigen Hauptgebäude, hatten sich unsere Gefährten mit dem Ältesten Rat, dem zukünftigen Hatamo Matsushita Nakatsukasa und einem Teil der Samurai aus seinem Clan versammelt. Marc, Lucy und Annas nahmen uns in Empfang. Lucy bedachte mich mit einem fragenden Blick. Ich gab ihr mit einem Kopfnicken zu erkennen, dass ich in Ordnung war.

Auf Marcs unausgesprochene Frage entgegnete Karen nur: „Ich habe ihn mit der Wahrheit konfrontiert. Er hat seine gerechte Strafe erhalten."

Marc unterrichtete daraufhin den neuen Hatamo über das Ableben des alten Hatamos Kami Kiminobu. Matsushita Nakatsukasa, ein kleiner drahtiger Mann, bedankte sich bei uns mit einer leichten Verbeugung. Für die nächsten Jahre würde nun seine schwarzweiße Standarte, mit dem Kreis aus drei Sicheln, über der Festung Sazukari mono wehen. Seine Samurai übernahmen, in der Tradition des *Buko ryu*, den Polizei- und Wachdienst in der Stadt und in der Festung Sazukari mono.

Der neue Hatamo musterte mich aufmerksam mit seinen hellblauen Augen, dann verzog er die Mundwinkel zu einem feinen Lächeln und nickte mir kurz zu. Danach ließ er von zwei Bediensteten unsere Reitpferde und das Packpferd herbeiführen; unser Gepäck war auch schon verstaut.

Wir stiegen auf und verließen nach nur kurzem Abschiedsgruß die Festung. Die Stadt Kumamoto blieb schnell hinter uns. Wir ritten auf dem Karawanenweg unserem nächsten Ziel entgegen - den *Tsuboi*-Bergen.

***

Schmerz

Ich erblicke eine Frau,
sie ist allein und schaut mich traurig an,
sie weint, zittert und schreit.
Ich will ihr helfen,
sie in den Arm nehmen und trösten.
Doch alles was ich anfasse
ist nur mein eigenes kaltes Ich.

***

III. Böses Erwachen und Tai Chi

Der Karawanenweg begann in den Außenbezirken von Kumamoto. Er führte uns auf einen erhöhten Weg, viele Kilometer weit, mitten durch das Reisanbaugebiet. „Wie auf einem Deich", murmelte ich, während ich auf die überfluteten Parzellen links und rechts blickte. Schachbrettartig fügte sich ein Reisfeld an das andere. Zwischen den Feldern verliefen breite Wege, auf denen vereinzelt Zedern und wunderschön blühende Kamelienbüsche wuchsen.

Einmal ritten wir durch eine Kirschbaumallee, die mit ausladenden Ästen voller herrlicher Blüten, den Karawanenweg säumte. Diese Abwechslung ließ uns unser Vorankommen beileibe nicht als eintönig empfinden. Marc hatte zu Beginn des Rittes gesagt, dass wir fast am Ende unserer Reise angelangt seien. Natürlich spornte uns das nach den überstandenen Strapazen an, wir wollten unser Ziel so schnell wie möglich erreichen.

Hoffentlich würde ich meinen Vater bald endlich kennenlernen. Marc dagegen trieb die Sorge an, dass Niihama, durch die anscheinend fehlerhafte Wettersteuerung, noch viele Unwetter erleiden müsste. Und das Problem des raschen Alterns, von dem die Choctaw-Indianer uns erzählt hatten, war ja ebenfalls noch nicht gelöst. Deshalb schlugen wir ein zügiges Tempo an. Wir erreichten das Ende der Reisfelder, hinter denen jetzt die Bambuswälder begannen.

Bambus und immer noch mehr Bambus, so weit das Auge reichte. „Der wird uns noch bis zu den Tsuboi-Bergen begleiten", erklärte Annas gelassen. Sie versicherte uns aber, dass dazwischen immer wieder kleinere Oasen mit wunderschönen Wiesenlandschaften zu finden wären. Die Wälder zeigten alle vorkommenden Bambusarten, deren Blätter in den verschiedensten Grüntönen mal oval, rund oder länglich wuchsen.

Ich versuchte tierisches Leben zwischen den Stämmen zu entdecken. Aber bis auf viele kleinere Vögel in allen erdenklichen

Farben, die in den Wipfeln herumschwirrten, war nichts zu sehen. Der bunte Haufen veranstaltete einen höllischen Lärm. Eine ganze Weile begleiteten sie uns, mit wildem Flügelschlagen und infernalischem Gekreische aus tausenden Kehlen. Über unseren Köpfen war ein ewiges Hin und Her. Ich hatte dabei das Gefühl, als würden sie uns zurufen: „Verschwindet ihr Eindringlinge, ihr stört unseren Frieden."

Um dem Gezeter zu entkommen, verschärften wir das Tempo und endlich ließ uns der kreischende Haufen ziehen. Nach etwa zwei Stunden erreichten wir eine dieser von Annas so gepriesenen Grünflächen.

Im Vergleich zum grünen Einerlei der Bambuswälder, das nach einer Weile auf mich recht öde und langweilig wirkte, erschien mir dieser Ort tatsächlich wie eine Oase. Hier wuchsen bunte Blumen neben feinen Gräsern, dessen silberne Spitzen im Sonnenlicht blitzten.

Weil wir zuletzt ziemlich forsch geritten waren, gönnten wir uns und unseren Pferden eine Pause. Marc wollte damit zugleich Rittmeister Ahrens und Göndül die Chance geben, uns noch vor den Bergen einzuholen. Ahrens hatte es in Kumamoto leider nicht rechtzeitig geschafft, zu uns zu stoßen. Eigentlich wollte Göndül ja auch uns dort treffen, aber sie hatte sich bei unserer Abreise nicht blicken lassen, aus welchen Gründen auch immer.

Während sich unsere Pferde am saftigen Gras der grünen Wiese labten, machten wir es uns, umgeben von einer unbeschreiblichen Blumenpracht, unter einem hohen Rotholzbaum bequem. Die Blumen wirkten wie Farbtupfer, die von Violett über sämtliche roten Farbkombinationen hin bis zu Orange reichten; sie versprühten die pure Lebensfreude. Diese Harmonie wirkte so intensiv, dass es mich einfach überwältigte. Sie steckte mich regelrecht an und verscheuchte für kurze Zeit die Grübelei über meine Probleme.

Einer dieser Problempunkte war Karen. Trotz meiner Liebe zu Albrecht fühlte ich mich von ihr stark angezogen. Insgeheim hoffte ich, dass das Problem sich von alleine lösen würde. „Feigling", meldete sich mein Unterbewusstsein. Schuldbewusst blinzelte ich auf Karens Rücken, die gerade bei den Pferden stand. Mir war aufgefallen, dass sie, seit wir Kumamoto verlassen hatten, sehr schweigsam war und Distanz zu mir hielt. Vielleicht wollte sie mir auch nur etwas Zeit geben, um über meine Gefühle für sie nachzudenken.

Ich schüttelte seufzend den Kopf und konzentrierte mich auf Marcs Erläuterungen. Er erklärte uns gerade den weiteren Weg zum Shin shū-Gebirge, dem Land der Götter. Karen ging während seiner Wegbeschreibung auf die Wiese und kümmerte sich um die Pferde, weil sie den Weg zur Heimstätte schon seit langem kannte. Ich dagegen hörte Marc interessiert zu, begierig darauf zu erfahren, was uns in der nächsten Zeit erwartete. Weil ich die Hoffnung hegte, dass auf dem Berg Chochokpi, dem Thron über den Wolken, mein Vater uns in seiner Residenz erwartete.

Marc erzählte uns vom Tal der Massai, das wir durchqueren müssten, um am Turkansee dann für eine kurze Wegstrecke dem Fluss Kamogawa zu folgen. „Um danach am Rande des Berges Beuron zum See zurückzukehren. Am Ende des Sees stoßen wir auf die Steinwüste *Gan seki,* die wir durchqueren müssen."

Plötzlich unterbrach ihn ein lautes, heißeres Krächzen. Ich sah einen großen schwarzen Raben, über unsere Köpfe hinweg, zum Rotholzbaum fliegen. Der Vogel landete mit heftigem Flügelschlagen auf einem Ast, der sich bedenklich nach unten bog. Alle Gespräche verstummten.

Der ‚Schwarze Geselle' krächzte mit heller Stimme: „Yagyu! Yagyu!" Er betrachtete uns mit klugen Augen. Im nächsten Augenblick hüpfte er vom Ast herunter und schüttelte sein schwarzes Federkleid. Sein Kopf mit dem riesigen gelben Schnabel zuckte hin und her; man gewann den Eindruck, als ob er hektisch den Himmel beobachtete.

Dann drehte er sich zu Marc und sprach: „Ich bin Frigga! Ich soll euch Grüße von Gritha bestellen. Sie wartet im Hort ungeduldig auf Yagyu's Eintreffen." Wieder schüttelte der Vogel sein Gefieder und krähte: „Yagyu! Yagyu! Gritha wurde von diesen widerlichen Menschenadlern gejagt und konnte sich gerade noch rechtzeitig retten."

Er breitete die Schwingen weit aus und hüpfte mit grotesken Sprüngen zu Annas, die den intelligenten Vogel herzlich begrüßte und ihm zärtlich am Kopf kraulte. Es war auf der einen Seite schon faszinierend, was mein Vater da erschaffen hatte; aber auf der anderen Seite fand ich es bedenklich und vielfach auch unheimlich. Die Ankunft des Raben lockte auch Karen wieder zu unserer Gruppe.

Als Frigga von Annas genug Zuwendung bekommen hatte, hüpfte sie wieder auf den Ast. „Ich soll euch von Göndül grüßen, sie bedauert es, mit euch noch nicht vereint zu sein. Sie musste dringend zur Burg von Albrecht von Brandenburg. Ihr sollt auf der Hut sein vor den Menschenadlern. Sie hat gehört, dass die Königin Antiope mit einem ganzen Schwarm ihrer Vogelmenschen aufgebrochen ist, um nach euch zu suchen."

In diesem Moment überraschte uns ein kalter, aus dem Norden kommender Windstoß. Alarmiert schauten wir in den Himmel und sahen die ersten dunklen Wolken drohend heranziehen.

Frigga breitete die Flügel aus und rief: „Hugin und Munin erkunden noch die Umgebung. Ich aber muss mich jetzt beeilen, um noch vor dem Sturm zum Hort zurückzukommen."

Im Abheben krächzte sie noch heiser: „Am Turkansee wurden zwei von der Alten Rasse gesehen! Yagyu! Yagyu! Beeil dich, wir warten auf dich, denn unser Herr ist immer noch nicht zurück." Mit kräftigen Schwingenschlägen verschwand der schwarze Vogel zwischen den sich auftürmenden, dunklen Wolken.

Die drohende Gewitter- und Sturmfront war schon bedenklich näher gekommen. Eilig packten wir unsere Sachen. Karen holte die Pferde von der Wiese, die das nahende Unwetter schon spürten. Sie spitzten nervös die Ohren und scharrte mit den Hufen.

Unsere Ninja rief: „Ganz in der Nähe soll es eine Höhle geben; ich reite voraus und versuche sie zu finden. Haltet euch am Ende des Tales nach rechts. Dann folgt dem Weg bis zu den mächtigen Felsbrocken vor den drei Hügeln. Aber lasst euch nicht allzu viel

Zeit. Wenn ich die Höhle gefunden habe, komme ich euch entgegen." Sie sprang mit einem Satz auf ihr Pferd und stob im wilden Galopp davon.

Wir räumten eilig unseren Rastplatz auf und stiegen auf die Pferde. Lucy übernahm das nervös schnaubende Packpferd und band es mit einem langen Strick an ihren Sattel. Danach verließen wir zügig den beschaulichen Platz und ritten dem Unwetter entgegen, welches sich schon mit den ersten Sturmböen ankündigte.

Am Ende des Tales ritten wir rechts auf die von Karen beschriebenen Hügel zu. Die Bambusstämme, die den Weg säumten, bogen sich immer häufiger bedenklich unter den Windböen. Als wir die Felsblöcke vor den Hügeln erreichten, blies der Sturm heftig aus nördlicher Richtung. Er brachte die ersten Regentropfen mit und es wurde dunkel.

Wir hielten an, stiegen ab und führten unsere Pferde in den dürftigen Schutz der Felsbrocken; dort drängten wir uns eng zusammen. Lucy orakelte düster: „Hoffentlich kommt Karen bald, denn sonst bekommen wir hier ernsthafte Probleme." Sie versuchte dabei unsere Pferde zu beruhigen, die sich nervös an die Felsen drängten. Marc nickte zustimmend und verließ den zweifelhaften Schutz der Felsen. Der Regen wurde stärker, und einzelne Böen trieben die Regentropfen waagerecht gegen unsere Deckung.

Nach ein paar Schritten blieb Marc plötzlich stehen, fluchte erbittert und wirbelte herum, dabei zog er mit einer blitzschnellen Bewegung sein Katana. Alarmiert verließ auch ich mit zwei Schritten den Schutz der Felsen.

Da entdeckte ich die schwarze Gestalt mit dem zylinderähnlichen Hut, die ein paar Meter entfernt vor Marc stand. „Nein, bitte nicht jetzt!", schoss es mir durch den Kopf und wollte zu Marc aufschließen. Da schrie Marc gegen den Sturm an: „Bleib wo du bist! Bildet am Felsen einen Halbkreis. Die sind zu zweit."

Siedend heiß fiel mir wieder Friggas Warnung ein. Rückwärts zog ich mich langsam zu den Felsen zurück. Plötzlich kullerte hinter mir ein Stein vom Felsen. Mit einer schnellen Bewegung fasste ich über meine Schulter und zog mein Katana aus dem

Halfter. Gleichzeitig drehte ich mich blitzschnell links herum und hieb zu, dabei stieß ich einen wilden Kiai-Schrei aus. Meine Klinge zischte in einem Halbkreis in die Richtung des gefallenen Steins. Mein *Tabigata*-Hieb streifte nur leicht die Beine des oben auf dem Felsen lauernden Tohopka's. Mit einem weiten Satz sprang er über mich und meine Klinge hinweg und landete etwa drei Meter hinter mir im Gras.

Erschrocken blickten Lucy und Annas zuerst auf mich und dann auf den Tohopka. Annas zog nach einer Schrecksekunde ihr Kurzschwert. Mit bleichen Wangen streckte sie dem Tohopka, dem Todfeind ihrer Spezies, die Klinge entgegen. Ich sah noch, wie Lucy ihren Dolch aus dem Futteral riss und mit wilden Blicken den Tohopka anstarrte.

Ich wirbelte herum, nahm dem ‚Wilden Biest' gegenüber die *Shizen tai*-Abwehrstellung ein und zog mit der linken Hand meine Saigabel. Frontal zum Feind stellte ich beide Füße parallel nebeneinander und stemmte mich gegen den Sturm. Das Regenwasser lief in Strömen über mein Gesicht. Blinzelnd versuchte ich die Bewegungen meines Gegners zu erkennen oder wenigstens zu erahnen, um meine Gegenmaßnahmen zu ergreifen.

Der Tohopka stand mir mit gezogenen Schwertern gegenüber. Durch den Regenschleier hindurch starrte ich in seine rotglühenden Augen, die mich irgendwie spöttisch musterten.

Hinter dem Zylinderträger sah ich im Regendunst immer wieder Marc und seinen Gegner auftauchen - und wieder verschwinden. Er kämpfte verzweifelt um sein Leben.

Als ich versuchte, näher an die Kämpfenden heran zu gelangen, verstellte mir der Tohopka mit seinen vier Schwertern glucksend den Weg. Unablässig beobachtete er mich mit seinen glühenden Augen, um den Kampf hinter sich kümmerte er sich anscheinend garnicht. Er sollte uns wohl nur aus dem Kampf heraushalten, was ihm bis jetzt ja auch gelungen war. Ich konnte ihn nicht angreifen, ohne eine Verwundung oder etwas noch Schlimmeres in Kauf zu nehmen. Vermutlich würden Annas und Lucy mit ihren kleinen Messern gegen den Tohopka keine Minute lang überleben.

Davon mal abgesehen, so schoss mir durch den Kopf, wenn Marc verlor, dann hatten wir gegen zwei dieser ‚Wilden Biester' sowieso keine Chance. Zaudernd schaute ich den Tohopka an und musste mich nun entscheiden, ob ich einen Angriff wagen oder was ich sonst tun sollte.

Dann sah ich durch den Regenschleier hinter ihm, wieder beide Kämpfer auftauchen. Die Kampfgeräusche wurden vom pfeifenden Wind und prasselnden Regen übertönt, so dass die Kampfszenen vor meinen Augen wie in einem Stummfilm abliefen. Ich sah, wie Marc mit beiden Klingen, er führte inzwischen mit der linken Hand sein Kurzschwert, die furchtbaren Hiebe des Wilden Biestes parierte.

Als er bei einem Ausweichmanöver auf dem nassen Boden ausrutschte, geriet er plötzlich ins Straucheln. Sofort nutzte der Tohopka die Situation. Mit einem wuchtigen Streich eines seiner Schwerter traf er Marc in die Brust. Marc stürzte zu Boden und blieb regungslos liegen.

Bei diesem Anblick schrien Lucy und Annas entsetzt auf. Mit Todesverachtung sprang ich laut schreiend auf meinen Gegner zu. Mein Schwert hoch über den Kopf erhoben, verkürzte ich die Distanz zwischen uns. Jedoch bevor ich ihn erreichte, huschte ein schwarzer, großer Schatten an mir vorbei und ritt den völlig verblüfften Tohopka über den Haufen.

So war Karen nun einmal, sie kam über ihre Gegner wie ein Geist aus dem Nichts! Sie galoppierte weiter und ich sah, wie sie einen weiteren Hieb gegen den am Boden liegenden Marc im letzten Moment verhindern konnte. Sie schleuderte vom Pferderücken aus zwei Wurfmesser auf den Tohopka; er fiel um wie ein gefällter Baum.

Immer noch schreiend, stürmte ich mit erhobener Klinge auf 'meinen' Gegner zu, der sich gerade wieder aufrappelte. Annas und Lucy folgten mir. Für einen winzigen Moment zauderte er unentschlossen und schaute auf seinen gefallenen Partner. Dann blickte er auf uns und bevor er und ich aufeinander prallten, sprang er mit ein paar gewaltigen Sätzen zwischen die Felsblöcke.

Sekunden später war er hinter der grauen Regenwand verschwunden.

In diesem Moment war mir das völlig egal, ich dachte nur daran möglichst schnell nach Marc zu sehen. Wir spurteten hinüber zu ihm; gerade als wir ihn erreichten, zerrte unsere Kunoichi den toten Tohopka von ihm herunter. Karens erstes Messer steckte im Hals des Biestes, das zweite hatte ihn vermutlich auf der Stelle getötet, es stak in seinem linken Auge.

Lucy eilte zurück zu den Felsen, um die Pferde zu holen. Ich kniete mich neben Marc, legte zwei Finger an seine Halsschlagader und spürte seinen flachen Puls.

„Er lebt!“, schrie ich meinen Gefährten zu. Sein Gesicht hatte eine aschgraue Farbe angenommen und der Oberkörper war blutverschmiert. Die tiefe Wunde quer über der Brust, die der Tohopka ihm zugefügt hatte, blutete stark. Annas schob mich zur Seite und beugte sich über ihn. Beim Anblick der Wunde rief sie entsetzt: „Wir müssen die Blutung sofort stoppen! Sonst stirbt er!“

Mit leichenblasser Miene überließ sie Karen und mir ihr Halstuch; damit versuchten wir den starken Blutfluss etwas zu dämmen. Der Schnitt lief vom linken Arm quer über die Brust. Marc hatte viel Glück gehabt, dass das Schwert des Tohopka nicht noch tiefer eingedrungen war. Seine Lederjacke hatte ein wenig von der Wucht des Hiebes abgefangen. Der Blutverlust sah für mich dennoch sehr dramatisch aus.

Lucy hastete mit den Pferden heran. Sofort kramte sie aus der Tasche des Packpferdes ein Tuch heraus, riss es in Streifen und übergab sie an Karen. Während ich mit blutigen Händen die Wundränder zusammendrückte, wickelte Karen mit aller Kraft einen Tuchstreifen eng um Marcs Brust, danach noch ein zweiten und dritten Streifen.

Während unserer Erste-Hilfe-Leistungen blendeten wir die Umgebung und das Unwetter völlig aus. Annas verfolgte unsere Bemühungen mit großer Sorge. Bebend und mit Tränen in den Augen klagte sie: „Wir müssen ihn vor dem Regen schützen! Erst wenn wir in der Höhle im Trockenen sind, kann ich den Rest unseres Plasmas auf seine Wunde auftragen."

Ich versuchte Annas zu beruhigen: „Er wird seine Verletzung schon überstehen. Du wirst sehen, in ein paar Tagen ist er wieder auf den Beinen!" Dabei bemühte ich mich, meiner Stimme einen zuversichtlichen Klang zu verleihen. Sie schaute mich aber nur skeptisch an.

Durch diesen Wortwechsel wurden mir das Wetter und unsere Situation wieder bewusst. Erst jetzt bemerkte ich drei Reiter, die ihre Tiere neben uns zügelten. Mit Freude erkannte ich Häuptlingstochter Nadowessiu und Rittmeister Wolf von Ahrens. Den dritten Reiter, ein hoch gewachsener Choctawkrieger kannte ich nicht. Ihre Ankunft hatte wahrscheinlich den zweiten Tohopka veranlasst, endgültig die Flucht zu ergreifen. Und damit hatten sie auch unser Leben gerettet, oder zumindest uns vor weiteren Verwundungen bewahrt. Aber leider hatten wir gerade wenig Zeit für ein Dankeschön, die reichte nur zu einer kurzen freudigen Umarmung.

Gemeinsam bauten wir aus herumliegenden Baumstämmen und Ästen eine notdürftige Bahre, um Marc zur Höhle zu transportieren. Karen übernahm das Kommando und gab uns Anweisungen. Lucy und Annas schützten Marc unterdessen mit den Pferden und einer Decke notdürftig gegen den immer stärker werdenden Sturm, der jetzt mit enormer Kraft über uns tobte. Karen band die Bahre mit einem Seil hinter ihren Falben. Wir wickelten den bewusstlosen Marc in Decken und legten ihn vorsichtig auf die Bahre. Mit einem Seil aus unserem Gepäck banden wir ihn darauf fest, so dass er nicht mehr herunterfallen konnte. Dann konnten wir endlich diesen schicksalsschweren Ort verlassen.

Annas und Lucy kümmerten sich um unser Packpferd, dass wegen den Blitzen und den darauf folgenden Donnerschlägen ängstlich und voller Panik war und deshalb immer wieder versuchte auszubrechen. Ahrens und ich schützten die Seiten des ‚Krankentransportes'. Nadowessiu und der Choctawkrieger bildeten die Nachhut. Im Schritttempo folgten wir Karen und hofften, dass es bis zur Höhle nicht allzu weit war. Weil die Sicht immer schlechter wurde und die schwarzen Regenwolken das wenige noch vorhandene Tageslicht verschluckten, mussten wir uns ganz auf sie verlassen.

Nach etwa einer Viertelstunde erreichten wir die Höhle. Mit vereinten Kräften bugsierten wir die sich sträubenden Pferde durch den schmalen, sehr hohen Eingang in die Höhle hinein. Annas, Karen und ich kümmerten uns sofort um den Bewusstlosen. Wir entfernten sehr vorsichtig die notdürftigen Verbände und säuberten die Wunde, die schon fast nicht mehr blutete. Darüber war ich sehr erstaunt.

„Das liegt an der Ebene, hier heilen alle Wunden schneller. Außerdem ist sein Blut mit der Unsterblichkeits-Substanz angereichert“, erklärte Annas auf meinen fragenden Blick. Sie hatte sich inzwischen etwas beruhigt. Sie schmierte nun eine dünne Schicht von unserem letzten menschlichen Zellplasma auf die Wunde. Zum Schluss band sie noch einen Stoffstreifen mit getrockneter Heilerde darüber. Nadowessiu führte dieses alte Indianer-Hausmittel immer mit sich. Danach wickelten wir Marc mit mehreren Stoffbahnen fest ein.

Inzwischen hatte Lucy und der Choktawkrieger aus dem Holz der Bahre und mit herumliegenden trockenen Holzresten ein Lagerfeuer entfacht. Wir legten unseren immer noch ohnmächtigen Freund so nah wie möglich an die Wärmequelle. „Jetzt können wir nur noch abwarten und auf die Heilkräfte seines Körpers und unserer Heilmittel vertrauen“, sagte Annas sichtlich erschöpft.

Wir versammelten uns um das Lagerfeuer, um die Kälte aus unseren Knochen zu vertreiben und die nassen Klamotten zu trocknen. Einmütig versicherten wir Annas, dass Marc wieder auf die Beine käme. Lucy formulierte unsere Meinung ganz burschikos: „Unkraut vergeht nicht!“

Dankbar nahm Annas unseren seelischen Beistand an und setzte sich neben Marc. Liebevoll tupfte sie ihm den Fieberschweiß von der Stirn. Anscheinend reagierten das Plasma, die Heilerde und möglicherweise auch die Substanz in seinem Blut genauso, wie wir es von ihnen erhofften sie leiteten den Heilungsprozess ein. Jetzt konnten wir nur noch auf Marcs Genesung warten.

Nadowessiu stellte uns bei dieser Gelegenheit den Choktawkrieger als den Unterhäuptling Istaqa, der Kojoten-Mann, vor. Er sah sehr attraktiv aus und war, wie wir sogleich bemerkten, von Nadowessiu sehr angetan. Ob sie seine Gefühle erwiderte, konnte ich nicht erkennen, aber vielleicht hatte sie Annas endlich aus ihrem Gefühlsleben gestrichen.

Erst jetzt fanden wir Zeit unser Lager aufzubauen. Anschließend nahmen wir unsere Unterkunft in Augenschein. Die Grotte war nicht so groß und komfortabel wie die Höhle am Tangakwunu-See. Anscheinend wurde sie, wie alle anderen Höhlen auch, meist nur als Notunterkunft benutzt. An den Wänden waren Halterungen für Fackeln angebracht und am Ende der Höhle hatte man Eisenringe in den Felsen eingelassen; wir banden unsere Pferde daran fest.

Karen und Istaqa bastelten aus Knüppeln, Stofffetzen und Lederfett ein paar Fackeln und steckten sie in die Halterungen, so dass ihr wärmender Feuerschein unsere Unterkunft etwas erhellte. Vielleicht kamen hier in der Felswand auch diese mikroskopischen Kristallwesen vor, die das Licht der Fackeln speicherten und vervielfältigten. Es gab auch einen kleinen Brunnen. Das war zwar eher ein umbautes Wasserloch, aber besser als nix, dachte ich bei mir. Abgestorbene Äste und Baumstämme gab es reichlich, so dass wir fürs erste genug Feuerholz hatten, falls das Unwetter länger andauern sollte.

Ich schaute zu den Mustangs hinüber, die immer noch sehr unruhig waren. Ängstlich scharrten sie mit den Vorderhufen und schnaubten und wieherten immer wieder. Gleich hinter den Pferden verengte sich die Höhle zu einem schmalen Gang, der anscheinend noch tief in die Felswand hineinführte. Gerade als ich zu den Tieren wollte um sie zu beruhigen, rief jemand: „Reneé!"

Ich drehte mich um; Nadowessiu hatte nach mir gerufen. Sie schaute mich verlegen an, gab sich nach einem Moment der Unsicherheit einen Ruck und sagte dann mit belegter Stimme: „Ich möchte mich nochmals bei dir entschuldigen und freue mich, wieder bei euch zu sein." Mir war bewusst, dass diese Entschuldigung der stolzen Tochter eines edlen Häuptlings sehr schwer fiel. Ich nahm sie in die Arme und sagte: „Vergeben und vergessen! Ich finde es schön, dass du wieder bei uns bist. Annas und die Anderen freuen sich bestimmt genauso."

Erleichtert, dass ich ihr nichts mehr nachtrug, sah sie mich an und ein kleines Lächeln stahl sich in ihr Gesicht. „Das Marc verletzt wurde tut mir sehr leid, ich hoffe, dass er bald wieder gesund wird." Sie deutete dann auf die Pferde. „Die wittern bestimmt noch die Ausdünstung der vorherigen Bewohner. Diese Grotten werden oft von Höhlenbären oder Höhlenlöwen als Unterschlupf genutzt. Wir sollten den Gang einfach mal untersuchen, nur zur Vorsicht."

Ich stimmte ihr zu. Nachdem wir die Pferde beruhigt hatten, nahm die Häuptlingstochter eine Fackel von der Wand und tastete sich vorsichtig in den dunklen Gang hinein; ich folgte ihr.

Dabei überlegte ich, was Marc uns über die vor 500.000 Jahren auf der Erde ausgestorbenen Tiere erzählt hatte. Beide konnten eine Schulterhöhe von etwa zwei bis zu zweieinhalb Metern erreichen. Der Bär war normalerweise ein Pflanzenfresser, der Löwe dagegen bevorzugte saftiges Fleisch. Innerlich schmunzelte ich, dass mein Vater auch hätte Noah heißen können. Vielleicht brachte er die Tiere von der Erde in einer Arche hierher, bevor die dort dann ausgestorben sind.

Der enge Gang mündete nach etwa zwanzig Metern in eine etwas größere Höhle. Wir schauten uns um, aber auch hier war der letzte Tierbesuch anscheinend schon etwas länger her. Es lagen nur noch ein paar Knochen herum, was darauf hindeutete, dass Löwen hier zuletzt eine Unterschlupf suchten. Beruhigt kehrten wir wieder zurück.

Als wir in die Haupthöhle zurückkamen, führte Lucy gerade vier unbekannte Personen in die Höhle hinein. Der Sturm, der draußen sein Unwesen trieb, hatte die Neuankömmlinge ziemlich zerzaust und vollkommen durchnässt. Während Lucy erregt auf den Reiter einredete, führte Istaqa sein Pferd zu unseren Tieren. Da mir der Gesprächspartner den Rücken zuwandte, konnte ich nicht erkennen um wen es sich handelte. Die drei anderen Personen waren Mönche. Karen begrüßte sie mit einer ehrerbietigen Verneigung und sie erwiderten die freundliche Geste ebenfalls mit einer Verbeugung.

Ich bemerkte, dass sie alle drei einen Bo mit sich führten; der leistete ihnen als Wanderstock sicherlich gute Dienste. Der Stab ist unscheinbar, aber dennoch sehr wirkungsvoll; notfalls können Wanderer ihn in bedrohlichen Situationen auch als Waffe einsetzen. Die meisten Mönche können vorzüglich mit ihm umgehen. Der vierte Gast drehte sich um, schlug die Kapuze zurück und zog den langen, bis zu den Füssen reichenden Umhang aus. Da erkannte ich den Besucher, es war Göndül, unsere göttliche Kriegerin. Ihre imponierende Gestalt und die blonde Haarpracht waren nicht zu verkennen.

Anscheinend hatte Lucy ihr erzählt, was passiert war. Ohne uns zu beachten eilte Göndül zuerst ans Lagerfeuer zu Marc und Annas. Die Mönche folgten ihr auf dem Fuße. Nach einer kurzen Umarmung mit Annas, beugte sie sich über Marc und befühlte seine Stirn. Sichtlich erleichtert richtete sie sich wieder auf. Anscheinend war sie mit unserer medizinischen Erstversorgung zufrieden. Marcs Körper zeigte ja auch schon die ersten Anzeichen einer positiven Reaktion. Zur Sicherheit forderte sie den älteren Mönch auf, den Verletzten noch einmal zu untersuchen.

Der Heiler befühlte Marcs schweißnasse Stirn. Danach drehte er sich zu seinen Begleitern um und befahl dem Jüngsten, heißes Wasser zu besorgen. Der andere Mönch kramte in seinem Jutesack und reichte dem Alten mehrere kleine Beutel. Wir standen auf der anderen Seite des Lagerfeuers und beobachteten aufmerksam ihre Bemühungen.

Während die Drei sich um Marc kümmerten, kam Göndül zu uns; sie umarmte uns kurz aber herzlich. Ich hatte aber den Eindruck, dass sie etwas bedrückte; aber sie wich meinem fragenden Blick aus. Bevor ich nachfragen konnte, erzählte sie uns, wer diese Mönche waren. „Das sind ehrenwerte taoistische Mönche, die von deiner Welt stammen; sie kommen aus den Wudang-Bergen. Der Name des Älteren ist Tozawa Nyudo Genea, ein sogenannter Heiler, der Marc ganz bestimmt wieder auf die Beine bringen wird. Der Gehilfe des Heilers heißt Yamon Hyoun und der mit dem Wasserkessel, das ist Suzuki Kojiro Mitsu."

Sie machte eine kurze Pause, dann erklärte sie: „Die Drei waren auf dem Weg zum Kloster Enryākuji, als sie, genau wie ich, von dem Unwetter überrascht wurden. Sie wollen beim Yībō-Orden vom Abt Taitaro de Minamoto erfahren, ob die Gerüchte über abtrünnige Ordensmitglieder tatsächlich stimmen."

Ich sah sie abwägend an und erwiderte: „Hoffentlich treffen sie dabei nicht auf die Abtrünnigen; ich habe diese Mörder kämpfen sehen."

„Darüber brauchst du dir keine Sorgen zu machen", erwiderte Göndül unaufgeregt. „Sie können sich ganz gut selber helfen. Alle Drei wurden in der Kampftechnik des *Tàijíquán* ausgebildet. Wie ich von Marc weiß, heißt das in deiner Welt *Tai Chi* oder chinesisches Schattenboxen."

Konzentriert beobachteten wir die Mönche bei der weiteren Behandlung. Der Heiler wies seinen Gehilfen an, aus verschiedenen Beuteln das Granulat des jeweiligen Heilkrauts mit einem Stößel in einer Holzschale zu zermahlen. Anschließend vermischte er die Sorten in unterschiedlichen Anteilen miteinander. Der Mönch Mitsu brachte das heiße Wasser und goss es in die vorbereitete Porzellanschale mit der Pulvermischung. Während alle Drei ein Gebet murmelten, vollführte der Heiler mystische und rituelle Handbewegungen. Danach berührte er mit beiden Händen die Stirn des Patienten. Marc wachte aus seiner Bewusstlosigkeit auf und blickte uns mit erstaunlich klaren Augen an.

Annas half dem Heiler Marc aufzurichten; dann flößte Tozawa Nyudo Genea ihm den zubereiteten heißen Tee langsam ein. Marc schluckte tapfer den bitteren Sud, man sah aber deutlich, dass er unter starken Schmerzen litt. Nach einem angedeuteten, mühsamen Lächeln in die Richtung seiner Liebsten, schloss er mit einem Seufzer wieder die Augen. Vorsichtig betteten sie ihn auf sein Lager zurück und kurz darauf schlief er mit ruhigen Atemzügen ein.

Der Heiler legte beruhigend seinen Arm auf Annas Schulter und tröstete sie in einer ruhigen väterlichen Art: „Der Patient sorgt jetzt selber für seine Genesung; aber eure Erstversorgung rettete ihm das Leben. Ich denke, dass er nach ein paar Tagen wieder fit ist. Er hat eine außergewöhnlich gute Kondition."

Wir alle atmeten erleichtert auf. Über Annas Gesicht huschte, wenn auch noch ziemlich gequält, das erste Lächeln seit dem Kampf.

Weil die Wettermaschine auf Niihama offensichtlich nicht richtig funktionierte, ließ sich leider auch nicht abschätzen, wann der Sturm nachlassen würde. Außerdem konnte ja niemand genau vorhersagen, wann Marc wieder in der Lage war, weiter zu reisen. Deshalb standen wir auf und begannen, uns in der Höhle wohnlich einzurichten. Jeder sah sich nach einem Platz für sein Gepäck um und richtete dann dort seine Schlafstelle ein.

Die Mönche blieben bei Marc am Feuer. Göndül belegte, den Mönchen gegenüber, für sich und Annas die anderen Schlafplätze am Lagerfeuer. Nadowessiu und Karen entschieden sich für einen Platz in der Nähe des Eingangs. Der Choktawkrieger Istaqa und Ahrens setzten sich in ihrer Sichtweite auf die andere Seite des Eingangs. Übrig blieben also nur noch Lucy und meine Wenigkeit. Wir verzogen uns zu den Pferden in den hinteren Teil der Höhle.

Während wir dort unsere Lagerstelle vorbereiteten, sah ich, wie Göndül gestenreich und mit ernster Miene auf Annas einredete; dann schauten sie Beide in meine Richtung. Nach kurzer Zwiesprache fassten sie einen Entschluss. Annas und Göndül kamen langsam auf mich zu und blieben betreten vor mir stehen. Beide schauten mich mit traurigen Augen an.

Weil sie so ein besorgtes Gesicht machten, beschlich mich eine dunkle Ahnung und plötzlich stieg ein eiskaltes Gefühl in mir hoch. Ich blieb stocksteif stehen und schaute die Beiden alarmiert an. Lucy, die durch mein Verhalten aufmerksam geworden war, stellte sich neben mich. Vermutlich hatte auch sie die düstere Stimmung bemerkt und wollte mir Beistand leisten. Annas nahm meine Hand und drückte sie einen Augenblick ganz fest.

Als sie meine Hand wieder losließ, fragte ich mit belegter Stimme: „Was ist passiert? Ist was mit meinen Vater?“ Mit steigendem Schrecken schaute ich die Beiden abwechselnd an. Unbehaglich erwiderte Göndül meinen Blick, druckste herum und wusste anscheinend nicht so recht, wie sie anfangen sollte. Fast hätte ich sie angeschrien, aber ich beherrschte mich und fragte nochmals mit leiser Stimme: „Was ist passiert?“

Göndül seufzte und bedachte mich mit einem bekümmerten Blick: „Ich muss dir leider mitteilen, dass dein Albrecht von Brandenburg ermordet wurde.“ Voller Mitleid und wie entschuldigend fügte sie hinzu: „Ich kam leider zu spät um ihn zu retten.“

Ein dumpfes ohnmächtiges Gefühl überfiel mich, der Puls wummerte in meinen Ohren. Verständnislos starrte ich Göndül an und erfasste im ersten Moment den Sinn ihre Aussage nicht. Unfähig einen ganzen Satz verständlich über meine Lippen zu bringen, stammelte ich nur fassungslos: „Wie ermordet? Albrecht? Aber das kann nicht sein, wir wollten doch heiraten.“

Meine Welt zerfiel in Trümmer. Bebend klammerte ich mich an Lucy; mir war, als verlöre ich den Boden unter den Füßen. Als sie mich in die Arme nahm, füllten sich meine Augen schlagartig mit Tränen. Ich riss mich los und stürmte weinend an Karen, die entsetzt mir hinterher schaute und an Nadowessiu vorbei, hinaus aus der Höhle. Schwankend stand ich in den Sturmböen, die mich umzuwerfen drohten. Innerhalb von wenigen Sekunden war ich vollkommen durchnässt. Blitze zuckten und erhellten für kurze Momente das Dunkel. Die nachfolgenden, gewaltigen Donnerschläge malträtierte mein Trommelfell und der Wind peitschte mir den Regen schmerzhaft in das zum Himmel gewandte Gesicht.

Ich sank auf die Knie, hob verzweifelt die Arme und meine verletzte Seele schrie: „Was habe ich Euch nur getan? Ich hasse die Ebene und ich hasse euch, ihr Götter!“

Der Sturm riss mir buchstäblich die Worte von den Lippen. Hilflos ballte ich die Fäuste und schüttelte sie anklagend gegen den erbarmungslos wütenden Himmel. Weinend sank ich in mich zusammen. Ich bemerkte kaum den dumpfen Schlag gegen meinen Kopf. Ein herumwirbelnder Ast traf mich an der Stirn; Blut rann mir über das Gesicht.

Versunken in meine Trauer und Verzweiflung, ließ ich teilnahmslos zu, dass Karen und Lucy mich aus einer Wasserlache hoben. Auf ihre Schultern gestützt, brachten sie mich in die Höhle zurück ans Lagerfeuer. Auch als Karen mir das Blut aus dem Gesicht wischte und die kleine Risswunde an der Stirn versorgte, war ich immer noch zu keiner Reaktion fähig. Während der Behandlung nahm Lucy mich fürsorglich in ihre Arme. Ich legte erschöpft meinen Kopf an ihre Brust und so saßen wir eine lange Zeit stumm und regungslos zusammen. Die Tränen waren mir ausgegangen. Ein Teil in mir war abgestorben; in meinem Kopf herrschte eine große Leere.

„Komm trink! Das wird dir gut tun." Karen kniete vor mir auf dem Boden und hob einen Becher Tee an meine Lippen. Geistesabwesend nahm ich das Gefäß und trank den heißen und sehr bitteren Kräutersud, ohne irgendwelche bewusste Gedanken.

Liebevoll schaute sie mich an. „Du wirst schon noch darüber hinweg kommen. Es wird zwar einige Zeit dauern, aber du schaffst das. Denn du bist eine bewundernswert starke Frau." Leise fügte sie hinzu: „Zum Überleben auf dieser Ebene gehören der Kampf und der Tod dazu; manchmal erwischt es leider den Falschen."

Langsam erwachten die Lebensgeister wieder in mir und ich löste mich aus Lucys Umarmung. Ich stand auf und schaute meine Gefährten mit versteinertem Gesicht an. Obwohl es mir nur mühsam gelang, sagte ich leise, aber im festen Tonfall zu ihnen: „Ich bin euch sehr dankbar für die liebe Anteilnahme." Und dann weiter mit trotziger Stimme: „Mit eurer Hilfe habe ich schon Einiges überstanden - und auch das werde ich überstehen. Aber ihr müsst mir etwas Zeit lassen."

Innerlich erstarrt ging ich zurück auf meinen Lagerplatz, dabei spürte ich in meinem Rücken, fast schmerzhaft, die mitleidigen Blicke der Gefährten. Verbittert legte ich mich auf die Felldecke und starrte zur dunklen Höhlendecke hinauf. Meine Gedanken kreisten immer wieder um Albrecht. Fast plastisch sah ich ihn vor mir knien, als er mit Rosen um meine Hand anhielt. Sofort füllten sich meine Augen wieder mit Tränen. Verzweifelt versuchte ich auf andere Gedanken zu kommen, aber immer wieder erschien der kniende Albrecht vor meinem geistigen Auge.

Leise schluchzend drehte ich mich zur Seite und schaute in die Flammen der Fackeln, die an die Felswände surreale Bilder aus Licht und Schatten warfen. Im Hintergrund hörte ich die Stimmen meiner Gefährten, die sich am Lagerfeuer leise mit den Mönchen unterhielten.

Nach einer Weile kam Karen zu mir ans Lager. Sie setzte sich im Schneidersitz neben mich. Ihre obsidianfarbenen Augen betrachteten mich zärtlich. Mit einer liebevollen Handbewegung deutete sie auf ihren Schoss. Leise schniefend rutschte ich zu ihr rüber. Gefühlvoll strich sie mir mit ihren warmen Händen durch die Haare und über die Stirn. Ich kuschelte ich mich dankbar an sie an. Meine düsteren Gedanken wurden wie in Watte gepackt, durch die zärtlichen Streicheleinheiten und die gleich bleibende Geräuschkulisse mit den leisen Gesprächen am Feuer und das Pfeifen und Donnern des Sturmes draußen. Irgendwann schlief ich dann ein.

Fröhlich saß ich an der Seite meines Verlobten Albrecht in einer offenen Kutsche. Uns vis-a-vis saßen mein Vater und meine Mutter. So eine Kutschfahrt zu unserer Trauungszeremonie hatte ich mir immer gewünscht. Mein weißer Schleier wehte leicht im Fahrtwind, ich nahm überglücklich Albrechts Hand und drückte sie fest an meine Brust. Die Peitsche des Kutschers, eine schwarz gekleidete Person deren Gesicht ich auf unerklärliche Weise nicht erkennen konnte, pfiff über die Köpfe der beiden Schimmel, die daraufhin sofort die Geschwindigkeit erhöhten.

Wir rollten durch eine sanfte Hügellandschaft. Gemeinsam fuhren wir auf einer schnurgeraden Straße zur Kirche. Seltsamerweise summte

Mutter Kinderlieder vor sich hin und schaute mich dabei liebevoll an. Nach einer Weile erreichten wir unser Ziel, ein Dorf mit schneeweißen Häusern. Der Blick auf die Siedlung wurde dominiert von einer prachtvollen Kirche, die auf dem eingefriedeten Platz in der Dorfmitte stand. Ihr gläsernes Kuppeldach glänzte unübersehbar in der Mittagssonne.

Als wir die ersten Häuser passierten, kamen die Bewohner aus ihren Wohnungen heraus. Sie alle waren in wallende weiße Gewänder gekleidet. Sie schauten mich stumm an und als wir vorbeifuhren, fielen Schatten auf ihre Gesichter. Ohne eine Reaktion wandten sie sich wieder um und gingen zurück in ihre Häuser.

„Mutter! Vater! Was sind das für Leute? Plötzlich war ich wieder ein kleines zehnjähriges Kind.

Traurig antwortete Mutter: „Mein liebes Kind, sie fürchten sich vor den Lebenden."

„Wieso? Sind sie denn alle tot?" Schweigend sah mich Mutter an. Eine dicke Träne, die wie ein Diamant glitzerte, kullerte ihr über die rechte Wange. Sie nahm mich auf ihren Schoß und streichelte mich zärtlich.

Wir erreichten die Kirche, kletterten aus unserer Kutsche und stiegen die Treppen zum Eingang empor. Zwei ebenfalls weißgekleidete Frauen, deren Gesichter unter den Kapuzen verborgen blieben, öffneten uns ehrerbietig die Tür. Vater und Mutter nahmen mich an die Hand und wir betraten die Kirche. Das große Kirchenschiff wurde getragen von riesigen Marmorsäulen. Durch die Glaskuppel fiel Licht auf einen gigantischen Thron, auf dem eine schwarzgekleidete Gestalt saß. Bei unserem Eintritt hob sie den Kopf. Erschrocken schaute ich in zwei feuerrote Augen, die mich aus einem Vogelgesicht anstarrten. Der Raubtierschnabel öffnete sich und ein boshaftes Gelächter schallte durch die Kirche.

Ängstlich klammerte ich mich an Vater, der seine Hände schützend auf meinen Kopf legte: „Keine Angst, meine Tochter! Er kann dir nichts anhaben."

Der Vogelmann stand langsam auf, entfaltete sein tiefschwarzes Federkleid und näherte sich uns mit ausgebreiteten Schwingen. Mit seiner rechten Schwinge, aus der eine klauenbewehrte Hand wuchs, deutete er auf meine Mutter und auf Albrecht, der plötzlich wieder bei uns war und neben Mutter stand. „Ihr seid mir willkommen!“ Die Stimme des grauenhaften Wesens grollte durch den Kirchenraum.

Ich war wieder erwachsen und rief: „Mutter! Albrecht!“ Aufgewühlt wollte ich mich losreißen, aber Vaters Hand hielt mich eisern fest.

Meine Mutter sah mich mit traurigen Augen an: „Lebe wohl, meine über alles geliebte Tochter!“ Auch Albrecht schaute mich wehmütig lächelnd an, hob aber nur kurz abschiednehmend die Hand. Danach stellten sich Beide neben den Vogelmann. Entsetzt sah ich, dass Blut aus ihren Augen floss. Eiskaltes Grauen sickerte in mein Herz. Ich streckte meine Arme nach ihnen aus. Da kam das unheimliche Wesen auf Vater und mich zu. Seine Augen brannten sich wie rotglühende Kohlen in meine Augen und eine tonlose Stimme jagte wie ein glühender Stab durch mein Gehirn. „Shùyì, der Todesvogel wird auch Dich holen!“ Er berührte mich mit einer seiner schwarzen Federn und ein stechender Schmerz fuhr durch meinen Körper.

Vater stürzte sich auf den Shùyì und dann rangen die Beiden miteinander, eng umschlungen, einen fürchterlichen Kampf aus. Das Sonnenlicht, das die Kirche durch die Glaskuppel bis jetzt durchflutete, wurde von einem schwarzen Schatten verdunkelt. Weinend sank ich auf die Knie, meine Augen schwammen in einem Meer voller Tränen. Ich rief schluchzend: „Mutter! Albrecht! Bleibt bei mir!“

Das Licht in der Kirche wurde langsam dunkler und immer noch dunkler. Je lauter ich rief, desto mehr nahm die Dunkelheit zu. Ein letzter verzweifelter Ruf meiner beiden geliebten Menschen: „Wir lieben dich Reneé“, streifte schwach mein Ohr, danach wurde es endgültig DUNKEL.

Schweißgebadet erwachte ich aus dem Angsttraum. Die alptraumhafte Gestalt spukte immer noch in meinem Unterbewusstsein herum. Aber ich konnte den Gedanken, wann ich diesem Monster schon einmal begegnet war, nicht packen und festhalten. Es dauerte eine ganze Weile, ehe ich mich aus diesem Traum befreite und wieder in die Wirklichkeit zurückfand. Mit schmerzenden Gliedern stand ich auf und ging zum Lagerfeuer, an dem nur Karen und die Mönche saßen. Anscheinend war es noch früh am Morgen.

Mit einem Blick in die Runde stellte ich fest, dass die übrigen Gefährten noch auf ihren Schlafstellen lagen. Karen begrüßte mich mit einem zärtlichen Lächeln. Die leichten Verbeugungen der Mönche erwiderte ich mit respektvollem Nicken.

Der Heiler versorgte gerade Marc mit seinem heilenden Kräutertee. Der Kranke sah mich mit bleichem Gesicht aber klaren Augen an. Genea bot mir einen Kräutertee an, von dem er sagte, dass er ihn extra für mein Seelenheil zusammengestellt hatte. Er goss heißes Wasser in ein tönernes Gefäß und verrührte einige Augenblicke lang den Kräutersud mit dem Teebesen. Dabei untermalte er seine Tätigkeit mit einem mir unverständlichen Singsang. Dann goss er den stark duftenden Tee in einen Holzbecher und überreichte ihn mir, mit einer leichten Verbeugung und einem Lächeln auf den Lippen.

Dankbar nahm ich den Becher. Als ich ausgetrunken hatte, musste ich zugeben, dass er meine Lebensgeister wieder ein wenig mehr zum Vorschein brachte. Ich kniete mich neben Marc, brachte sogar ein Grinsen zustande und küsste ihn auf die Stirn. Dabei flüsterte ich ihm zu: „Ich bin froh, dass es dir wieder besser geht!". Er lächelte flüchtig, war aber im nächsten Moment schon wieder eingeschlafen. Als ich den Heiler anschaute, gab er mir mit einem beruhigenden Blick zu verstehen, dass alles in Ordnung wäre.

Erleichtert beugte ich mich zu Karen hinüber, gab ihr einen flüchtigen Kuss auf die Wange und flüsterte: „Danke für deine liebe Wacht. Du hast mir sehr geholfen." Ihre Augen funkelten; sie strich flüchtig mit der rechten Hand über meine Stirn, aber ansonsten blieb sie stumm.

Nacheinander kamen jetzt auch die restlichen Gefährten herbei, setzten sich ans Feuer und versorgten sich mit Tee und Kaffee. Als sich alle bedient hatten, fragte ich Göndül, was denn auf Albrechts Burg passiert sei. Die Ungewissheit brannte mir auf der Seele, ich musste endlich Genaueres erfahren.

Sofort erstarben alle Gespräche in der Runde und alle Augen richteten sich auf Göndül. Die schaute mich voller Kummer an. Sie räusperte sich und begann mit stockender Stimme zu erzählen:

„Ich war auf dem Weg nach Kumamoto, als ich in einer Hütte ein Gespräch zwischen mehreren Landsknechten belauschte. Es ging um einen unwilligen deutschen Ordensritter, der angeblich für den Tod eines Capitains verantwortlich sei und zudem noch einige ihrer Kameraden in den Kerker geworfen hatte. Einer von ihnen erklärte lachend, dass sie dieses Problem in Kürze erledigen würden."

Sie machte eine Pause. Dann schaute sie mir mit ihren dunkelgrünen katzenhaften Pupillen intensiv in die Augen. Ich hatte ein Gefühl, als ob ich mit ihr allein am Feuer säße und sie nur für mich weiter sprach: „Ich dachte sofort an Albrecht - und glaube mir Reneé, ich bin eiligst aufgebrochen um ihn zu warnen oder ihm wenigstens zu helfen. Trotzdem kam ich leider zu spät."

Mit bleichem und starrem Gesichtsausdruck nickte ich: „Ich weiß, dass du alles versucht hast, was möglich war." Besänftigend drückte ich ihre Hand, obwohl meine Gedanken Purzelbäume schlugen und meine Stimme leicht zitterte.

Erleichtert durch meine äußerlich gefasste Reaktion sprach sie weiter: „Die drei Landsknechte, die nach deinem Kampf mit Albinus in Ketten gelegt wurden, befreite ein Kollaborateur aus dem Burgverlies. Die haben zuerst Albrecht hinterrücks ermordet und sind dann geflohen. Leider fand ich nicht heraus, wer der Verräter war." Sie schluckte, nahm wieder meine Hand in die ihre und murmelte mit belegter Stimme: „Ich konnte deinen Verlobten nur noch beerdigen."

Alle saßen still am Feuer und dachten in Trauer an unseren Freund, meinen Geliebten. „Aber zwei Tage später habe ich die Schweine doch noch erwischt, leider wollte mir keiner verraten, wer sie befreit hatte." Und mit Befriedigung in der Stimme: „Ihr Tod war sehr schmerzhaft."

Frustriert und in mich gekehrt stand ich auf und zog mich auf mein Lager zurück. Meine Gefährten und die Mönche blieben beim Lagerfeuer und unterhielten sich leise weiter. Einige Stunden lang brütete ich wehleidig vor mich hin. Dann erhob ich mich entschlossen; und sagte zu mir: „Ich werde nicht zulassen, dass ich vor lauter Selbstmitleid auch noch den Verstand verliere." Wütend auf mich selber, verlieh ich diesem Gedanken Vorrang. Mit meinem wieder auferstandenen Stolz wischte ich das Selbstmitleid zur Seite. Die diesen Entschluss begleitende Handbewegung geriet zwar noch etwas zittrig, aber ich schwor mir in Gedanken trotzig: „Ich werde meinem Schicksal die Stirn bieten."

Dieser Schwur gab mir neuen Auftrieb. Ich suchte aus unseren Gepäck drei leere Lederbeutel heraus und schnitt bei zweien den Boden ab. Dann nähte ich sie mit einem Lederriemen so zusammen, dass daraus ein großer länglicher Ledersack entstand. Den füllte ich mit trockener Erde und Sand aus der Höhle. Anschließend rammte ich einen kräftigen Holzpfahl in den Boden und band mein Machwerk daran fest. Besorgt beobachteten meinen Gefährten, dass ich zwei Tage lang, wie besessen, den Sandsack bearbeitete.

Auf diese Art konnte ich am besten meine Verzweiflung und meinen Frust abarbeiten. Fast pausenlos drosch ich mit Füßen und Fäusten solange auf den Sack ein, bis meine Füße schmerzten und meine Hände bluteten. Erschöpft an Geist und Seele brach ich am dritten Tag vor dem Sandsack zusammen.

Der Heiler Genea hob mich hoch und brachte er mich zu seiner Lagerstätte. Lucy und Karen halfen ihm dabei indem sie ihre stützenden Schultern zur Verfügung stellten. Dort versorgte er meine aufgeplatzten Knöchel mit einem Sud aus mehreren Kräutern und meine wehen Füße bearbeitete er mit einer übelriechenden Salbe.

Dabei schaute er mir tief in die Augen und sagte: „Du schwächst dich und deinen Körper. Solange dein Yin und Yang nicht ausbalanciert sind, wirst du deinen seelischen Kummer nicht überwinden. Ich werde dir ein paar Übungen zeigen, die dir helfen dein Gleichgewicht wieder zu erlangen. Aber erst musst du zur Ruhe kommen." Zur Unterstützung verabreichte er mir einen seiner speziellen Kräutertees.

Ich lag entspannt auf seiner Lagerstätte und er erklärte mir den Sinn der Übungen: „Im Zentrum der *Tàijíquán*-Übungen steht eine so genannte ‚Form'. Das ist ein klar umschriebener Bewegungsablauf von fließend aufeinander folgenden Bewegungen. Die Form ist mit einer Kata in den japanischen Kampfkünsten vergleichbar. Damit kennst du dich ja schon bestens aus. Annas erzählte mir, dass du im gleichen Schwertkampfstil wie Yagyu Kissaki Kenshi ausgebildet wurdest. Also werden dir die Übungen nicht schwer fallen."

Er überlegte kurz und sprach dann weiter: „Eine Form setzt sich aus mehreren Bildern, also Einzelbewegungen zusammen. Viele Abläufe sind deswegen nach der Anzahl ihrer Bilder benannt. Die längsten Formen können mehr als einhundert Bilder beinhalten."

Ich hörte gespannt zu und versuchte mich zu erinnern, was ich über das Chinesische Schattenboxen gelesen hatte. Eine kleine Frau, die am Hof in Chan'an lebte, war sehr bekannt für ihre Kampfkünste. Sie entwickelte die Kampfkunst Tàijíquán. Die Übersetzung des Namens Tàijíquán beschreibt einen Kampfstil mit leerer Hand, in der Harmonie von Yin und Yang. Quán bedeutet ‚Faust', dieser Begriff wird im Zusammenhang mit Kampftechniken benutzt, wenn mit leerer Hand, also ohne Waffen gekämpft wird. Die Grundprinzipien und die Methode der Bewegungen stammen aus der Zeit der Tang Dynastie, um 618-907, in China.

Während seinen Ausführungen kamen meine Gefährten nacheinander hinzu, setzten sich im Kreis um uns herum und hörten dem Heiler ebenfalls aufmerksam zu. Er lächelte und setzte seine Erklärung über das Tàijíquán fort.

„Die Übungen bewirken eine Verbesserung der Gesamtbeweglichkeit und Ausdauer, der Kräftigung und Dehnung von Muskeln, Bändern und Sehnen." Er nahm meine Hand und schaute mir tief in die Augen. „Vorab stelle ich dir eine berühmte Frage aus dem Taiji. Sieh einen Stock an. Das eine Ende ist Yin, das andere Yang. Welches ist wichtiger?"

Als ich ihn etwas Verständnislos anblickte, schmunzelte er und sagte: „Die Antwort lautet: Der Stock selbst ist wichtig! Und jetzt schau genau zu."

Karen und die zwei Mönche Mitsu und Hyoun traten in den Kreis, stellten sich neben Genea in einer Reihe auf und begannen mit einer Taiji-Vorführung. Die Bewegungen wurden sehr langsam und in ästhetischer Form dargeboten; sie bewegten sich fast wie eine Einheit. Mit fließenden, eleganten Bewegungen breiteten sie die Arme wie Fächer aus, drehten sich um die eigene Achse, blockten, parierten und stießen mit den Händen nach einem imaginären Gegner. Danach kreuzten sie die Hände und gingen in die Schlußstellung.

Nach einer Pause nahm der Heiler meine Hand und führte mich in die Mitte der Höhle. Er stellte sich hinter mich und legte seine Hände auf meine verkrampften Schultern. Mit sanften Handgriffen begann er sie zu lockern und sagte dabei: „Ich erkläre dir jetzt die wichtigsten Taiji-Regeln: Halte den Kopf aufrecht um Deinen Geist zu entfalten. Lockere die Ellenbogen damit die Schultern sinken. Die Brust und der Rücken sollen dabei entspannt sein. Lockere deine Taille, verteile dein Gewicht richtig, dann bringe Ober- und Unterkörper in Einklang."

Genea begleitete seine Ausführungen mit den Händen, indem er als Erstes meinen Körper in die richtige Lage brachte: „Deine Bewegungen sollen fließen. Verbinde deinen Geist mit dem Körper, gebrauche Yin, das sind Intention und Absicht. Gebrauche nicht die rohe Kraft, sondern suche die Ruhe in der Bewegung und die Bewegung in der Ruhe."

Wir machten die Übungen von eben noch einmal zusammen und danach bestimmte der Heiler: „Für den heutigen Tag ist es genug. Morgen werden wir die 24-Bilder-Form üben."

Tai Chi hatte mich schon immer fasziniert, nur hatte ich es bisher nie geschafft, einen Kurs zu besuchen. Seltsamerweise fühlte ich mich schon nach der ersten Lektion etwas besser. Mit einer Verbeugung bedankte ich mich bei Tozawa Nyudo Genea und drückte dem Meister mit „meijin ni rei", meine Hochachtung aus.

Er erwiderte meine Verbeugung mit einem bescheidenen lächelnden Gesicht. Dann begab er sich mit den anderen Mönchen zu ihren Lagerplätzen und setzte sich. Sie sprachen ein Gebet und wie mir schien, waren sie mit ihrem Tagewerk zufrieden; anschließend meditierten sie bis in die Abendstunden.

Karen nahm mich in die Arme und schaute mich besorgt an. Ich beruhigte sie: „Keine Angst, es geht mir schon wieder besser, die Übung mit euch hat mir sehr gut getan. Tozawa Nyudo Genea ist ein sehr weiser Mann. Mit seiner und eurer Hilfe schaffe ich es ganz bestimmt."

Sie drückte mich, legte ihren Mund an mein Ohr und flüsterte: „Du kannst dir gar nicht vorstellen wie froh ich darüber bin. Ich kann meine Gefühle für dich, einfach nicht vor dir verbergen", dabei schaute sie mich unsicher und fragend an.

Ohne Worte strich ich leicht und zärtlich mit meinen Fingern über ihre Wangen und die leicht geöffneten Lippen. Ihre wunderschönen, ausdrucksstarken schwarzen Augen strahlten glücklich bei meinen sanften Berührungen. Sie hauchte mir einen Kuss auf die Wange.

Gemeinsam gingen wir zu Lucy und zu den anderen Gefährten ans Lagerfeuer. Annas versorgte gerade liebevoll ihren Marc. Erleichtert, dass es ihm und auch mir wieder besser ging, wurden wieder Geschichten erzählt, gemütlich Tee getrunken und Gespräche über unsere Zukunft geführt. Marc war schon fast wieder der Alte und beteiligte sich auch schon länger an den Gesprächen.

Draußen tobte der Sturm in unverminderter Heftigkeit. Mit Gesprächen und Erzählungen, an denen sich die Mönche rege beteiligten, versuchten wir uns die Warterei in der beengten Höhle erträglicher zu gestalten. Unter anderem erzählte Rittmeister Ahrens, dass er heimlich nochmals ins Zeltlager der Landsknechte geschlichen sei.

„Ich habe mir meine Armbrust aus dem Lager geholt. Dabei habe ich mitbekommen, dass die Schurken mithilfe der Kanonen, einen Krieg gegen die anderen Völker anzetteln wollen. Der Tod von Grothusen scheint sie nicht zu bremsen"

Mit sorgenvoll gefurchter Stirn sagte Marc: „Es wird höchste Zeit, dass wir zur Heimstätte kommen. Von dort aus können wir dagegen etwas unternehmen."

Während der Gespräche konnte ich beobachten, dass Lucy versuchte, mit unserem Rittmeister anzubandeln und wie mir schien, war Ahrens nicht abgeneigt. Nadowessiu und Istaqa unterhielten sich ebenfalls angeregt und es herrschte nach langer Zeit, wieder eine entspannte Atmosphäre. Zwischendurch beobachteten Karen und Göndül öfter mal den Sturm vor der Höhle. Seine Kraft hatte immer noch nicht nachgelassen.

Während des Abendessens fiel mir wieder ein, dass ich Marc und Annas noch mehr Informationen über die Tohopka entlocken wollte. Auch Göndül müsste eigentlich etwas über diese Spezies wissen. Weil es sich so ergab, stellte ich zuerst Annas meine Frage zu den 'Wilden Biestern'.

Sie dachte eine Weile nach und erläuterte dann, wie sie sich die Anwesenheit der alten Rasse auf dieser Ebene erklärte. „Schon lange vor Niihamas Erschaffung herrschte Krieg zwischen der Rasse der Götter und der Alten Rasse. Als mein Bruder Tiere und Gegenstände durch das Tor auf die Ebene transportierte, müssen wohl eher zufällig auch ein paar Tohopka-Eier mit hindurch gelangt sein. Denn sie traten auf Niihama erst ein paar Jahre nach dieser Aktion in Erscheinung."

Göndül hatte mitgehört und ergänzte: „Das Wissen der gesamten Rasse wird jedem einzelnen Individuum bei seiner Geburt zur Verfügung gestellt oder ihm teilweise noch kurz danach vermittelt. Sie verständigen sich telepathisch untereinander, allerdings funktioniert das nur über eine gewisse Entfernung. Nach dem Tod der beiden 'Wilden Biester' bei der Auseinandersetzung mit euch, dürften höchstens noch zwei oder drei ihrer Artgenossen auf Niihama leben. Ob auf anderen Ebenen auch noch welche leben weiß ich nicht."

Wir blickten Annas fragend an, aber auch sie schüttelte verneinend den Kopf.

„Es muss doch einen Weg geben, diesen tödlichen Konflikt endlich zu beenden!" rief ich aus. Da löschen sich zwei uralte Rassen gegenseitig aus, nur weil keiner von ihnen versucht den Anderen zu verstehen."

Lucy und die Mönche stimmten mir zu; meine Freundin setzte sogar noch einen drauf, indem sie sarkastisch anmerkte: „Die Götter sind also von uns Erdenbewohnern gar nicht so verschieden. Wir leben doch Beide nach dem Motto: Was ich nicht verstehe, was mir unheimlich ist oder anders ist als ich, das zerstöre und vernichte ich."

Danach blieb es eine Weile still in unserer Runde. Ich merkte, dass Nadowessiu und die anderen Bewohner der Ebene, ausgenommen die Mönche, mit Lucys und meinen Gedankengängen nicht viel anfangen konnten. Was ich ihnen aber nicht weiter verübelte, da sie schon seit Jahrhunderten in einer Welt mit anderen Gegebenheiten lebten. Leider war nach meinen laut ausgesprochenen Gedanken die fröhliche Stimmung etwas getrübt.

Ich stand auf und sagte mit einem etwas traurigen Lächeln: „Es tut mir leid, dass ich momentan eine Spaßbremse bin. Ich gehe jetzt schlafen, amüsiert euch noch und trinkt für mich einen mit." Eingekuschelt in meine Decke hörte ich, dass am Lagerfeuer nach einiger Zeit aber wieder leise gelacht wurde. Nach einer Weile schlief ich beruhigt ein, in Gedanken bei meinen Freunden und Gefährten.

Am nächsten Morgen, nach einem traumlosen Schlaf, wurde ich von Karen geweckt mit einem heißen Tee und einem fröhlichen: „Guten Morgen! Hast du gut geschlafen?"

Es begann der fünfte Tag in der Höhle. Ich reckte mich ausgiebig und versuchte, die feuchte Kälte aus meinen Gliedern zu vertreiben. Die war mir im Laufe der Nacht, trotz des Lagerfeuers und der warmen Felldecke, unter die Haut gekrochen. Der heiße Kräutertee half mir dabei. Nachdem ich getrunken hatte, fragte ich Karen nach dem Befinden der anderen 'Höhlenbewohner' und dem Wetter draußen. Aufgeräumt teilte sie mir mit, dass Marc heute Morgen erstmals wieder aufgestanden sei. Er habe mit dem Heiler zusammen sogar schon ein paar Übungen gemacht. Lucy und der Rittmeister Ahrens schauten draußen nach dem Wetter.

Erfreut über Marcs gesundheitliche Fortschritte, erhob ich mich von meinem Lager. Wir gingen zum Lagerfeuer, wo sich die gesamte Mannschaft begeistert um Marc scharte, um ihm zur Genesung zu gratulierten. Ich stürmte auf ihn zu und umarmte ihn überschwänglich.

„Langsam, langsam, du zerquetscht mich ja, so fit bin ich nun aber doch noch nicht“, lachte er abwehrend.

Ich gab ihm einen schmatzenden Kuss auf die Wange und ließ ihn los. „Was bin ich froh, dass du wieder unter den Lebenden weilst. Du hast uns allen einen gehörigen Schrecken eingejagt.“

Just in diesem Moment kamen Lucy und Ahrens von draußen herein und erklärten frohgemut, dass das Unwetter sich ausgetobt hatte und wir endlich weiter könnten. Begeistert nahmen wir die Nachricht auf und stürmten aus der Höhle ins Freie. Herrlicher Sonnenschein empfing uns. Die Natur hatte sich wieder gefangen.

Die Vögel zwitscherten und das Gesumme der Insekten erfreute unsere Ohren. Nur einige umgestürzte Bäume und vereinzelte Äste auf dem Weg zeugten noch von der verheerenden Wucht des Sturmes. Wir genossen in tiefen Atemzügen die klare und saubere Luft. Die hatten wir in unserer etwas muffigen Zuflucht doch sehr vermisst. Dann gingen wir in die Höhle zurück.

Als wir anfingen, unsere Sachen einzupacken, meinte Annas: „Wir sollten lieber noch einen Tag in der Höhle bleiben. Nach meiner Meinung ist Marc noch nicht fit genug um sofort aufzubrechen. Ein Ritt am heutigen Tage würde ihn zurückwerfen und eventuell seine Wunde wieder aufbrechen lassen.“

Genea untersuchte die Wunde und stimmte ihr zu: „Es wäre besser, noch einen Tag zu warten. Ich werde ihm noch einen Sud aus Kräutern auf die Wunde geben. Dann habe ich keine Bedenken für einen Aufbruch morgen.“ Wir waren alle einverstanden.

„Auf den einen Tag kommt es jetzt auch nicht mehr an; Hauptsache Marc ist wieder vollkommen fit. Denn wir werden bis zu unserem Ziel noch eine Menge Ärger kriegen“, orakelte Göndül.

Aber die Pferde und Teile unseres Gepäckes brachten wir nach draußen. Wiehernd begrüßten die Vierbeiner das Tageslicht und die frische Luft. Um ihnen nach den Tagen in der engen Höhle etwas Auslauf zu gewähren, wollten Nadowessiu, Karen und

Göndül die Umgebung erkunden. Der geflohene Tohopka trieb sich vielleicht noch in der Gegend herum und Friggas warnende Worte wegen der Harpyien, waren durchaus nicht vergessen. Lucy, Ahrens und der Choktawkrieger Istaqa brachen mit ihnen auf, um Frischfleisch für unseren Speisezettel zu besorgen. Annas, Marcs und mein Pferd weideten neben der Höhle auf einem kleinen Stück Wiese. Nachdem sie tagelang nur trockenes Heu gefressen hatten, genossen sie nun das frische Gras.

Anscheinend waren alle meine Gefährten der Meinung, ich könnte alleine Marc und Annas beschützen. Achselzuckend drehte ich mich zu den Mönchen um, aber auch sie schnürten ihr Gepäck zusammen und verließen die Höhle. Draußen knieten sie nieder und sprachen ein Dankgebet dafür, dass wir das Unwetter glücklichen überstanden hatten. Am Ende des Gebetes standen sie auf und machten sich bereit zum Aufbruch.

Ich sprach Genea, den Heiler, an: „Ich würde ich gerne nochmal eine Übungslektion zusammen mit Ihnen absolvieren. Das würde sicherlich mein Meijin, mein Seelenfrieden stärken."

Er schaute mir ganz tief in die Augen. Ein kleines Lächeln, das seine Falten noch vertiefte, huschte über sein väterliches Gesicht. Dann verbeugte er sich leicht vor mir und wir stellten uns auf den Weg. Marc und Annas, die vor der Höhle auf einem dicken Stein saßen, sprangen auf und kamen zu uns. Erstaunt sah ich Annas an, denn ich hatte eigentlich nicht erwartet, dass sie an solchen Vorführungen teilnahm. Aber vielleicht wollte auch sie ihr Yin und Yang in Gleichklang bringen.

Genea wartete, bis die Beiden neben mir standen. „Ich zeige euch jetzt die 24-Bilder-Form und jedes Bild hat seine eigene Erklärung. Schaut genau hin." Mit ruhiger Stimme begann er jede seiner fließenden Bewegungen zu erklären.

„Die Mähne des Wildpferdes teilen; der weiße Kranich breitet seine Schwingen aus; das Knie schützen; die Pipa spielen; den Affen zurückstoßen; den Vogel beim Schwanz fassen – links, den Vogel beim Schwanz fassen – dann rechts; die einfache Peitsche; die Wolkenhände; dem Pferd einen Klaps geben." Dann machte er einen Kick mit der rechten Ferse und sprach ohne jegliche Spur von Anstrengung in der Stimme: „Der heiße Wind bläst in beide Ohren.“

Er drehte sich elegant und führte einen Kick mit der linken Ferse durch. „Es folgt die gehockte Peitsche – einmal links, dann die gehockte Peitsche – rechts; am Webstuhl arbeiten - links und rechts; die Nadel vom Meeresboden holen.“

Dann breitete er die Arme aus, so als ob er einen Fächer ausbreiten würde, drehte sich, dann folgten ein Blocken, ein Parieren und dann ein Zustoßen. Fließend zog er die Hände zurück und führte sie zustoßend wieder nach vorne. Dann kreuzte er die Hände und blieb in der Schlussstellung stehen.

Wieder beeindruckt von der Präzision und der Leichtigkeit seiner Bewegungen, versuchten Anna, Marc und ich die Übungen nachzumachen. Der Meister begleitete uns, indem er uns die Bilder nochmals vorturnte.

Am Ende der Übung gratulierte uns Genea und nahm mich in den Arm: „Meine Tochter, dein Yin und Yang sind wieder im Gleichgewicht. Immer wenn dich etwas aus der Bahn zu werfen scheint, denk an Yin und Yang.“

Wir bedankten uns bei ihm mit tiefen Verbeugungen und er dankte uns mit einem bescheidenen Lächeln. Dann brachen er und seine beiden Mönchsbrüder auf. Das Gepäck auf dem Rücken und mit ihrer Langstange, dem Bo, in der Hand, machten sie sich auf den Weg zum Kloster Enryākuji.

Wir Zurückbleibenden wiederholten noch ein paar der eben gelernten Übungen. Als wir gerade den imaginären Fächer ausbreiteten, erschienen unsere Jäger und brachten einen Rehbock mit. Lucy und Ahrens hatten ihn auf einen langen Ast gebunden, den sie zwischen sich an den Sätteln befestigt hatten. Istaqa ritt als Nachhut dicht hinter ihnen.

Lucy grinste wie ein Honigkuchenpferd bei der bildhaften Schilderung ihres Meisterschusses. Wir gratulierten ihr natürlich zu ihrem Können. Uns lief das Wasser im Munde zusammen, als wir an den Rehbraten dachten.

„Hoffentlich kommen unsere drei holden Damen bald wieder, damit wir das Festmahl beginnen kann“, wünschte ich ungeduldig.

„Ja, ja, da spricht mal wieder unserer Fresssack“, kommentierte Lucy und stupste mich leicht in die Seite.

Bevor wir unsere berüchtigten Dialoge weiter fortführen konnten, ertönte ein lautes Kreischen über uns in der Luft. Wild flatternd landete einer der Beobachter von Gott Svanson auf einem Stein vor uns.

„Yagyu! Yagyu! Hugin muss dir berichten, dass Göndül und ihre beiden Begleiterinnen hinter den Felsen in einen Hinterhalt der widerlichen Menschenadlern geraten ist. Meine Schwestern helfen ihnen, aber sie können nicht mehr lange durchhalten, denn es sind zu viele Feinde. Du musst dich beeilen.“ Mit hektischen Schwingenschlägen stieg der Rabe wieder in die Luft und kreischte: „Folgt mir! Folgt mir!“

Wir stürzten zu den Pferden. Als auch Marc sich auf sein Pferd schwingen wollte, hielt ich ihn an der Schulter zurück: „Marc! Du bist noch nicht fit genug für einen Kampf mit den Harpyien.“

Er riss sich los und schaute mich wütend an. Bevor er lospoltern konnte, schrie ich ihn an: „Du musst Annas beschützen! Im schlimmsten Fall könnt ihr euch hier in der Höhle am besten verteidigen.“

Annas nahm ihn zur Seite und schaute ihn flehentlich an. „Reneé hat Recht, du bist noch nicht völlig gesund, bleib bitte hier.“

Wir warteten erst gar nicht seine Erwiderung ab, sondern nahmen unsere Waffen, sprangen auf die Pferde und galoppierten dem Raben hinterher. Nach etwa zwei Kilometern kamen wir in ein kleines Tal. Schon von weitem sahen wir am blauen Himmel die kreisenden Harpyien.

Die kleineren wendigen Raben attackierten sie inständig. Der Luftkampf wogte ständig hin und her. Eine letzte Kurve in der kleinen Senke trennte uns noch vom Kampfgeschehen am Boden. Wir zogen unsere Waffen. Istaqa stellte sich auf den Rücken seines Mustangs und schwang in jeder Hand einen Tomahawk. Ich zückte mein Katana, Ahrens zog seinen Säbel blank und Lucy nahm ihren japanischen Kurzbogen in die Hand. Wir preschten um die Biegung herum.

Eine Gruppe Menschenadler hatte unsere Gefährten umzingelt und bedrängte sie arg. Mit lautem Geschrei griffen wir ins Kampfgetümmel ein. Ich ritt die erste Harpyie über den Haufen. Im nächsten Moment sah ich Karen, die im Rücken von Nadowessiu und Göndül kämpfte, wie sie vom Schlag einer Harpyienschwinge zu Boden ging. Der Adler stürzte sich auf sie, um sie mit seinen Klauen zu töten. Anscheinend war sie durch den Schlag benommen, denn sie wehrte sich nur leicht. Im dem Moment kamen mir die Bilder vom Kampf um meine Mutter wieder vor Augen.

Wütend schrie ich auf, riss mein Pferd zur Seite und bahnte mir einen Weg zu Karen. Wie ein Berserker hieb ich mit meinem Katana links und rechts auf die Harpyien ein. Ich erreichte Göndül und Nadowessiu, die sich mit großer Mühe gegen zwei Menschenadler wehrten. Göndül teilte mit ihrer riesigen Sternenklinge wilde Hiebe aus und die Häuptlingstochter schwang wütend ihren Tomahawk.

Ich drängte eines dieser Monster mit meinem Pferd von ihnen weg. Wütend kreischte der Vogel auf und hackte mit seinem großen, gelben Schnabel nach dem Pferd. Mein Mustang stieg wiehernd hoch und trat mit seiner Hinterhand der Harpyie in den federbekleideten Unterleib. Sie kreischte laut auf und knickte mit dem Oberkörper nach vorne.

Laut schreiend sprang ich vom Pferd und schlug mit einem gewaltigen Hieb meines Katanas, der Harpyie den Kopf ab. Mit bluttriefender Klinge wirbelte ich zu Göndül herum. Da sah ich, dass sie und Nadowessiu inzwischen den zweiten Menschenadler schwer verletzt hatten. Kreischend ergriff dieser die Flucht und flog mit schwerem Flügelschlag davon.

„Jetzt bist du endlich auf der Ebene angekommen!“, rief mir Nadowessiu zu.

Gemeinsam machten wir Front gegen die Bestie, die Karen verletzt hatte. Unsere Ninja lag bewegungslos auf dem Boden. Die

Harpyie ließ von ihr ab und drehte sich hasserfüllt zischend zu uns herum. Da erkannte ich Antiope, die Harpyien-Königin. Ich nahm mein Katana wieder fest in die Hand und richtete die Klinge auf sie.

Als sie sich plötzlich drei Gegnern gegenüber sah, hielt der Riesenvogel verdutzt inne. Mit einem schnellen Blick auf die im Gras liegende Karen sah ich, dass sie äußerlich unverletzt aussah. Sie stöhnte leise und bewegte sich ein wenig, obwohl sie sich noch nicht gänzlich aus ihrer Ohnmacht herausgekämpft hatte. In derselben Sekunde schwand mein blindwütiger Hass und ich ließ mein Katana sinken.

Göndül und Nadowessiu drängten Antiope von Karen weg. Ich stellte mich schützend vor Karen und herrschte die Königin an: „Pfeif deine Kriegerinnen zurück, es wurde schon genug Blut vergossen!"

Die Königin starrte mich mit roten Augen an, drehte ihren Kopf und betrachtete mit schmalen Augen das Schlachtfeld. Mehrere ihrer Menschenadler waren von Lucys Pfeilen verwundet worden. Vor ihr lagen zwei tote Harpyien, die Ahrens ‚Bauernwehr' zum Opfer fielen, während er Lucy beschützte. Eine Harpyie lehnte schwer verletzt an einem Felsen, in ihrer Brust steckte ein Tomahawk von Istaqa.

Als Antiope mich wieder mit ihrem göttlich schönen Gesicht ansah, schlug ich ihr im ruhigen, aber eindringlichen Ton vor: „Wir sollten mit dem Gemetzel aufhören. Auf dieser Welt ist genug Platz für uns alle, da muss keiner den anderen umbringen. Denke einmal darüber nach. Jetzt nimm dein Gefolge und verschwinde."

Nach diesen Worten musste ich ja wohl mit gutem Beispiel vorangehen. Mit tiefem Blick in ihre zusammengekniffenen Augen, steckte ich das Katana ins Halfter auf meinem Rücken zurück. Ich bedeutete Göndül und Nadowessiu, ebenfalls die Waffen zu senken. Widerstrebend kamen sie meinem Wunsche nach und stellten sich neben mich.

Antiope betrachtete uns nachdenklich mit gefurchter Stirn. Ihre riesigen Schwingen zitterten vor Aufregung. Sie deutete mit ihren

Klauenhänden auf mich und erwiderte krächzend: „Ich werde über deine Worte nachdenken."

Dann riss den Mund weit auf und befahl ihren Kriegerinnen mit einem durch Mark und Bein gehenden Schrei, dass sie die Kämpfe einstellen sollten. Die Harpyien trennten sich sofort von den Raben; die gegenseitigen Luftattacken nahmen schlagartig ein Ende. Im respektvollen Abstand zu den schwarzen Gesellen kreisten sie abwartend über unseren Köpfen.

Mit ein paar mächtigen Schwingenschlägen erhob Antiope ihren Körper in die Luft. Mit bekümmertem Krächzen sammelten die Harpyien ihre Toten und Verwundeten ein und starteten mit ihrer traurigen Last in den Himmel. Nach wenigen Minuten waren sie nur noch als kleine Punkte zu sehen, dann verloren wir sie ganz aus den Augen.

Die Raben sammelten sich und setzten sich unverletzt, aber ein wenig zerzaust auf die Felsen um uns herum. Hugin, Munin, Frigga und Gritha ordneten mit den Schnäbeln ihre blauschwarzen Federkleider. Dabei krächzten sie heiser, vermutlich war das ihr Triumpfgeschrei.

Erleichtert kümmerte ich mich um Karen, die langsam wieder zu sich kam. Auf der Stirn prangte eine große Beule, ihr rechtes Auge war geschwollen und verfärbte sich langsam.

„Wo bin ich?" ächzte sie und schaute sich fragend um. Dann fasste sie sich an den Kopf und stöhnte noch einmal ganz laut. Anscheinend fiel ihr erst jetzt wieder ihr Kampf mit den Harpyien ein. Sie sprang wie von der Tarantel gestochen auf, warf wilde Blicke um sich und fuchtelte dabei mit dem Tessen herum. Fluchend drehte sie sich um ihre eigene Achse und suchte die Vögel: „Wo sind denn diese verdammten Viecher?"

Ich erwiderte ihr: „Beruhige dich! Bei deinem martialischen Anblick haben alle Harpyien die Flucht ergriffen." Ich nahm sie lachend in die Arme und drückte sie kurz und heftig.

Karen setzte sich, noch leicht benommen, wieder ins Gras. Dort steckte sie ihren Tessen in den Gürtel zurück und brummelte dabei: „Da können die Vögel aber froh sein, dass sie bei meinem

Anblick noch verschwinden konnten." Dann murmelte sie aber ganz leise „Danke."

Ich drehte mich um und rief meinen Gefährten zu: „Ihr ist weiter nichts passiert! Sie hat nur einen Schlag auf den Kopf bekommen und der hat leider ihr Gehirn etwas durcheinander gebracht." Ich zog mein Katana, säuberte es, hob es an meine Stirn und sprach wie gewohnt mein Dankgebet zum Kriegsgott. Göndül schickte die Raben zum Hort zurück; vorher flog Hugin noch kurz zur Höhle um Annas und Marc zu holen.

Nadowessiu rief uns zu sich. Sie hatte Istaqa vermisst und war auf die Suche nach ihm gegangen. Etwas abseits vom Kampfplatz fand sie ihn dann. Als sein Pferd während des Kampfes unglücklich auf ihn stürzte, brach er sich das Genick. Eine Seite des Pferdeleibes war von einer Adlerkralle tief aufgerissen. Traurig zogen wir seinen Leichnam unter dem Pferdekadaver hervor.

Nadowessiu wischte sich eine Träne aus den Augen und meinte in ihrer besonderen Art: „Er ist wie ein echter Krieger gestorben und reitet nun in den Ewigen Jagdgründen über die Wiesen."

Ich drehte mich um und murmelte niedergeschlagen und traurig: „Wir müssen wieder einen lieben Kameraden zu Grabe tragen." Wir bauten aus Stämmen und Ästen ein Hochgrab, in das wir Istaqa hinein betteten.

Stumm warteten wir auf Marc und Annas; die kurze Zeit danach erschienen. Beim Anblick des Hochgrabes verfinsterte sich Marcs Antlitz. Annas blickte suchend in unserer Gruppe umher. Erst als sie Karen hinter uns im Gras sitzend erspähte, nickte sie erleichtert. Mit trauriger Miene hörten sich Marc und Annas Göndüls Bericht an. Als sie mein Gespräch mit Antiope erwähnte und die Reaktion der Königin darauf beschrieb, blickten Beide skeptisch drein. Annas meinte dennoch vorsichtig optimistisch: „Hoffentlich hört Antiope auf Reneé und lässt uns zukünftig in Ruhe."

Während Annas Karens Beule und Auge verarztete, brachten Lucy und Ahrens unsere Pferde zurück, die während des Kampfes weggelaufen waren. Gott sei Dank waren sie unverletzt. Lucy sammelte dabei ein paar ihrer verschossenen Pfeile wieder ein.

Bevor wir zur Höhle zurückkehrten, nahmen wir Abschied von Istaqa, dem tapferen Choktawkrieger. Nadowessiu legte Feuer an das Hochgrab und jeder sprach auf seine Weise ein Gebet. Als das Grab brennend in einem Glutregen zusammenkrachte, saßen wir auf und ritten traurig zur Höhle zurück. Den Rest des Tages verbrachten wir mit der Versorgung unserer kleineren Blessuren.

Nach dem köstlichen Rehbraten verarbeiteten wir still und in uns gekehrt den ereignisreichen Tag. Dabei halfen uns einige Schlucke Seishu, der Premium-Sake aus Onkel Yubais Vorräten. Insgeheim dankte ich dem Kriegsgott, dass nicht noch mehr Gefährten schwer verletzt oder getötet wurden.

Wir legten uns früh schlafen, weil der weitere Weg noch sehr anstrengend würde, wie Marc uns sagte. Kurz vor dem Einschlafen wünschte ich mir einen traumlosen Schlaf, ohne den Besuch meiner Toten oder anderweitiger schrecklichen Figuren. Gott sei Dank erfüllte sich mein Wunsch und ich wurde von Alpträumen verschont.

Nach einem kleinen Frühstück ritten wir am nächsten Morgen ausgeruht in Richtung Turkansee, den wir nach etwa zwei Stunden erreichten. In forscher Gangart ritten wir zügig am Seeufer entlang, bis wir am Ende des Sees die Steinwüste Gan seki erreichten.

***

Der Verstand ist eins mit Himmel und Erde.
Der Rhythmus des Körpers gleicht dem Zyklus der Sonne und des Mondes.
Die Weise des Einatmens und des Ausatmens ist Härte und Weichheit.
Handeln in Übereinstimmung mit Zeit und Wandlung.
Techniken erscheinen in Abwesenheit bewussten Denkens.
Die Füße müssen angreifen und sich zurückziehen, sich teilen und sich treffen.
Die Augen übersehen nicht die geringfügigste Veränderung.
Die Ohren hören gut in alle Richtungen.

Kempo Hakku
Die acht elementaren Prinzipien des Goyu-Ryu-Stils

***

IV. Mythische Monster

In Gedanken versunken und in der Hoffnung die Heimstätte möglichst bald zu erreichen, ritten wir durch die Steinwüste *Gan seki*. Überall lagen dicke Felsbrocken, wahllos verstreut als hätte ein Riese mit Murmeln gespielt und sie dann einfach liegenlassen. Es war ein mühsames Unterfangen die Felsen zu umreiten.

Nach vielen Stunden, so kam es uns jedenfalls vor, waren wir froh, als die sonnenverbrannte Einöde endlich hinter uns lag. Am Ende des Zyklopenspielplatzes gönnten wir unseren Pferden eine kurze Verschnaufpause. Unseren Augen bot sich eine sanft ansteigende, hügelige Landschaft dar, die bis zu den Fundamenten des *Shin-Shū*-Gebirgsmassivs reichte.

Auf der Kuppe des nächsten Hügels verschwand unser Weg hinter einigen Felsbrocken. Marc wies auf die Findlinge und sagte: „Nicht weit dahinter stoßen wir auf den letzten Rastplatz am Karawanenweg. Dort verlassen wir die Handelsstraße, die weiter bis zu den Zinja-Mönchen führt. Wir folgen dem Fluss *Kamogawa* und biegen dann in Richtung *Turkansee* ab zum Tal der *Massai*."

In gemächlichem Trab nahmen wir die Strecke bis zum Rastplatz in Angriff. Nach etwa einer halben Stunde sichteten wir unser Ziel. Der Rastplatz lag, nicht mehr weit vor uns, in einer Senke. Schon von weitem sahen wir dort bunte Wimpel im Wind flattern. Fünf Wagen, so war aus der Ferne zu erkennen, standen bereits auf dem Lagerplatz.

Annas richtete sich auf dem Pferderücken auf, musterte die Wimpel und rief erfreut: „Das sind die Wagen der Familie Ossaka! Sie handeln unter anderem mit Kräutern vom Kloster Enryakuji. Vielleicht haben sie Nachrichten vom Abt." Sie stieß ihrem Mustang die Fersen in die Seite und galoppierte auf die Wagen zu.

Marc verzog das Gesicht, als hätte er auf eine Zitrone gebissen: „Mein sorgloses Mädchen!" murmelte er besorgt. Dann wandte er sich uns zu: „Beeilen wir uns und lasst uns hoffen, dass es tatsächlich nur die Familie Ossaka ist, die dort rastet."

Ich verstand seine Sorge; hatte uns die Erfahrung doch gelehrt, dass Vertrauensseligkeit kein guter Ratgeber war. Denn rückblickend betrachtet, wurden wir schon des Öfteren eines Besseren belehrt. Marcs auffordernder Schrei war unser Startsignal. Wir gaben unseren Mustangs die Zügel frei und stoben hinter Annas her. Wir überbrückten die kurze Distanz in Windeseile und holten sie kurz vor den Planwagen ein. Sie zügelte ihr Pferd.

Tadelnd sah Marc seine geliebte Göttin an, die ihm aber sogleich den Wind aus den Segeln nahm. Ein entschuldigendes Schulterzucken mit kokettem Augenaufschlag, das war doch eine ihrer leichtesten Übungen. Dann näherten wir uns gemeinsam, ganz ruhig den Wagen. Die Umgebung hielten wir dabei aber ständig im Auge. In einer Reihe nebeneinander hielten wir vor den Wagen an.

„Ich komme mir vor, wie die 'Glorreichen Sieben', als sie ins Dorf ritten", kommentierte Lucy grinsend. Ganz cool imitierte sie die Filmszene. Sie strich mit dem Zeigefinger an der Krempe ihres imaginären Stetsons entlang und richtete sich im Sattel auf. Ich klopfte Nadowessiu, die neben mir angehalten hatte, auf den Rücken. Sie wusste zwar nicht, wer die 'Glorreichen Sieben' waren, aber interpretierte dennoch Lucys Geste richtig und zog ein grimmiges Gesicht, was ihr nicht schwer fiel.

Ich lachte und ergänzte: „Hier kommt die geballte Power der '*Gefürchteten fünf Weibsbilder*'!" Griemelnd schauten wir unsere beiden Männer an, die aber keine Miene verzogen. Feixend präzisierte Lucy generös: „Na ja, mit zwei männlichen Stützen."

Plötzlich sprangen drei mit langen Piken bewaffnete Soldaten hinter den Wagen hervor und versperrten uns den Weg. Sie sahen uns mit flackernden Augen an: „Wer seid Ihr?"

Das klang zumindest mutig. Bevor Marc antworten konnte, wurde die Plane des dritten Wagens beiseitegeschoben. Ein Mann, gekleidet wie ein Mönch, sprang vom Wagen herunter. Er stellte sich vor die Soldaten und rief ihnen und weiteren Personen zu, die erst jetzt hinter den Wagen auftauchten: „Es ist die *Bhikksu Bijo*!" Er verbeugte sich vor Annas, die daraufhin abstieg und mit schnellen Schritten auf ihn zuging.

„Ich grüße dich, *Dàoren*. Kommt ihr vom Kloster?“ Annas nahm den Mönch sofort vollständig in Beschlag: "Wie geht es dem Abt?" Sie fasste nach seiner Hand und führte ihn zu den wartenden Mitgliedern der Familie Ossaka.

Die Soldaten ließen erleichtert ihre Piken sinken. Unter ihren vorsichtig abschätzenden Blicken saßen wir ab und führten unsere Reittiere auf den Rastplatz. Nachdem die Pferde versorgt waren, setzten wir uns mit der Familie Ossaka und dem Mönch Dàoren zusammen. Nach kurzer Besprechung kamen wir überein, die Nacht hier zu verbringen und erst am nächsten Morgen weiter zu reiten.

Auf meine Frage, warum der Mönch Annas eben mit 'Bhikksu Bijo' angesprochen hatte, erklärte Marc, dass dies ihr Name bei den Mönchen des Yībō-Ordens sei. Er bedeutet 'schöne Frau Taishō' oder auch 'Mönch'; wobei 'Taishō' übersetzt 'große Gerechtigkeit' heißt.

Lucy verdrehte die Augen und murmelte etwas Unverständliches vor sich hin. Grinsend konzentrierten wir uns darauf, was der Mönch uns berichtete: Dàoren erzählte, dass Abt Taitaro de Minamoto vor zwei Wochen mit drei Mönchen aufgebrochen sei, um den Gerüchten über Abtrünnige nachzugehen. Danach war Annas einigermaßen beruhigt.

Anschließend schauten wir uns die Waren an, die die Familie auf ihren Wagen zum Kauf anbot. Da waren seltene Kräuter und gewebten Teppiche aus dem Kloster zu bewundern; aber die herrlich gravierten, silbernen Gebrauchsgegenstände begeisterten mich am meisten. Ich erstand eine dieser wunderschönen silbernen Feldflaschen, eine in der Ausführung wie auch Marc eine besaß und die ich schon immer bewundert hatte. Auch Lucy erlag dem Charme dieser reich ziselierten Buddeln und kaufte ebenfalls eine davon.

Einige Familienmitglieder führten uns zu Ehren die Liebesgeschichte zwischen einer Karawanen-Prinzessin und einem armen Bauernsohn vor. Das war eine uralte Sage von der Zunft der Karawanenfahrer. Zur Musik einer Shamisen, die die Stammesälteste kunstvoll zu spielen verstand, tanzten vier ihrer zahlreichen Enkel, wie sie uns stolz erzählte.

Nach dem ruhigen und gemütlichen Beisammensein begann die Dämmerung. Wir legten uns schon sehr früh schlafen, um die letzte Teilstrecke ausgeruht in Angriff zu nehmen. Man formierte die Wagen auf dem Rastplatz zu einem Quadrat und bildete damit einen geschützten Innenhof.

Ein schwerer Ledervorhang, der bis zum Grasboden hinunter reichte, schützte das improvisierte Atrium vor dem Wind und verbarg es vor neugierigen Blicken. So hatten wir direkt unter den Planwagen ein ausgezeichnetes Plätzchen für unsere Schlafstellen. Wir teilten uns auf. Karen blieb bei mir, Lucy und Göndül bildeten ein Pärchen und Marc tat sich mit Ahrens zusammen. Nur Annas durfte in einem der Wagen schlafen. Als so genanntes 'Familienmitglied' genoss sie das Privileg, etwas bequemer zu nächtigen.

Weil ich sehr müde war, schlief ich auch ziemlich schnell ein. Stimmengewirr, knarrendes Leder und Waffengeklirr weckten mich auf. Ich schaute zu Karen hinüber, die sich gerade von ihrer Decke befreite und nach dem Kampffächer und der Weste mit den Shuriken griff. Leise kroch sie unter dem Wagen hervor. Sofort schnappte ich mir mein Katana und die Saigabeln und krabbelte ihr eilig hinterher.

Im Innenbereich unserer Wagenburg drängten sich ängstlich die jüngeren Mitglieder und die Frauen der Ossaka-Familie zusammen. Karen versuchte sie zu beruhigen. Es war früher Morgen und die Sonne stand hoch am Himmel. Ohne Hast stieg ich in einen Planwagen und lugte vorsichtig zwischen den Ritzen der Plane nach draußen.

Die Schutzsoldaten unserer Karawane positionierten sich neben ihrem Bagagewagen vor der Wagenburg. Mit dem Mute der Verzweiflung hielten sie mit ihren langen Piken einen zerlumpten Haufen auf Abstand. Auf diese Art hofften sie, die etwa zwanzig Mann davon abzuhalten über die Karawane herzufallen.

Ich verließ den Wagen wieder. Karen sah mich fragend an und ich berichtete ihr: „Etwa zwanzig Strauchdiebe! Bevor es zu Mord und Totschlag kommt, sollten wir ihnen schnell den Zahn ziehen, dass es leicht wie ein Spaziergang wäre, uns harmlose Reisende auszuplündern."

Kampfeslustig leuchteten ihre Augen auf. Sie antwortete leise: „Dann sollten wir denen doch lieber gleich alle Zähne ziehen. Lassen wir es angehen!"

Während ich mein Katana schulterte und die Saigabeln in die Hülle steckte, sah ich die übrigen Gefährten, die sich mittlerweile auch von ihren Schlafplätzen erhoben hatten. Wir winkten ihnen kurz zu und traten aus der Deckung der Planwagen hervor. Das war gerade der Moment, in dem die Bande mit Gebrüll über die armen Soldaten herfallen wollte. Sie schwangen ihre Waffen - jedoch bei unserem unvermuteten Auftauchen hielten sie zögernd inne und glotzten uns überrascht an.

Ich blieb stehen, verschränkte meine Arme vor der Brust und schaute dem Haufen mit unbewegtem Gesicht entgegen. Karen ging zwei weitere Schritte auf sie zu. Bewusst abschätzig grinsend, baute sie sich vor dem grobschlächtigen Bandenführer auf: „Bevor wir euch ernstlich verletzen, solltet ihr die Waffen fallen lassen und verschwinden, so lange ihr das noch könnt."

„Hä!" machte der Anführer verwirrt - er war im Kopf wohl nicht der Schnellste. Dann drehte er sich zu seinen Kumpeln um. „Was meint ihr, sollten wir jetzt vor Angst zittern?" Lautes Gelächter antwortete ihm. Er drehte sich zurück zu Karen und blaffte sie an: „Verschwindet, ihr blöden Weiber! Und versucht bloß nicht, uns ins Gehege zu kommen!" Drohend fuchtelte er mit seinem schartigen und schmutzigen Schwert vor ihr herum.

In diesem Augenblick hielten es Göndül und Nadowessiu für richtig, ebenfalls auf der Bildfläche zu erscheinen. Im Gegensatz zu uns hielten sie ihre Waffen schon bereit. Göndüls Monsterklinge funkelte in der frühmorgendlichen Sonne wie das strahlende Verderben. Unsere Häuptlingstochter positionierte sich neben sie und wirbelte mit grimmiger Miene die Tomahawks durch die Luft.

Der Anführer senkte sein Schwert. Zum ersten Mal sah ich in seinen flackernden Augen so etwas wie Angst; man hätte ihn fast schon bedauern können. Seine Augen huschten zwischen uns vier Amazonen hin und her. In seinen Augen sah ich mit Bedauern, wie er sich entschied. Er stieß einen wütenden Schrei aus. Nach kurzem Zögern, wohl mehr um vor seinen Kumpanen nicht das Gesicht zu verlieren, stürzte er sich mit hoch erhobenem Schwert auf Karen.

Für unsere weibliche Ninja war er in keiner Weise ein ernstzunehmender Gegner. Mit spielerischer Leichtigkeit wich sie dem Heranstürmenden aus. Er walzte an ihr vorbei ins Leere. Er stoppte, drehte sich um und zielte mit seiner Schwertspitze auf ihre Brust. Wieder grollte sein misstönender Angriffsschrei. Sie drehte sich auf dem linker Fuß einen halben Schritt rückwärts und seine Klinge zischte an ihrer linken Seite vorbei. Im selben Moment stieß Karen ein kraftvolles, temperamentvolles Kiai aus und beendete den Kampf mit einem blitzschnell ausgeführten *Shuto-Uchi* an den Kehlkopf des Verbrechers. Sein Leben endete mit einem schrecklichen Gurgeln.

Noch ehe er auf dem Boden aufschlug, zog Karen mit einer fließenden Bewegung der rechten Hand ihren Tessen. Kaltlächelnd bezog sie mit ausgebreitetem Kampffächer neben den toten Anführer Stellung. Provozierend fächelte sie sich Luft zu; die scharfen Stahlspitzen des Tessen reflektierten blitzend die Sonnenstrahlen - wie eine unterschwellige Drohung.

Der Haufen starrte entgeistert, abwechselnd auf den toten Anführer und auf Karens Fächer. Dessen roter Schriftzug *‚Shinbatsu o kōmuru'* musste ihnen dabei aggressiv ins Auge springen, sofern sie denn lesen konnten. Die entsetzten Gesichtsausdrücke wechselten langsam zu wütenden oder gar hasserfüllten Mienen. Ich konnte ihrer Körpersprache entnehmen, dass sie sich gegenseitig zum gemeinsamen Angriff hochpuschten.

Als die ersten zornigen Rufe: „Tötet sie alle" aus ihrer Mitte drangen, riss ich mein Katana aus dem Halfter. Mit meiner Linken hielt ich die Saigabel in der *Gyakute*-Position, das heißt, ich hielt die Spitze eng am Körper. Mein rechter Fuß schob sich einen halben

Schritt vorwärts und die linke Ferse hob sich leicht an. In dieser Verteidigungsstellung richtete ich die Klinge meines Katanas auf die Meute.

Die ersten Strauchdiebe rückten brüllend und waffenschwingend näher an uns heran. Die Pikenträger hielten sich während der Auseinandersetzung vornehm zurück und auch von den Mönchen war weit und breit nichts zu sehen. Da sprangen Marc mit hoch erhobenem Dämonenrufer und Ahrend mit seinem Katzbalger in der Hand, hinter den Wagen hervor.

Die Kerle in der vorderen Reihe hatten zuviel Schwung um noch rechtzeitig zu bremsen. Sie gerieten zu nahe an uns heran, insbesondere deswegen, weil sie von den hinteren Reihen immer noch blindwütig nach vorne gedrängt wurden. Die Ersten wurden blitzschnell von uns niedergemacht. Innerhalb von nur wenigen Sekunden forderte das Gemetzel sechs Tote.

Die Nachfolgenden zögerten, ihre Offensive geriet ins Stocken, dann brach der Mob den Angriff gänzlich ab. Als ich meine Klinge senkte, hörte ich, wie in ihren Reihen die verzweifelte Parole umlief: „Wir haben keine Chance! Das ist Yagyu Kissaki Kenshi und seine Angeni!"

Sofort sprang Marc an Karens Seite, hob drohend sein Katana und schrie der Bande zu: „Gebt auf und werft eure Waffen zu Boden. Sonst werden wir euch alle töten!"

Verunsichert schauten sich die Verbrecher gegenseitig an. Nur ein schmaler, brutal aussehender Hasardeur versuchte erneut seine Kumpanen aufzuwiegeln: „Männer, wir sind doch in der Überzahl. Wollt ihr Feiglinge denn vor diesen Beiden und ein paar überheblichen, von sich selber eingenommenen Weibern kuschen?"

Er schubste seine Nebenmänner zur Seite, hob seine *Kama* mit dem langen Holzgriff und richtete die Sichel auf uns. „Macht sie nieder!" schrie er wütend. Angriffslustig machte er zwei Schritte auf Karen und Marc zu - da durchschlug ein Pfeil seinen Waffenarm. Mit tierischem Schmerzensschrei sank er auf die Knie und hielt sich jammernd seinen Arm.

Um dem Rest der Bande eine heilsame Furcht einzujagen, schoss Lucy ihnen vier Pfeile blitzschnell hintereinander knapp vor die Füße. Vier Männer in der vorderen Reihe hüpften furchtsam zur Seite und warfen ihre Klingen zu Boden. Nacheinander fielen alle Waffen der Meute klappernd ins Gras. Drei der Kerle suchten ihr Heil in der Flucht.

Als Lucy ihren Bogen hob, rief Marc: „Lass sie laufen! Die haben die Hosen gestrichen voll."

Der Rest ergab sich widerstandslos. Wir fesselten sie und stießen sie unsanft zur Mitte der Wagenburg; die drei Karawanen-Wächter, die sich dorthin zurückgezogen hatten, übernahmen ihre Bewachung. Auch die Mönche hatten sich hier versammelt. Am veränderten Verhalten dieser Leute erkannte ich, dass sie uns nun mit ganz anderen Augen sahen. Die Familie Ossaka bedankte sich überschwänglich bei uns. Der Mönch Dàoren erklärte sichtlich erleichtert: „Diese Verbrecher sind für viele Überfälle in der letzten Zeit verantwortlich. Schön, dass es für uns alle ein gutes Ende fand."

„Was machen wir jetzt mit ihnen", fragte Göndül und schaute finster auf die gefesselte Bande.

„Wir könnten sie nach Kumamoto mitnehmen", bot die Älteste der Ossaka-Familie an. Wobei ihr aber anzusehen war, wie unbehaglich es ihr bei diesem Gedanken wurde. Aber bevor wir die Angelegenheit noch weiter erörtern konnten, hörten wir Hufgetrappel.

Eine Abteilung Samurai ritt auf den Rastplatz. Als sie ihre Pferde vor den Planwagen zügelten und die Staubwolke sich lichtete, erkannten wir die drei soeben geflüchteten Bandenmitglieder. Gefesselt und angebunden an die Sättel der Patrouille, ließen sie sich einfach in den Staub fallen. Sie sahen verschmutzt und ziemlich geschunden aus.

Nachdem der Hauptmann sich in höflicher Form kurz vorstellte, erklärte er uns, sie seien für den Schutz des Karawanenweges und der Rastplätze verantwortlich. Vor ein paar Tagen stießen sie auf die Spuren dieser Bande, die vor zwei Wochen schon eine andere

Karawane überfallen hatte. Mit Hieben und Stößen trieben sie die übrigen, sich heftig widersetzenden Bandenmitglieder, zu ihren Kumpels und ketteten sie zusammen.

Nach kurzer Verpflegungspause luden die Samurai die Toten auf zwei Packpferde. Die Abteilung saß auf und wollte schon aufbrechen, da trat ich zum Befehlshaber und brachte eine Bitte vor. Unter einem Anflug von Mitleid mit den zerlumpten Verbrechern, bat ich den Hauptmann, die Gefangenen dem Hatamo Matsushita Nakatsukasa lebendig vorzuführen.

Das brachte mir von den Samurai und auch von den Karawanenmitgliedern unverständige Blicke ein. Karen klopfte mir kopfschüttelnd und süffisant lächelnd auf die Schulter. Lucy äußerte ironisch: „Jaja! So ist sie, unsere Mutter Theresa. Dieses Pack hätte dich ohne viel Federlesen in mehrere Teile zerhackt!"

Der Hauptmann schaute mich mit seinen hellblauen Augen einen Augenblick interessiert an. Dann senkte er andeutungsweise den Kopf. Dann bellte er ein Kommando und die ganze Abteilung setzte sich in Bewegung. Fluchend und schimpfend stolperten die angeketteten Verbrecher hinterher.

Als der Trupp hinter dem nächsten Hügel verschwand, bedankten wir uns bei der Familie Ossaka für ihre Gastfreundschaft. Annas trug dem Mönch Dàoren Grüße für den Abt auf, denn hier trennten sich unsere Wege. Mit einem letzten Winken verließen wir den Rastplatz und bogen von der Karawanenstraße ab und ritten in Richtung des Massai-Tales.

Nach etwa zwei Stunden erreichten wir den Fluss Kamogawa; der weitere Weg führte uns mehrere Kilometer weit an seinem Ufer entlang. Dann trafen wir auf einen offenbar selten benutzten Pfad und folgten ihm in östlicher Richtung. Etliche Stunden später erklommen wir die letzte Anhöhe.

Wir hielten unsere Pferde in einer Reihe nebeneinander an und schauten auf einen blauen See hinab. Die Ausläufer des Massai-Tales reichten hier bis an den äußersten Nordzipfel des Turkan-Sees. Am Seeufer standen niedrige, igluförmige Hütten aus Zweigen und Gras, die *enk'ang*. Ein starker Dornenzaun umgab schützend das Dorf. Wie Göndül uns erklärte, wurden jeden Abend alle Rinder, Schafe und Ziegen der Familien bis zum Morgen in dieses Gehege gebracht.

Das erste, was mir spontan zu diesem Volksstamm einfiel war: Die Massai sind Hirten, die Rinder, Schafe und Ziegen züchten. Vielleicht noch, dass sie meist von schlanker Gestalt und für Afrikaner ziemlich groß waren. Und sie wurden als überaus tapfere Krieger gerühmt.

Hintereinander ritten wir langsam den schmalen Pfad, über den sanft abfallenden Abhang, an den Weidezäunen vorbei bis ins Tal hinunter. Durch die Dornenhecke hindurch spähten wir in die Siedlung hinein. Wir sahen Frauen, die Korn in großen Schalen mit Stößeln zermahlten. Schon bald hatte man uns entdeckt. Die Kinder liefen lärmend neben uns her und blieben erst am Ende des Zaunes winkend stehen. Mit ihren großen Augen schauten sie uns neugierig nach, als wir die Hütten hinter uns ließen.

Hinter dem Dorf bewachten Massai-Männer mit langen Speeren eine große Rinderherde. Einige Krieger winkten uns freundlich zu. Göndül bat uns kurz zu warten, zog ihr Pferd herum und galoppierte zu ihnen hinüber. Sie sprang vom Pferd und wurde sogleich von den Massai umringt. Die kurze Unterhaltung war gestenreich und klang fröhlich. Unsere blonde Gefährtin sprang wieder auf ihr schwarzes Streitross und sprengte zu uns zurück.

Als sie Lucys und meine fragenden Minen sah, verriet sie im fröhlichen Tonfall nur ganz knapp: „Ich habe sie nur begrüßt. Vor längerer Zeit, als ich einmal ziemlich am Ende war, haben sie mich aufgenommen und gesund gepflegt."

Mehr konnten wir ihr nicht entlocken. Weitere Fragen ignorierte sie einfach, setzte ein Pokerface auf und schloss zu Marc auf. Der ritt an Spitze unserer kleinen Expedition und schlug nun einen leichten Galopp an. Immer noch unwissend blieben wir etwas zurück. Lucy schaute mich bezeichnend an.

Kopfschüttelnd hob ich meine Hände und brummte leicht verstimmt: „So müssen wir jetzt halt dumm sterben!" Mit leichtem Schenkeldruck trieben wir unsere Mustangs an, um den Anschluss an die Gefährten nicht zu verlieren. Den See hinter uns lassend, verließen wir das Tal und das Gebiet der *Tsuboi*-Berge wieder.

Eine weite Ebene empfing uns. Soweit das Auge reichte, ragten unzählige Hopfenstangen in den Himmel. In der Ferne erspähte ich eine Gelände-Erhöhung mit Gebäuden darauf, die wie eine Festung oder eine Klosteranlage aussahen. Marc und Annas hielten an. Als wir aufschlossen, sagte Marc zu Lucy und mir: „Das wird euch gefallen. Wir kommen jetzt in das Gebiet der Benediktiner. Dahinten, die Festung auf dem Berg Beuron, ist das Kloster zum heiligen Stefan."

„Willst du mir etwa weismachen, dass hier Bier gebraut wird?" Und als Antwort auf meine eigene Frage fügte ich hinzu: „Na klar, warum sonst würden die hier so viel Hopfen anbauen." Marc bestätigte und erzählte weiter, dass die Mönche hinter dem Kloster große Getreidefelder angelegt hätten.

„Sie brauen ihr Bier aus Gerste, Hopfen und mit dem Quellwasser des Kamogawa - und das nach den Vorschriften des Deutschen Reinheitsgebots aus dem Jahre 1516!"

Lucy nickte anerkennend und sagte zu mir: „Dein Vater hat tatsächlich für alle wirklich wichtigen leiblichen Genüsse gesorgt. Mir soll es recht sein und wie ich unseren Rittmeister kenne, wird auch er gegen ein paar Maß nichts einzuwenden haben."

Wir mussten lachen, als Ahrens sich mit seiner Zunge übertrieben über die Lippen leckte und laut: „Hmmh" äußerte.

Marc schmunzelte auch, aber anschließend durchkreuzte er unsere leise aufkeimende Hoffnung: „Leider bleibt uns keine Zeit, den lieben Mönchen einen guten Tag zu wünschen. Bestimmt werden wir das aber später einmal nachholen. Wenn wir noch vor Einbruch der Dunkelheit unser Lager am Ufer des Kamogawa errichten wollen, müssen wir uns beeilen. Morgen früh brechen wir dann zu unserer letzten Etappe auf. Ich hoffe, dass wir das Shinshū-Gebirge, das Land der Götter und den Berg Chochokpi, in zwei Tagen erreichen - und das ohne weitere Zwischenfälle!"

„Hoffentlich wird uns die Zukunft nicht eines Besseren belehren", murmelte Nadowessiu in einem Anflug von Pessimismus. Ich klopfte ihr auf die Schulter und orakelte: „Es wird alles gut gehen! Glaube mir!“

Wir ritten weiter und erreichten den Fluss tatsächlich noch vor der Dämmerung. Der Kamogawa machte einen weiten Bogen und die mäßige Strömung hatte deshalb hier eine größere Sandbank aufgeschwemmt. Direkt am Flussufer, unter zwei mächtigen Eichen, errichteten wir unser Lager. Unter einem Felsen, der wie eine übergroße Kröte aussah, wagten wir es ein Lagerfeuer anzuzünden. Mit dem Rest des Rehbratens machten wir es uns gemütlich. Etliche Geschichten machten die Runde; unter anderem die, wie und warum mein Vater, der Gott Svanson, das Bierbrauen auf die Ebene brachte.

Annas berichtete scherzhaft aus den alten Mythen der Menschheit: „Vor alter Zeit wandelten die ersten Götter noch über die Erde. Nach der Überlieferung zog Gott Osiris mit seinem Gefolge, hauptsächlich Gaukler und Musikanten, um die Welt. Er wollte den Völkern das Bierbrauen beizubringen. Vor allem denen, die keinen Wein kannten und nach seiner Meinung ein Anrecht auf ein berauschendes Getränk hatten. Nur im Duft und in der Wirkung blieb das Bier hinter Wein, dem Trank der Götter, etwas zurück.“

Lucy ließ sich nicht lumpen und gab ebenfalls eine Geschichte zum Besten: „Als ich in Deutschland zur Weinlese war, las ich in einer Kneipe einen Artikel darüber, wie man damals die Bierqualität prüfte.“

Schon beim Gedanken daran musste sie herzhaft lachen. Sie nahm einem Schluck Wasser und erzählte weiter: „Also, das ist jetzt kein Quatsch Leute, das stand tatsächlich so in diesem Artikel. Im 15. und 16. Jahrhundert war eine recht originelle, in ihrem Aussagewert allerdings recht zweifelhafte Untersuchungs-Methode üblich. Zur Prüfung der Zutaten kleideten sich der Bürgermeister, der Marktmeister und der Vogt in gelbe Lederhosen und trafen sich m Haus des Bierbrauers. ...“

Wieder brach sie in Lachen aus, verschluckte sich und unterbrach hustend ihren Vortrag. Ahrend klopfte ihr vorsorglich mehrmals auf den Rücken, ehe sie weiter erzählen konnte.

„Danke, mein Lieber. Also weiter im Text. ... Es wurde eine Bank aufgestellt und der Marktmeister goss einen Krug des zu testenden Bieres darüber; anschließend verteilte der Vogt es gleichmäßig. Dann nahmen die drei Herren auf der nassen Sitzgelegenheit Platz. Nach zwei Stunden, damals maß man die Zeit noch mit einer Sanduhr, sprangen sie auf ein Kommando gleichzeitig auf. Ging die Bank mit in die Höhe, weil sie an den Lederhosen klebte, war genügend gutes Malz im Bier. Damit hatte der Brauer die Prüfung bestanden."

Herzhaftes Lachen quittierte ihren Bericht. Das Geschichtenerzählen nahm fast kein Ende und wir gingen erst zu später Stunde schlafen. Göndül übernahm die erste Wache, danach folgte Karen.

Frühmorgens weckte uns Karen und beglückte uns mit heißem Kaffee. Das Wetter war umgeschlagen und es begann zu regnen, was Annas und Marc mit der defekten Wettermaschine in Verbindung brachten. Sie waren deswegen sehr besorgt und trieben uns zur Eile an. Wir verließen den Fluss und im zügigen Tempo durchquerten wir die Ebene, immer das *Shinshū*-Gebirge vor Augen.

Wir beobachteten den Himmel und die Wolkenformationen und hofften, dass ein weiteres Unwetter uns erspart bliebe. Als die ersten Sonnenstrahlen den grauen Himmel durchbrachen, begrüßten wir erleichtert die damit verbundene Auflösung der Regenwolken. Gegen Mittag erreichten wir den Fuß des Shinshū-Gebirges. Endlich!

Vor uns lag das Land der Götter. Wir bogen auf den ansteigenden Weg ein, der zum Berg *Chochokpi* führte. Nach ein paar Kilometern zügelten wir unter einer riesigen Eiche die Pferde und legten eine kleine Pause ein. Marc erzählte, dass mein Vater, der ein großer Fan von Sagen und mythologischen Geschichten der Erde war, noch ein paar Überraschungen für die Uneingeweihten in petto hatte, die den Berg erklimmen wollten.

„Dein Vater hatte richtig Spaß, als er zwei Steinkrieger aus seinen Laboratorien, den *Faun* und eine *Chimaira* aus der griechischen Sagenwelt, zum Schutz seiner Heimstätte auf dem Berg aussetzte."

Während unsere Einheimischen, wie Nadowessiu und Rittmeister Ahrens, etwas unverständig aus der Wäsche schauten, blickten Lucy und ich Marc ungläubig an. Faun und Chimaira?

Ich forschte tief in meinem Gedächtnis, was ich darüber noch wusste. In der Mythologie war der Faun dem griechischen Gott Pan nachgebildet. Ein Dämon mit krummer Nase, zwei Hörnern, einem Schwanz und Bocksfüßen - halb Mensch und halb Ziegenbock. Am liebsten treibt er sich im Wald herum. Dort erschreckt und ängstigt er Menschen, um sie dann mit Albträumen zu plagen. Seine Opfer reagieren auf die Erscheinungen die er ihnen vorgaukelt – panisch.

„Daher kommt der Name! Also genau das Richtige, um die abergläubischen Einheimischen vom Berg und seiner Heimstätte fernzuhalten", murmelte ich leise. Wobei der Begriff 'Albträume' aber aus der germanischen Mythologie stammt, ergänzte ich meinen Gedankengang. Denn dort waren die Alben oder Elfen für schlechte Träume verantwortlich.

In meine Gedanken hinein, stellte Marc den Anderen gerade die Chimaira als feuerspeiendes Ungeheuer vor: „Ein Mischwesen mit drei Löwenköpfen auf einem Ziegenkörper und einem Hinterleib mit langem Drachenschwanz."

Nadowessius und Ahrens Gesichtsfarben wechselten bei Marcs Erzählung zu gräulichen Tönungen. Ahrens bekreuzigte sich mehrmals.

„Wem das alles noch nicht zur Abschreckung reicht, für den hat mein Bruder noch etwas ganz Besonderes erschaffen." Jetzt war Annas dran. Nach ihrer Einleitung machte sie eine Kunstpause.

Als sie sicher war, dass ihr jeder in der Runde seine ganze Aufmerksamkeit schenkte, redete sie mit leicht süffisantem Ton weiter: „Durch indische Legenden geistert ein Wesen, über das die Einheimischen nur flüsternd sprechen: Der *Mantichora*. Ein Wesen, das die Menschen in Angst und Schrecken versetzt. Mein Bruder hat nach diesem Vorbild eine Kreatur erschaffen - mit einem

Gesicht, das entfernte Ähnlichkeit mit einem Menschenantlitz aufweist; darüber wie zur Krönung, eine wilde Löwenmähne. Im großen Maul greifen drei Reihen Zähne, alle scharf wie Rasiermesser, ineinander. Mit diesem furchtbaren Gebiss in seinem kräftigen Kiefer, kann er jede Beute zerreißen. Er streift lautlos durch den Wald und greift blitzschnell an."

Lucy stöhnte auf und verdrehte die Augen: „Ist das jetzt die Märchenstunde, in der die kleinen Kinder mit dem schwarzen Mann erschreckt werden?"

Annas ließ sich nicht beirren und beschrieb weiter ungerührt die Horrorgestalt: „Der Körper dieser Kreatur gleicht dem eines kraftvollen Löwen. An den Pranken, die er menschengleich wie Hände benutzt, wachsen ihm extrem scharfe Krallen. Und dann hat sich mein Bruder fast selber übertroffen: Der Schwanz gleicht dem eines stachelbewehrten Skorpions. Der Mantichora kann mit dem Schwanzende, bis auf eine Entfernung von dreißig Metern, giftige Stacheln verschießen. Sie lähmen seine Opfer, bevor er ihr Leben auf seine grausige Art auslöscht."

Es folgte atemlose Stille. Nach einiger Zeit kommentierte Göndül mit undurchsichtiger Miene: „Dann hoffen wir, dass diese Kreaturen in ihren Höhlen bleiben und ein Nickerchen halten. Und dass wir ihnen nicht in die Quere kommen, wenn wir den Berg hochkraxeln."

Ahrens verzog sein Gesicht zu einem freudlosen Lächeln, obwohl selbst das ihm nur mühsam gelang. Nadowessiu schaute mit großen Augen zu Marc, hoffnungsvoll erwartete sie, dass er Annas Worte als Scherz entlarven würde. Doch diesen Gefallen tat er ihr nicht. Trotzdem kehrte langsam die normale Farbe in ihr Gesicht zurück.

„Ach ja, fast hätte ich es vergessen. Wenn es tatsächlich zu einem Zusammentreffen mit den ‚freundlichen' Dämonen kommen sollte: es gibt ein Schutzwort, ein Bannwort. Ruft laut *TEISHI*!" Annas sah jedem Einzelnen ernst in die Augen. Mit hoch erhobenem Zeigefinger unterstrich sie ihre Worte nochmals: „Vergesst nicht, wenn ihr das Ungeheuer seht, ruft laut 'teishi'!"

Lucy schnaubte verächtlich und machte eine despektierliche Handbewegung mit der Hand. Sie glaubte grundsätzlich nur das, was sie mit eigenen Augen sah. Obwohl sie seit ihrer Ankunft hier auf der Ebene, schon oft eines Besseren belehrt wurde. Ich spielte kurz mit den Gedanken sie darauf hinzuweisen, ließ es aber dann achselzuckend bleiben.

Karen erhob sich und sagte resolut: „Da jetzt ja alles geklärt ist, können wir weiter reiten und müssen hier nicht länger unsere Zeit verplempern." In ihrer unnachahmlich geschmeidigen Art ging sie zu ihrem Mustang und saß auf.

„Dann wollen wir mal!" bestätigte Marc und schwang sich ebenfalls auf sein Pferd. Er und Karen ritten los. Während ich aufstand, guckten Nadowessiu, Lucy und Ahrens den Beiden perplex hinterher. Erst als Annas laut anmerkte: „Beeilt euch, ihr Schlafmützen", kam Bewegung in sie. Eilig brachen wir das Lager ab und folgten ihnen eilig auf dem Weg zu den felsigen Abhängen des Berges Chochokpi.

Nach zwei etwas mühsamen Stunden auf dem steinigen Weg, erreichten wir die Felsbarriere. Etwa zweihundert Meter unterhalb der Felsen hielten wir an. An dieser Stelle verschwand der Weg in einer sich nach unten verjüngenden Spalte. Sie sah aus, als hätte jemand die steile Felswand vor uns mit einer Axt gespalten.

„Mit den Pferden kommen wir jetzt nicht mehr weiter; wir lassen sie hier zurück", bestimmte Marc. Als er meinen skeptischen Blick bemerkte, fügte er schmunzeln hinzu: „Sie haben es hier gut. Links, dort hinter dem kleinen Felsen, liegt der *Shēnlán*-See. Im Tal und am Ufer grasen viele wilde Mustangs."

Göndül bestätigte seine Worte: „Wir können die Pferde wirklich beruhigt im Tal zurücklassen." Sie tätschelte liebkosend den Hals ihres schwarzen Pferdes. „Übrigens, das tiefblaue Wasser des Sees sieht aus wie ein riesiger Edelstein. Das ist sehr hübsch."

Also stiegen wir ab und ließen unsere Pferde schweren Herzens zurück; sie hatten uns bis hierher in allen Situationen treu gedient. Aber wenn sich selbst unsere blonde Kriegerin von ihrem außergewöhnlichen Ross trennte, dann ging das schon in Ordnung, dachte ich. Mit einem Klaps auf die Hinterhand schickte ich meinen Mustang den Pferden meiner Gefährten hinterher; die waren schon freudig wiehernd losgaloppiert.

Wir teilten das Gepäck untereinander auf. Jeder wuchtete seinen Teil auf den Buckel und dann ging's los. Wir kraxelten die letzten Meter des nun ansteigenden Weges hoch. Vor dem etwa drei Meter breiten Durchgang hielten wir an.

Irgendeine seltsame, unerklärliche Stimmung lag in der Luft. Das Flüstern des Windes zerrte an unseren Nerven, es war als ob die Seelen der hier Getöteten uns warnen wollten. Misstrauisch wanderten meine Augen über die hohen Felswände. Dann fiel mein Blick auf die am Boden liegenden, von der Sonne gebleichten Knochen und Totenköpfe. Ein mulmiges Gefühl beschlich mich und ich drehte mich hastig zu meinen Gefährten um.

Nadowessiu hatte jetzt ebenfalls die Knochen entdeckt. Sie blieb neben mir ruckartig stehen und fingerte nervös an ihrem Tomahawk herum. Der Indianerin, die mit Aberglauben und Mythen aufgewachsen war, standen kleine Schweißperlen auf der kalkweißen Stirn. Man sah ihr an, dass sie sich am liebsten umgedreht und diesen Ort schnellstens verlassen hätte.

Die Gefährten schlossen auf. Erst als Annas neben mir und der Häuptlingstochter stehen blieb und uns mit spöttisch funkelnden Augen ansah, beruhigte ich mich wieder. Ich drehte mich wieder um und starrte den Durchgang an. Bei genauerem Hinsehen, erkannte ich links und rechts neben dem Eingang, zwei riesige, in die Felswand gemeißelte Steinfiguren. Die linke Gestalt hielt in der rechten Hand ein mächtiges Breitschwert, die rechte war mit einem riesigen Speer bewaffnet. Vor ihren Füßen standen zwei große Schilde. Auf ihnen war das Zeichen für Kami abgebildet; darunter der Buchstabe 'S' für Swanson.

Annas trat nach vorne und wies auf die Figuren: „Hier wachen *Bīngshì* und *Bīngjiā,* die ersten Krieger meines Bruders, den Gott von Niihama. Das sind die *Cherub*, die Wächter des heiligen Berges Chochokpi. Nur wer das Losungswort kennt, kommt lebend an ihnen vorbei.“

Marc, Göndül und Karen kannten anscheinend die Gegebenheiten. Wir Anderen schauten irritiert und fragend auf Annas. Bevor irgendeiner etwas sagen konnte, dröhnte und rumpelte es laut; kleinere Steine kollerten die Felswand hinab.

Plötzlich sah ich, dass die beiden Steinfiguren sich bewegten. Aufgeschreckt versuchte ich die irreale Situation einzuordnen - leider vergeblich. Knirschend lösten sich die Steinwächter aus dem Felsen heraus und versperrten breitbeinig und laut ächzend den Durchgang.

Nadowessiu erschrak sich bis tief ins Mark hinein. Sie stieß einen schrillen Schrei aus, dessen Echo wie ein Vogelruf zwischen den Felswänden hin und her sprang und dann langsam abebbte. Sie zeigte erschüttert auf die Wächter und stotterte: „Die - die - die sind ja lebendig!"

Aber es erging ihr nicht allein so; Ahrens, Lucy und ich gingen ebenfalls erschrocken zwei Schritte zurück. Karen und Marc grinsten über unsere schreckhaften Reaktionen. Das brachte ihnen unsere bösen Blicke ein. Göndül legte Ahrens beruhigend die Hand auf die Schulter. Mit grauem Gesicht starrte er, immer noch verdattert, auf die Cherub.

Der Boden bebte, als die Wächter mit riesigen Schritten auf uns zustampften. Annas breitet die Arme weit aus und stellte sich vor uns. Mit donnernder Stimme fragte der Erste dröhnend: „Wer seid ihr? Und was ist euer Begehr?" Drohend hob er das mannshohe Breitschwert in die Höhe. „Ich bin Bīngjiā und das ist mein Bruder Bīngshì; wir sind die Hüter des Weges. Ohne Losungswort kommt ihr nicht an uns vorbei."

Annas hob ihre Arme über den Kopf, drehte die Handflächen nach vorne und antwortete ihm: „Ich bin Annas, die Gottschwester von Swanson, eurem Herrn! In seinem Namen befehle ich euch, lasst uns vorbei. *Tōnglù xiǎomén*, gib den Zutritt zur Pforte frei!"

Der riesige, mindestens vier Meter große Steinriese verbeugte sich vor ihr. „Ich erkenne dich. Du und deine Begleiter - ihr dürft passieren." Als er sich wieder aufrichtete, knirschte und knackte es vernehmlich.

Annas sagte laut: „Jetzt befehle ich euch, lasst niemand Anderen durch. Das gilt solange, bis ich diesen Befehl ausdrücklich widerrufe."

Die Cherub polterten als Antwort: „Es geschieht so, wie ihr befohlen habt, Herrin." Dann stampften sie knirschend zurück auf ihre Posten. Mit einem unheimlichen Geräusch, das irgendwie an ein Seufzen erinnerte, verschmolzen Beide wieder mit der Felswand.

Erleichtert, aber immer noch argwöhnisch, beeilten wir uns mit Annas Schritt zu halten, als sie mit schnellen Schritten den Durchgang betrat. Karen und Marc bildeten den Schluss; die Beiden feixten immer noch und beobachteten uns genau. Als wir an den Steinkriegern vorbeikamen, konnte ich nicht anders - ich musste einfach mit eigenen Händen prüfen, ob in den Steinen noch Leben war. Das brachte mir einen weiteren ironischen Blick von Karen ein.

Kopfschüttelnd murmelte ich: „Schöner Trick" und schloss mich den Anderen wieder an. Lucy war sehr still geworden. Vielleicht dachte sie über die unglaublichen Erzählungen von den netten Tierchen nach, die durch die Wälder und über den Berg streiften und ihn beschützten. Möglicherweise änderte sie jetzt ihre abschätzige Meinung.

Der Pfad zwischen den Felsen wurde langsam wieder breiter. Es ging mehr kletternd als gehend den Weg hinauf. Endlich erreichten wir den Gipfel der Anhöhe. Unmittelbar danach wich der steinerne Hang einem dichten Laubwald aus Rotbuchen; dazwischen grüßten nur noch ein paar vereinzelte Fichten. Jedoch einige ausladende, riesige Eichen ragten so hoch aus dem Ganzen heraus, als wären sie hier im Forst die alleinigen Herrscher.

Bevor wir in den Wald kamen, blieb Annas stehen und bedeutete uns leise zu sein: „Hier beginnt das Jagdgebiet des Mantichora. Bleibt zusammen und nehmt die nächste Wegstrecke in Angriff, ohne viel Lärm zu verursachen. Und wenn es tatsächlich doch zu einem Zusammentreffen mit den 'freundlichen' Dämonen kommt, denkt an das Schutzwort 'Teishi'. Also vergesst meine Worte nicht, denn die 'Schrecklichen' greifen auch größere Gruppen an. Nehmt das bitte nicht auf die leichte Schulter!"

Unsicher, ob wir ihren Appell nun wirklich ernst nehmen sollten, schauten wir uns gegenseitig an. Lucy lächelte schmallippig und Nadowessiu fingerte wieder nervös an ihren Tomahawks herum; woraufhin sich unser Rittmeister mehrmals bekreuzigte.

Marc deutete auf einen Hang, der etwa sechshundert Meter oberhalb unseres Standortes zu erkennen war. „Wenn wir den Geröllhang erreicht haben, sind wir erst einmal sicher. Dort schlagen wir unser Lager für den Abend auf. Vielleicht erfahren wir dann von den Raben die neuesten Nachrichten. Die Schwarzen Gesellen haben bestimmt schon bemerkt, dass wir es schon bis zum Berg geschafft haben."

Als keine weiteren Ermahnungen oder Bemerkungen kamen, selbst von Karen nicht, drehte ich mich achselzuckend um. Dann spurtete ich eilig Göndül hinterher, die wiederum Lucy und den anderen nachhastete. Karen folgte mir, sie bildete den Schluss. In meinem Rücken hörte ich sie murmeln: „Ich werde schon deinen hübschen Hintern beschützen, meine Prinzessin."

Mit einem übertriebenen Wackeln des Selbigen gab ich ihr zu verstehen, dass ich das verstanden hatte. Ein leises amüsiertes Lachen quittierte meine schwungvollen Bewegungen. Als wir den Wald betraten, befiel mich sofort ein unheimliches Gefühl; eine Gänsehaut kroch mir den Rücken hinunter. Ich schaute auf meine Gefährten, konnte aber nicht erkennen ob es ihnen genauso erging.

Auf alle Fälle war es hier einige Grad kälter; das Atmen fiel mir schwerer, so als ob die Luft dicker geworden wäre. Kein Laut war zwischen den eng stehenden Bäumen zu hören. Auf dem moosbedeckten Pfad wandelte man wie auf einem dicken Teppich. Hin und wieder musste man über die dicken Wurzeln einiger sehr alter Bäume steigen, die den Trampelpfad nach oben durchbrachen.

Es ging stetig bergauf und das Gehen auf dem Moosteppich erwies sich als sehr anstrengend. Überdies gab Marc an der Spitze ein höllisches Tempo vor. Außer unseren schweren Atemzügen waren keine Geräusche zu vernehmen. Ich sah mich nach Karen um, die etwas zurückgefallen war. Schnaufend bedeutete ich ihr, sie solle etwas schneller machen um den Anschluss zu halten.

Durch diese kleine Unaufmerksamkeit übersah ich eine Wurzel. Mit dem rechten Fuß blieb ich hängen und konnte den Sturz gerade noch mit beiden Händen abfangen. Ich stand auf, richtete das verrutschte Gepäck auf meinem Rücken, wischte mir die Hände an der Hose ab und schimpfte dabei leise über meine eigene Dummheit.

In diesem Augenblick schoss hinter einem mannsdicken Baum der Mantichora hervor. Der dichte Busch vor dem Stamm hatte ihm noch zusätzliche Deckung verschafft. Mit einem riesigen Satz sprang das Untier brüllend auf mich zu. Das Maul mit den drei scharfen Zahnreihen war so weit aufgerissen, dass der Geifer heraustropfte. Bevor ich reagieren konnte, war die Bestie bei mir. Ihr stinkender Atem schlug mir ins Gesicht. Das ging alles so schnell, dass ich keine Chance mehr hatte, an meine Waffen zu kommen. Erst im letzten Moment bekam ich das Schutzwort 'Teishi' über die Lippen.

Urplötzlich stoppte das zahnbewehrte Maul, knapp vor meiner Nase. Unwillig knurrend brach der Mantichora seinen Angriff ab. Der riesige Kopf zog sich etwas zurück. Die beiden intelligenten, grünen Augen mit den großen gelben Pupillen taxierten mich. Er blies mir seinen heißen Brodem ins Gesicht. Dann beschnupperte er mich neugierig mit seiner schwarzen feuchten Nase. Ich blieb stocksteif stehen, murmelte nochmals „Teishi" und traute mich kaum noch zu atmen.

Aus dem Augenwinkel sah ich, dass Karen ihren Tessen fest umklammerte und kurz davor war, einzugreifen. Annas bedeutete meinen Gefährten mit einer kurzen Geste ihrer rechten Hand, ruhig zu bleiben und gleichzeitig hielt sie Lucy mit der linken Hand an der Schulter zurück.

Der Mantichora ließ seine feuchte rosa Zunge über meine Schenkel und Brüste gleiten. Er erkundete jeden Winkel meines

Körpers, so als wolle er sich ihn genau einprägen. Ein letztes feuchtes Schlecken über mein Gesicht, dann wich er ein wenig zurück. Mit einem bedauernden Schnaufen verschwand die lange Zunge wieder in seinem Maul. Dann kam er nochmals mit seinem Kopf ganz nahe an mein Gesicht heran, so dass die Schnurrhaare seiner Schnauze mich kitzelten. Ich hatte das Gefühl, dass er mich belustigt ansah.

Plötzlich sprach eine helle Knabenstimme mich in feinstem, korrektem Oxford-Englisch an. Verwirrt schaute ich um mich, denn das hatte ich nicht erwartet, erst das tierische Gebrüll und nun dieser krasse Gegensatz. Aber da redete tatsächlich der Mantichora, was mir diese grässliche, alptraumhafte Gestalt nur noch unheimlicher machte.

Die sehr verständliche Stimme sagte: „Schade, schade! Ich habe schon lange nicht mehr so frisches zartes Menschenfleisch genossen. Mir läuft das Wasser im Munde zusammen." Er leckte sich nochmals mit der Zunge über seine gefährlichen Zähne. Schnüffelnd brachte er seine feuchte Nase wieder ganz dicht an mich heran. Mit einem tiefen, verzichtenden Seufzer stellte er fest: „Du riechst nicht so wie deine Begleiter, du bist bestimmt nicht von hier."

Danach deutete er mit seiner Nase auf Göndül, die mir am nächsten stand und zog sehr intensiv ihren Körpergeruch ein. Süffisant bemerkte er zu ihr: „Aber du, du bist von hier und gleichfalls ein sehr leckeres Weibchen. Dazu noch ein wirklich hochgestelltes. Mmmh, ihr würdet mir köstlich munden."

Seufzend drehte er sich danach zu den Gefährten um und musterte sie der Reihe nach. „Ich sehe viele köstliche Mahlzeiten. Wie wäre es, ihr könnt dich sicherlich einen von euch für mich entbehren; vielleicht als Wegezoll?" Dabei schnalze er laut mit der Zunge.

Annas trat vor, hob die Hand und sprach nochmals ganz laut: „Teishi." Der Mantichora musterte Annas vergnügt, verbeugte sich danach aber galant und sprach süffisant: „Jawohl meine Gebieterin." Mit einem bedauernden Blick auf Göndül und mich, erhob er sich auf die Hinterpfoten, nahm seinen Stachelschwanz in die rechte Pranke und schlenderte auf zwei Beinen hinüber zum Waldrand. Dort drehte er sich kurz um und winkte uns mit der linken Pranke noch einmal lässig zu.

Als er schon zwischen den Bäumen war, hörten wir ihn gar ein Liedchen pfeifen, dessen Melodie mir irgendwie bekannt vorkam. Damit setzte er der surrealen Situation noch die Krone auf. Einen Augenblick später war er im Unterholz verschwunden.

Erleichtert seufzte ich auf und setzte mich mit dem Hosenboden einfach ins Moos. Jetzt brauchte ich erstmal eine Pause um den Schrecken aus den Gliedern zu vertreiben. Immer noch erstaunt, aber insgeheim auch erheitert über die verrückte Angelegenheit, schaute ich auf die Stelle, wo der Mantichora verschwunden war. Im Nachhinein hatte ich ja gut lachen.

Lucy war wieder mal die Erste, die die Stille mit ihrer burschikosen Art durchbrach. Sie kam zu mir, schlug mir anerkennend auf die Schulter und spöttelte: „Als dieses Vieh dich abschleckte, hast du eine fantastische Figur gemacht. Du sahst wirklich gut aus - absolut cool!“

Ich war noch ganz in Gedanken bei dem skurrilen Geschöpf meines Vaters und rätselte darüber, aus welch schrägen Beweggründen heraus er dieses Wesen wohl geschaffen hatte. Deshalb ging ich auf Lucys Frotzelei nicht ein. Aber Karen, die neben mir stand, antwortete für mich: „Ich bin froh, dass der Mantichora nicht zu dir gekommen ist. Denn dann müssten wir jetzt sicherlich den Geruch deiner vollen Hosen ertragen.“ Demonstrativ hielt sie sich die Nase zu. Das Geplänkel lockerte unsere Anspannung etwas auf.

Nach ein paar weiteren gutmütigen Frotzeleien gemäß dem Motto: „Wer den Schaden hat, spottet jeder Beschreibung“, brachen wir wieder auf. Wenige Minuten später fiel bei mir der 'Groschen' und ich rief unvermittelt: „Das war ein altes Volkslied!“

Alle blieben stehen und schauten mich fragend an. „Das Lied, das der Mantichora gepfiffen hat! Das haben wir in einer Schulaufführung gesungen. Es hieß, glaube ich: Schätzle ade!“

Lucy tippte sich leicht an die Schläfe und nickte zustimmend: „Stimmt, jetzt wo du es sagst!“

Ich überlegte kurz: „Vielleicht kriege ich es noch zusammen.“ Nach einen Augenblick rief ich: „Ja so ging es.“ Grinsend sang ich laut: „Schätzle, ade! Scheiden tut weh. Weil ich denn scheiden muss, so gib mir doch einen Kuss. Schätzchen, ade! Scheiden tut weh!“

Alles lachte und Karen meinte spöttisch: „Der Text passt ja irgendwie!“

Mark wurde wieder ernst und sagte mit nachdenklichem Gesicht zu mir: „Hoffentlich funktioniert bei deinem nächsten Zusammentreffen mit dem Mantichora das Bannwort noch. Er hat deinen Geruch gespeichert und er wird dich überall, selbst aus großer Entfernung wittern. Vielleicht musst du ihn dann töten.“

Das erzeugte einen kalten Schauer auf meinen Rücken. Und obwohl mir ganz anders zumute war, erwiderte ich keck und mit eindeutiger Handbewegung an meinen Hals: „Dann hat das Vieh beim nächsten Mal halt ausgeschissen!“

Ein wenig war ich dann doch über meine Schnoddrigkeit erschrocken. Meine Gefährten guckten mich erst mit großen Augen sprachlos an, aber dann wirkte es wie ein Startschuss für die nächsten Spötteleien. Munter überbrückten wir mühelos die Wegstrecke bis zur Geröllhalde.

Am Fuße des Steinhanges errichteten wir unser Lager zwischen zwei Felstürmen. Die mächtigen Steine schützten das Lager vor Blicken vom Hang herunter und außerdem war es im Ernstfall leicht zu verteidigen. In den letzten Sonnenstrahlen gleißte der kleine See, an dem wir unsere Pferde zurück gelassen hatten, zu uns herauf. Er glitzerte tatsächlich tiefblau, wie ein übergroßer Edelstein.

Nach dem Abendbrot ließen wir den Tag, mit all seinen Begebenheiten, noch einmal Revue passieren. Anschließend erörterten wir den weiteren Weg zur Heimstätte. Trotz der Kälte verzichteten wir auf ein Lagerfeuer, weil man es in der Dunkelheit weithin hätte sehen können.

Es wurde ein langer Abend, doch dann wurde es höchste Zeit für eine Mütze Schlaf. Marc meinte zuvor, dass es sicherer sei, zu zweit Wache zu halten: „Ihr könnt euch dann gegenseitig überwachen. Wenn der Faun um unser Lager schleichen sollte um sich in die Träume der Schlafenden zu stehlen, bemerkt ihr es rechtzeitig." Als Göndül und Lucy die erste Wache übernahmen, war es schon spät in der Nacht.

Karen und ich hatten uns freiwillig für die zweite Wache gemeldet. Gefühlsmäßig hatte ich erst wenige Augenblicke geschlafen, als mich jemand an der Schulter rüttelte. Während ich mir den Schlaf aus den Augen rieb und ausgiebig gähnte, fragte ich verwundert: „Wie, sind wir denn schon dran? Ich bin doch gerade erst eingeschlafen."

Als meine Augen sich an die Dunkelheit gewöhnt hatten, erkannte ich Karens Gesicht. Sie beugte sich über mich, legte mir sanft ihre Hand auf die Schulter und schaute mich liebevoll mit ihren hypnotischen dunklen Augen an. „Unsere Wache beginnt jetzt, meine Liebste. Komm mit zu den Felsen. Dort können wir uns gegenseitig wärmen."

Noch leicht schlaftrunken wühlte ich mich aus meiner Decke. Sie ging vor mir her und schwenkte dabei ihr knackiges Hinterteil betont aufreizend. Immer noch ziemlich benommen, tappte ich hinter ihr her. Wir setzten uns an die Felswand. Lucy und Göndül, die dort ebenfalls saßen, beachtete ich garnicht; stattdessen guckte ich wie hypnotisiert auf die Gestalt von Karen. Ich konnte meine Augen einfach nicht von ihr abwenden.

Karen legte mir eine Decke über die Schultern und lächelte warm: „Du siehst ziemlich verfroren aus." Sie setzte sich zu mir, rutschte ganz nahe heran und kuschelte sich fest an mich. Bevor ich reagieren konnte, nahm sie meine Hand in die ihre und streichelte sie zärtlich. Immer noch schläfrig ließ ich sie gewähren und schon bald breitete sich ein wohliges Kribbeln in meinem Körper aus.

Dann beugte sie sich vor und zog mich noch näher an sich heran. Plötzlich spürte ich ihre Lippen auf den meinen; sie küsste mich lang und heftig. Meine Gefühle fuhren Achterbahn. Ihre

Lippen entfachten in mir einen Feuersturm, dessen Gluthitze sich in meinem ganzen Leib ausbreitete.

„Komm lass dich fallen", flüsterte sie verführerisch und strich mir mit den Fingern ihrer rechten Hand sanft über meine Wange. Mit ihrer Linken führte sie meine Hand an ihre Lippen und leckte mit der Zungenspitze sinnlich an meinem Zeigefinger. Meine Lippen brannten heiß.

Aus dem Hintergrund kämpfte sich ein Warnsignal durch den dicken Nebel, der mein Gehirn verhüllte und schlug Alarm: „Hier stimmt doch etwas nicht!"

Langsam schälte sich aus dem diffusen Dunst ein Wort hervor: „Teishi" murmelte ich leise. Sofort klärte sich mein Blick; es war, als wenn jemand die verzerrende Linse vor meinen Augen entfernte. Ich schaute in Karens Antlitz, das sich in eine Grimasse verwandelte. Erschrocken zog ich meine Hand zurück und rief nochmals laut: „Teishi!"

Die Konturen des Gesichtes flimmerten wie ein elektrisch aufgeladenes Feld. Schimpfend veränderte sich die Gestalt der schönen Ninja zu einer hässlichen Figur. Pan - halb Mensch, halb Ziegenbock - mit einer krummen Nase, Hörnern und einem langen Schwanz meckerte ärgerlich. Als er vollständig materialisierte und deutlich vor mir stand, fand ich ihn nicht mehr ganz so bedrohlich; und ... die sagenumwobene Gestalt hatte tatsächlich Bocksfüße! Jetzt aber war ich endgültig wach und rief nochmals ganz laut und deutlich das Schutzwort: "Teishi!"

Der Dämon sah mich mit seinen Ziegenaugen an und bedauerte: „Schade! Ich hätte dir gerne noch deinen Vater gezeigt. Du hättest endlich mit ihm sprechen und ihm all deine Gedanken mitteilen können." Der Faun fixierte mich mit starrem Blick: „Du bist stark! So wie du, können mir nicht viele widerstehen." Ironisch merkte er noch an: „Manchmal fallen mir selbst die mit göttlichem Blut zum Opfer." Er deutete auf Göndül, die wie Lucy, mit starrem Blick auf den Boden stierte und sich nicht rührte.

Er verwandelte sich noch einmal in Karens Gestalt. Mit ihren Augen schmachtete er mich mit frivolem Augenaufschlag an, beugte er sich ganz dicht zu mir herunter und flüsterte mir ins Ohr: „Ich hätte dir im Körper dieser schwarz gekleideten Kriegerin all deine sexuellen Träume erfüllt, auch die wildesten."

Daraufhin kroch mir eine Gänsehaut über den ganzen Körper. Bedauernd hob er nochmals die Schultern und mit den Worten: „Grüß deinen Vater von mir, wenn er sich mal wieder auf Niihama blicken lässt", verschwand er einfach hinter dem nächsten Felsen - für ein Phantom war das ein standesgemäßer Abgang.

Konsterniert sah ich ihm hinterher, rieb mir ein paarmal die Augen und inspizierte mit wachen Blicken danach das Lager. Karen lag noch eingehüllt in ihre Decke. Sie sah aus wie eine schlafende Katze, den Mund leicht geöffnet. Jeden Moment erwartete ich ihr zufriedenes Schnurren. Annas und Marc schliefen beide tief und fest. Aber Göndül und Lucy saßen bewegungslos auf dem Boden und starrten mit offenen Augen auf ein imaginäres Bild. Sie waren noch immer tief in den Träumen des Faun gefangen.

Ich stand auf, rüttelte Beide und als das nichts nützte, flüsterte ich ihnen das Schutzwort ins Ohr. Das wirkte sofort. Sie erwachten aus der Trance und schauten mich mit großen Augen fragend an. „Was ist? Wo bin ich?" stammelte Lucy und guckte verwirrt um sich. Göndül schimpfte leise vor sich hin und sprang auf. Um völlig wach zu werden, machte sie zuerst einmal einige Kniebeugen.

„Ihr beiden seid ja Super-Wachen. Da pennt ihr einfach ein und ich muss mich mit dem Klumpfuß ganz alleine herumschlagen", sagte ich übertrieben vorwurfsvoll.

Verdattert schaute Göndül mich an und Lucy stotterte mit noch schläfrigen Augen: „Wo ist er?"

Ich setzte einen überheblichen Gesichtsausdruck auf und antwortete dann lakonisch: „Ihr braucht keine Angst mehr zu haben. Ich habe ihm gesagt, er solle sich verkrümeln, sonst würde ich ihn derart in den Hintern treten, dass er bis zum Suwa-See fliegt!" Da mich beide etwas verwirrt anschauten, milderte ich meinen Vorwurf: „Beruhigt euch wieder, es ist alles in Ordnung.

Ich habe euch Schlafmützen nur geweckt, weil ich jetzt mit der Wache dran bin; sonst ist nichts passiert."

Göndül ging kopfschüttelnd zu ihrem Schlaflager. Lucy stand langsam auf, schüttelte sich und murmelte: „Ich lag in einem riesigen Whirlpool. Als die Luftbläschen so wohltuend über meinen Körper perlten, stieg plötzlich ein braungebrannter Adonis, so wie Gott ihn erschuf, mit zwei Gläsern Champagner in der Hand zu mir in Wasser."

Grinsend gab ich ihr einen kleinen Schubs und riet ihr: „Leg dich wieder schlafen und träume weiter von ihm." Zögernd ging sie zu ihrem Schlafplatz, dabei sah sie mich immer noch ungläubig an. Sie kuschelte sich neben Göndül in ihre Decke. Kurze Zeit später waren die Beiden eingeschlafen. Kurze Zeit später waren beide eingeschlafen und zwei neue Schnarchtöne gesellten sich zu den Schlafgeräuschen, die über unsere Lagerstelle schwebten.

Bis zum Morgen dauerte es nicht mehr lange und die Dunkelheit veränderte sich langsam in einen grauen Mischmasch. Ich schaute mich prüfend um und beschloss ein kleines Feuer anzufachen; das Risiko schien mir nun vertretbar.

Ich kochte eine Kanne Kaffee und zufrieden mit mir weckte ich dann Karen. Zusammen setzten wir uns ans Lagerfeuer und in unsere Decken gehüllt, genossen wir den ersten Becher heißen Kaffee. Danach erzählte ich ihr von meiner Traumbegegnung mit dem Faun und von Lucys und Göndüls Reaktionen, als ich sie weckte.

Karen genoss leise schmunzelnd meine Schilderungen und besonders die darin enthaltene sexuelle Anspielung des Fauns. Dabei schaute sie mich mit ihren schwarzen Augen hintergründig an, aber ich ging nicht weiter darauf ein. Das akzeptierte sie mit einem bedauernden Seufzer.

Wir erzählten uns Geschichten von meinem und ihrem Zuhause. So vertrieben wir uns die restliche Zeit bis zum Morgen. Aus einem plötzlichen Gedanken heraus fragte ich sie: „Was bedeutet eigentlich Shùyì? Ich weiß zwar, dass es Schwarzer Tod heißt, aber welche Bewandtnis hat es mit dem Wort?"

Karen musterte mich mit schmalen Augen und murmelte dann zögernd, wobei sie deutlich unbehaglich aufrichtete: „Warum fragst du?“

Als ich nur kurz mit den Schultern zuckte, sah sie mich lange schweigend an, ehe sie weiter sprach: „Es gibt eine Sage, in der ein riesiger schwarzer Vogel einen Wanderer auf der Suche nach seiner Bestimmung begleitet. Als der Wanderer aber seine Bestimmung nicht fand, da riss der Shǔyì dem Wanderer das Herz heraus und brachte ihn zum Schwarzen Tod. Seitdem irrt der arme Wanderer dort für immer in einem dunklen, fensterlosen Raum herum.“

Meine Nackenhaare stellten sich hoch und plötzlich kroch mir die Kälte in alle Knochen. Ich war froh, dass die Sonne gerade über die Bergspitzen stieg und uns mit ihren ersten goldenen Strahlen etwas wärmte. Unter Karens immer noch prüfendem Blick schüttelte ich mich, setzte ein fröhliches Grinsen auf und forderte sie auf: „Komm! Lass uns ein paar Übungen machen.“

„Über diese Angelegenheit müssen wir uns aber noch einmal ausführlicher unterhalten“, entgegnete sie. Demonstrativ reichte sie mir ihre Hände und ich zog sie hoch. Mit Tai Chi-Übungen lockerten wir unsere steifen Knochen etwas und vertrieben gleichzeitig die Kälte aus unseren Gliedern. Der wolkenlose Himmel versprach einen schönen Tag.

Danach kochten wir gemeinsam Kaffee für unsere Gefährten. Angelockt vom Aroma der braunen Bohnen, krochen sie nacheinander aus ihren Decken. Als alle einen gefüllten Becher in den klammen Fingern hielten und wohlig das heiße Getränk schlürften, fragte Marc, ob während der Nachtwache etwas Besonderes vorgefallen sei. Bevor Lucy oder Göndül etwas sagen konnten, antwortete ich schnell: „Es war alles in Ordnung, niemand hat sich blicken lassen. Wahrscheinlich hat der Faun, oder sonst wer, sich bei unserem martialischen Aussehen in die Hosen gemacht und ist wieder davongeschlichen.“

Diese Worte brachten mir dankbare Blicke von Lucy und Göndül ein, nur Karen musste plötzlich laut husten. Fragend schaute der Rest der Gruppe sie an. Nachdem sie sich wieder gefangen hatte, erklärte sie nur: „Alles in Ordnung! Ich habe mich nur am heißen Kaffee verschluckt.“ Mit breitem Grinsen, bis hinter beide Ohren, leerte sie ihren Becher. Annas, Nadowessiu und Marc schauten uns grübelnd an, nur Ahrens zuckte gleichgültig mit der Schulter. Als Karen und ich nichts Weiteres sagten, schüttelte Marc den Kopf und trank seinen Becher leer.

Dann beendete er mit immer noch nachdenklichem Gesichtsausdruck die Fragerei und gab Anweisungen: „Da anscheinend alles in Ordnung ist, können wir ja aufbrechen. Wir überqueren das Geröllfeld auf dem schmalen Trampelpfad. Notwendigerweise müssen wir dabei hintereinander und sehr vorsichtig gehen, denn durch die losen Steine kann leicht eine Lawine ausgelöst werden.“

Mark holte das Seil und band es sich um Brust und Hüfte: „Einer geht hinter dem Anderen, im Abstand von etwa drei Metern - und nur mit Sicherungsleine! Sollte jemand ins Rutschen geraten, was wir nicht hoffen wollen, dann können die Anderen ihn mit dem Seil halten. Hinter der nächsten Biegung erreichen wir dann den Wald mit den uralten Bäumen.“

Wir brachen das Lager ab. Marc betrat als Erster den Pfad, langsam und vorsichtig. Es folgten Lucy und Annas, danach kamen Ahrens mit Göndül und Nadowessiu, Karen und ich machten den Schluss. Mühsam und jeden Schritt bedenkend, überquerten wir langsam die etwa zweihundert Meter lange Geröllstrecke. Erleichtert und ohne Zwischenfall erreichten wir die Biegung. Wir sammelten uns auf einer kleinen Bergwiese am Waldrand.

Der wirklich sehr dunkle Wald, wirkte auf mich wie eine schwarze undurchdringliche Mauer. Während wir ausschnauften, wies uns Annas auf die vor uns liegenden Gefahren hin: „Achtet bitte darauf, dass ihr keine Äste oder Stämme beschädigt. Sonst könnte es passieren, dass die Bäume uns den Durchgang verwehren. Da gibt es Würgebäume, die durchaus mit ihren biegsamen Ästen und Zweigen einen Frevler töten können. Lasst euch von den Stimmen, die euch etwas einflüstern wollen, nicht verwirren. Versucht einfach an nichts zu denken.“

Aufgrund dieser weiteren Heimsuchung ihres Verstandes, nickten Nadowessiu und Ahrens nur ergeben. Reflexartig wollte der Rittmeister sich bekreuzigen, doch dann resignierte er und ließ es bleiben. Dagegen umklammerte unsere Häuptlingstochter fest ihren Medizinbeutel, so als könnte der ihr Trost und Halt spenden. Annas erklärte lakonisch: „Das ist ein weiterer Schutz, der von meinem Bruder angelegt wurde, um unliebsame Besucher von seinem Refugium fernzuhalten."

Während wir aufbrachen stellte Lucy in sarkastischem Ton Annas die Frage: „Dein Bruder scheint ja vor allem und jedem Angst gehabt zu haben. Waren alle Götter so?"

Bevor Annas ihr antworten konnte, sagte Göndül, ohne groß nachzudenken: „Anfangs bestimmt nicht. Und wie ich mich erinnere, haben wir früher bei vielen fröhlichen Zusammenkünften zusammen gefeiert. Erst später kam das Konkurrenzdenken und der Neid aufeinander. Plötzlich traute einer dem anderen nicht mehr über den Weg. Nach dem Auftauchen der Akatsukis, durch die Schuld meines Vater, wurde es besonders schlimm."

Aufgebracht versuchte Annas wenigstens ein bisschen vom Image der Götter zu retten, wobei sie in meine und Lucys Richtung schaute: „Reneé, mein Bruder, also dein Vater, hat als einer der Wenigen versucht, später die Dinge wieder in Ordnung zu bringen. Nur leider dankten ihm das die Anderen schlecht. Bis heute versuchen sie immer wieder, ihn zu fangen oder gar zu töten."

Mit einem Stoß in die Seite unterband ich Lucys Antwort darauf, die vielleicht meine Tante noch mehr erzürnt hätte. Beschwichtigend schaute ich meine Tante an. Mit einem fordernden Ton mischte sich Marc ein: „Gebt jetzt Ruhe! Konzentriert euch auf den Wald und auf die Durchquerung." Ohne auf weitere Kommentare zu warten, betrat er den Wald. Schweigend folgten wir ihm.

Wir hatten auf dem engen Pfad große Mühe, nicht über hochstehende Wurzeln oder Geäst zu stolpern. Vorsichtig bogen wir die in den Weg ragenden Äste und Zweige zur Seite, die dann hinter uns peitschenähnlich wieder zusammenknallten. Am Schluss marschierte ich und versuchte, wie meine Gefährten, keinen Zweig oder Ast abzubrechen. Sofort breitete sich in meinem Kopf die Empfindung von Wut und Wildheit aus. Die Bäume verurteilen unser Eindringen, es erschien mir sogar so, dass sie uns Menschen hassten.

Immer lauter tönten die Stimmen in meinem Kopf. Dann verstand ich sogar einzelne Worte. Sie flüsterten mir Bosheiten zu und zugleich verfluchten sie mich: „Kleines Menschlein, verlass sofort unseren Wald, oder wir töten dich und deine ganze Gefolgschaft! Ihr habt hier nichts zu suchen. Ihr stört unseren Frieden!“, schrien die Stimmen. Ich versuchte an etwas Anderes zu denken, an meinen Vater, an meine Mutter. Sofort wurden die Stimmen etwas schwächer; nur gelegentlich hörte ich noch ein Wispern.

Der Pfad schraubte sich höher und immer noch höher den Berg hinauf. Nach vielen Stunden, so kam es mir jedenfalls vor, erreichten wir endlich den Waldrand. Wir blickten auf den Fuß des Geröll- und Eishanges, der unmittelbar zu meiner Rechten, sich von hier aus emporwölbte. Erleichtert verließen wir den Wald und ließen uns erschöpft auf ein paar Findlingen nieder, die der Gletscher hier abgeladen hatte. Nach einem Blick zum Sonnenstand erkannte ich, dass wir für die Durchquerung des Waldes etwa zwei Stunden gebraucht hatten.

Wir versorgten unsere Kratzer an Händen und Gesicht. Ich hatte gar nicht bemerkt, dass mich ein Zweig, quer über die linke Gesichtshälfte, getroffen hatte. Karen strich mir vorsorglich eine Salbe auf die Wunde, die heftig brannte.

„Keine Angst“, flüsterte sie liebevoll. „Morgen spürst du nichts mehr davon“ und strich mir nochmals zärtlich über die linke Wange.

„Danke“, murmelte ich und klopfte verlegen meine Kleidung sauber. Meine Wangen brannten, was nicht allein von der Wunde und der Salbe herrührte. Nachdem alle kleinen Wunden versorgt waren, ging es mit der Säuberung unserer Kleidung weiter. Sie war voller grüner Schleimspuren.

Danach nahmen wir die neue Umgebung in Augenschein. Wir waren an der Schnee- und Eisgrenze angelangt und hier war es noch kälter als zuvor im Wald. Vor uns lag ein mit Spalten und scharfen Kanten zerklüfteter, gefährlich wirkender Gletscher, an dessen Ende eine steile Felswand auf uns wartete.

***

Fehler entstehen durch Hast -
deshalb tue niemals etwas in Unruhe.

Chinesische Weisheit

***

V. Das Ziel

Nachdem wir einige Minuten die vor uns liegende Umgebung gebührend gewürdigt hatten, bildeten wir zwei Seilschaften. Göndül, Annas, Marc und Nadowessiu bildeten die erste Gruppe. In der zweiten Gruppe war ich ganz vorne und hinter mir gingen Lucy und Karen. Den Schluss unserer Seilschaft bildete Ahrens.

Marc verteilte Fellbänder für unser Schuhwerk. Die Bänder waren einseitig gespickt mit vielen Stacheln, die von einem Kakteenbusch stammten. Die Spitzen waren etwa vier Zentimeter lang und dafür gedacht, uns auf der Eisfläche besseren Halt zu verschaffen. Wir rüsteten unsere Fußbekleidung mit den Fellbändern aus und begannen mit der Überquerung des Eis- und Schneefeldes. Die Seilschaften gingen in einem Abstand von etwa sechs Metern.

Es war ein mühsames Fortbewegen, immer wieder mussten wir Umwege gehen. Marcs Gruppe blieb zum x-ten Male vor einer Spalte stehen und ließ uns aufschließen. Erschöpft blieben wir stehen und schauten auf eine sehr breite Spalte. Es war nicht abzusehen, wie weit sich der Riss im Eis in beide Richtungen fortsetzte.

Marc schnaufte sichtlich genervt: „Entweder wir gehen an der Kante entlang weiter, bis die Spalte nicht mehr so weit auseinanderklafft, oder wir versuchen hier hinüber zu kommen."

Göndül ging daraufhin einige Meter am Rand der Kluft entlang. Dann blieb sie sehr nahe am Rand der Gletscherspalte stehen. Sie drehte sie sich zu uns herum und rief: „Mit etwas Geschick könnte man es hier schaffen."

Lucy überlegte laut: „Die Spalte ist etwa fünf Meter breit. Ich könnte mit einem Pfeil ein Seil rüber schießen. Der Leichteste von uns könnte sich dann mit einem zweiten Seil hinüberhangeln und dort festmachen."

Einen Augenblick waren wir abgelenkt und achteten nicht auf unsere Umgebung. In diesem Moment bemerkte ich hinter Göndüls Rücken eine Bewegung am Rande der Spalte. Entsetzt beobachtete ich, wie eine Schneeaskoog sich aus dem Abgrund herausschlängelte. Sie griff sofort an. Reflexartig stieß ich einen Warnschrei aus. Instinktiv zog Göndül ihr Schwert aus der Scheide und noch ehe die Riesenschlange sie gänzlich umschlingen konnte, stieß sie die Klinge in den Leib des Untiers. Die Schneeaskoog stieß einen schrillen Schmerzensschrei aus und stürzte zurück in die Gletscherspalte. Leider hatte sie sich schon so eng um ihr Opfer geschlungen, dass sie es mit in die eisige Tiefe riss.

Das Tau um Göndüls Körpermitte straffte sich blitzschnell und verschwand mit ihr im Abgrund. Weil unsere unglückliche Gefährtin ja mit ihrer Seilschaft verbunden war, wurden Annas, Marc und Nadowessiu mit einem fürchterlichen Ruck umgerissen. Schnee und Eis spritzte hoch. Laut schreiend schlidderte Annas zuerst über den Rand des Abgrundes. Marc und Nadowessiu wurden zwangsläufig mit ihr zur Spalte gezogen.

Mark lag auf dem Rücken und versuchte mit den Fersen die Rutschpartie zu bremsen. Fast sah es so aus, als wenn ihm das gelingen würde. Er blieb an der Eiskante hängen, mit den Fäusten umklammerte er das stramm gespannte Seil. Verzweifelt stemmte er seine Füße noch fester ins Eis. Aber dann prallte Nadowessiu mit solcher Wucht gegen ihn, dass sie ihn damit über den Rand katapultierte.

Mit einem schrillen Schrei hackte die Häuptlingstochter ihren Tomahawk ins Eis und stoppte im letzten Moment ihren eigenen Abflug in die Tiefe. Kurz vor der Kluft blieb sie liegen und klammerte sich mit der rechten Hand an ihre Waffe, den linken Arm streckte sie uns um Hilfe bittend entgegen.

Das alles passierte innerhalb von Sekunden. Es war ein Gefühl, als würde vor mir ein Film in Zeitlupe abgespielt. „Haltet mich fest!“ schrie ich Karen und Lucy zu. In Vertrauen auf meine Seilschaft, sprang ich ohne zu zögern zu Nadowessiu hin. Ich riss meine Saigabeln heraus, schmiss mich vor der Indianerin auf den

Boden und rammte die Klingen bis zum Griff ins Eis hinein. Auf den Bauch liegend, wickelte ich hektisch mit der rechten Hand mein Seil um die Saigabeln, gleichzeitig packte ich mit der linken Hand nach unserer Häuptlingstochter und hielt sie fest. Sie starrte mich mit großen Augen ängstlich an und stammelte beschwörend: „Halt mich bloß fest, ich kann mich nicht mehr lange halten!"

Entsetzt registrierte ich, dass ihre Hand langsam vom Tomahawkgriff abrutschte. Als sie den Stiel mit einem Schrei losließ, war ich fertig mit dem Binden des Seiles. Im letzten Moment, bevor auch sie abzustürzen drohte, erwischte ich ihre rechte Hand. „Ich hab dich!" rief ich.

Meine Seilschaft reagierte in dieser prekären Situation wie ein eingespieltes Team. Kraftvoll stieß Ahrens sein Schwert fast bis zum Griff ins Eis. Karen befestigte blitzschnell das Seil am Schwertgriff. Ahrens, als Letzter am Seil, stemmte sitzend die Hacken seiner Stiefel ins Eis und sorgte gemeinsam mit Lucy und Karen dafür, dass Nadowessiu und ich nicht weiter abrutschten.

Das Gewicht von Nadowessiu und den anderen Gefährten zog unerbittlich an meinen Armen. Mit letzter Kraft versuchte ich die Häuptlingstochter festzuhalten, aber langsam begann sie mir aus den Händen zu gleiten. Schweißtropfen liefen über ihr angstverzerrtes Gesicht. Bestürzt blickte sie mich an: „Ich rutsche ab!"

In diesem Moment tauchte Lucy neben mir auf. Sie rutschte auf ihrem Hosenboden bis fast an die Kante. Dann packte sie in letzter Sekunde Nadowessius Schulter und half mir, die Abrutschende festzuhalten. Dann zogen wir sie mit vereinten Kräften über die Kante zurück aufs Eis. Nach diesen Anstrengungen lagen wir alle Drei am Rande des Abgrunds, keuchend und völlig erschöpft.

Nach einigen tiefen Atemzügen rief ich mit bebender Stimme in die Kluft hinunter: „Marc! Annas! Was ist mit euch? Lebt unsere Freundin noch?"

„Uns geht es noch gut. Ich stehe auf einem kleinen Vorsprung, der aber langsam abzubröckeln beginnt. Kristanna hat das Monster getötet. Aber sie kann sich nicht alleine vom Kadaver des Viehs befreien. Hoffentlich schafft ihr es uns hochzuziehen. Ich weiß nicht, wie lange wir uns noch halten können. Wenn es möglich ist, beeilt euch!“

Im selben Augenblick ruckte das Seil und Nadowessiu wurde ein Stück näher an den Abgrund gezogen. Verzweifelt versuchte ich sie festzuhalten, aber ich merkte, dass auch wir langsam wieder ins Rutschen gerieten. Plötzlich schrie Annas wie in Panik und Marc rief: „Nein! Kristanna nicht!“ Dann gab es einen Ruck. Plötzlich verringerte sich das Gewicht an meinen Armen und zerrte nicht mehr ganz so stark.

Marc rief aus der Spalte: „Zieht uns hoch! Schnell, zieht uns hoch!“ Sofort begannen wir zu ziehen und mit vereinten Kräften gelang es uns, Marc und Annas aus der Spalte zu ziehen. Schwer atmend blieben wir erschöpft auf dem Eis liegen.

Annas stammelte fassungslos: „Sie hat das Seil durchgeschnitten, einfach durchgeschnitten.“

Wir rappelten uns auf und riefen in den schwarzen Abgrund hinunter: „Kristanna! Kristanna!“

Lauschend warteten wir einige bange Sekunden. Endlich kam leise die erlösende Antwort: „Ich lebe noch. Aber kommt mich schnell holen, ich halte das nicht mehr lange aus. Außerdem bin ich klatschnass und friere entsetzlich.“ Das klang ziemlich frustriert. Erleichtert atmeten wir auf. Marc holte ein weiteres Tau aus dem Gepäck, verknüpfte es mit dem anderen und band es sich um. Mit unseren Schwertern, die wir bis zum Heft in das Eis stießen, sicherten wir das Seil.

„Wenn ich laut schreie und am Seil ziehe, holt ihr uns so schnell wie möglich rauf“, befahl er und ließ sich in die Gletscherspalte hinab. Langsam ließen wir das Seil Hand über Hand nach und hofften, dass die Länge reichte. Nach einer zermürbenden Zeitspanne hörten wir Marc endlich rufen: „Ich bin unten.“ Und einige wenige Atemzüge später: „Ich habe sie! Zieht uns hoch!“ Zusätzlich ruckte er am Seil und mit vereinten Kräften zogen wir die Beiden hoch. Erleichtert nahmen wir sie oben in Empfang.

Kristanna zitterte wie Espenlaub und klapperte vernehmlich mit den Zähnen. Marc befreite sich schnaufend aus den Seilen und sagte erregt: „Wir müssen ihr sofort die nassen Sachen ausziehen, sie ist in einen Gletschersee gefallen."

Annas und Karen zogen ihr inzwischen die mittlerweile steif gefrorenen Kleider vom Leib, rieben sie zuerst mit Schnee ein und rubbelten sie dann mit Tüchern trocken. Danach gaben sie ihr trockene Wäsche und packten sie in warme Felle. Marc und Ahrens hatten inzwischen mit Brennpaste, aus Marcs großem Fundus, ein kleines Feuer entfacht. Die blassblauen Flammen verbreiteten eine enorme Hitze. Langsam wich die Kälte aus unseren Händen. Die Blutzirkulation in unseren eisigen Gesichtern verstärkte sich, sodass die Ohren und Nasen kribbelten. Ein heißer Tee wärmte uns zusätzlich von innen.

Langsam löste sich unsere Anspannung. Marc rückte zur Feier des glücklichen Ausgangs eine Flasche Premium-Sake, einen Seishu heraus. „Das haben wir uns verdient", kommentierte Annas sichtlich geschafft. Der Holzbecher kreiste in unserer Runde, bis die Flasche leer war, der letzte Rest war für Göndül bestimmt.

Ich drückte die immer noch bibbernde Göttin fest an mich. „Ich bin froh, dass dir nichts passiert ist." Und dann fiel mir ein, dass ich sie in meiner Erregung bei ihrem Vornamen gerufen hatte. „Mir gefällt Kristanna besser, was meinst Du?" Fragend schaute ich ihr ins Gesicht, das langsam wieder Farbe bekam. Das Lächeln ihrer immer noch bläulichen Lippen wirkte zwar etwas angestrengt, aber sie hatte sich so weit erholt, dass sie sich halb aus den Decken herauswühlte.

Zwinkernd meinte sie dann: „Kristanna ist schon in Ordnung", was ich freudig zur Kenntnis nahm, schließlich ist auch sie zu einer Freundin geworden und der Name Göndül klang für mich irgendwie unpersönlich. Kristanna trank den letzten Schluck vom Sake, strich sich die blonden Haare aus dem Gesicht und schüttelte halb erleichtert, halb belustigt den Kopf: „Danke meine Freunde! Als ich an dem Vieh hing und in die Schlucht hinunter schaute, dachte ich, dass mein letztes Stündlein geschlagen hätte. Vor allem, als ich den Hintern unserer Häuptlingstochter über die Kante rutschen sah."

Ebenfalls sichtlich erleichtert über den Ausgang erwiderte Nadowessiu kichernd: „Und ich hatte eigentlich nur Angst davor, dass der große Brummer hier“, sie zeigte auf die neben ihr sitzenden Lucy, „auf mich rutscht und ich dann unten im Loch von ihr zerquetscht werde!“

Lucy revanchierte sich bei ihr mit einem Klaps auf die Schulter. Zuerst war ich sprachlos, aber dann schaute ich Nadowessiu schmunzelnd an, denn eigentlich hatte ich so viel Humor unserer ewig mürrischen Indianerin garnicht zugetraut. Ihre momentan lockere Stimmung brachte ihr hübsches Gesicht endlich wieder einmal richtig zur Geltung.

Kristannas dunkelgrüne Augen blitzten jetzt schon wieder amüsiert, als sie ihre Erzählung fortsetzte: „Als ich merkte, dass ihr oben Schwierigkeiten hattet, blieb mir nichts anderes übrig, als mich und dieses vermaledeite Monster abzuschneiden.

Glücklicherweise konnte ich mich so drehen, dass ich auf dem Leib der Schlange liegend in den See klatschte. Der Aufprall und das eiskalte Wasser pressten mir die Luft aus den Lungen. Wassertretend konnte ich mich dann von dem Biest befreien und schwamm zum Rand des Sees. Beim Herausklettern entdeckte ich ein Nest; darin lag ein ziemlich großes Ei. Um die Brutstelle herum waren viele Knochen verstreut. Gott sei Dank sah ich dann den lieben Marc am Seil herunterklettern, bevor eventuell der Partner der Bestie auftauchte. Nochmals vielen Dank.“

Selber froh über den glücklichen Ausgang, winkten wir wie befreit ab.

Marc murmelte nachdenklich: „Eine Schneeaskoog ist mir so weit oben bisher noch nicht vorgekommen.“ Er hob seine Hände, als müsse er sich dafür entschuldigen.

„Du kannst nichts dafür“, antwortete Kristanna energisch. „Ich habe einfach nicht aufgepasst. Schwamm drüber! Wir sollten jetzt aber schauen, dass wir noch vor der Dunkelheit zur Felswand kommen. Dort sind wir etwas besser geschützt. Wer weiß, was hier sonst noch alles herum kriecht.“

Natürlich hatte sie Recht, außerdem sollten wir bis zum Abend aus dem Eis heraus sein, weil es nachts hier besonders kalt wurde. Ohne Begeisterung machten wir uns auf den Weg, denn wir waren alle ziemlich am Ende unserer Kräfte. Und für die Aktion, mit einem Seil über die Spalte zu hangeln, fehlte uns einfach die Kraft.

Nach etwa einhundert Metern verengte sich der Spalt so weit, dass wir bequem darüber springen konnten. Glücklicherweise bewältigten wir die letzte Strecke bis zum Steilhang ohne größere Probleme. Kurz vor der Dämmerung erreichten wir die Felswand mit den schroffen Spitzen.

Vor einem der Findlinge ließ Marc sich plötzlich fallen und rief uns warnend zu: „Schaltet eure Armbänder sofort aus! Versteckt euch!“ und robbte in Deckung hinter den mannshohen Stein. Zwar hatte mein Armband noch keinen Laut von sich gegeben, aber ich schaltete es trotzdem sofort aus und duckte mich neben Karen hinter einen Felsen.

Alle anderen suchten sich ebenfalls eine Deckung. Marc kroch langsam auf einen großen Gesteinsbrocken zu, vor dem ein sehr großes Tier lag. Nach einiger Zeit winkte er zur Entwarnung, bedeutete uns aber, dass wir leise sein sollten. Wir verließen unsere Deckungen und schlichen leise zu ihm hinüber.

Das tote Tier stellte sich als Chimaira heraus. Wie man an den Schmauchspuren leicht erkannte, wurde sie mit Feuerwaffen ums Leben gebracht. Dazu waren hier auf Niihama aber nur die Akatsuki in der Lage. Vor seinem Ende hatte das Fabeltier mit seinem Feueratem aber noch zwei seiner Angreifer mit in den Tod gerissen. Annas betrachtete traurig das von ihrem Bruder geschaffene Wesen.

Tröstend legte Marc seinen Arm auf ihre Schulter: „Er ist nicht umsonst gestorben, sein Tod hatte auch eine positive Seite.“ Dabei deutete er auf die toten Akatsuki.

Marc überprüfte nochmals ob alle Armbänder deaktiviert waren. „Es ist so sicherer, denn falls die Killer noch in der Nähe sind, könnten sie uns orten, genau wie wir sie. Wir schlagen unser

Lager unterhalb des Steinkamins auf. Morgen früh werden wir dann ausgeruht den Aufstieg zum Plateau beginnen."

Bis dorthin mussten wir noch vor Einbruch der Nacht gelangen. Noch etwa zehn Minuten lang mühten wir uns auf einem fußbreiten, von unten nicht erkennbaren Steg, die schroffe Steilwand hoch. Auf einem Vorsprung vor der steilen, unüberwindbaren Felswand machten wir keuchend eine Rast.

Marc bog die Zweige eines der wenigen Büsche auseinander. Dahinter entdeckten wir einen mannsbreiten Einschnitt, der zwischen den senkrecht aufragenden Felsen klaffte. Das war der Einstieg in die so genannte Kaminwand. Davor schlugen wir, in der Einbuchtung zwischen mehreren Felsbrocken, unser Lager auf.

Marc übernahm die Wache. Als er zwischen zwei Findlingen seinen Posten bezog, beobachtete ich, dass er eine der blauen Tabletten einnahm. Selbst er, von dem ich bisher angenommen hatte, er sei nicht kleinzukriegen, war erschöpft; und er wird wohl selber wissen, wie lange er seinen Körper damit aufputschen kann, dachte ich bei mir.

Wie alle anderen, ließ ich mich erschöpft in die Decken fallen. Ich nahm meinen Dreamcatcher in die Hand und strich leicht mit dem Daumen darüber. Als hätte ich damit einen Schalter umgelegt, lief vor meinem inneren Auge die Szene auf dem Pferderücken ab, als auch meine Mutter mit ihrem Daumen gedankenversunken über das Amulett strich. Das war, kurz bevor sie beim Kampf mit den Harpyien ums Leben kam. „Hoffentlich war das jetzt kein schlechtes Omen", dachte ich. Ein leichtes Unbehagen überfiel mich; dennoch sank ich kurze Zeit später in Tiefschlaf - und dafür war ich sehr dankbar.

Ein seltsames Geräusch weckte mich. Bevor ich mich aus den Decken schälen und aufstehen konnte, zischte Marc leise: „Bleib liegen und bewege dich nicht."

Starr verharrte ich einige Augenblicke in einer unbequemen, halb aufgerichteten Lage. Dann ließ ich mich ganz langsam auf meine Felldecke zurücksinken. Mit einem Blick zu meinen Gefährten hinüber sah ich, dass alle wach waren und still den

Himmel beobachteten. Ich folgte ihren Blicken und sah einen schwarzen Schatten über unser Lager hinweg huschen. Entsetzt erkannte ich ein Flugboot der Akatsukis, das langsam am Berghang entlang schwebte.

Nach wenigen Minuten verschwand es hinter einer Bergspitze. Aufatmend standen wir auf. In aller Eile räumten wir unsere Sachen zusammen und verließen das Lager. Auf gar keinen Fall durften die Akatsukis uns jetzt entdecken - so kurz vor dem Ziel. Hintereinander stiegen wir in die steile Wand hinein.

Marc kletterte an der Spitze und legte dabei einzelne, uns Unwissenden verborgen gebliebene Stufen frei. Ohne die in den Fels geschlagenen Tritte wäre ein Aufstieg durch die steile, fast senkrechte Passage nicht zu schaffen.

Nach etwa fünfundzwanzig Metern mühsamen Emporkraxelns erreichten wir das schneebedeckte Hochplateau. Oben angekommen hockten wir uns schwer atmend hinter einen der zahlreichen Felsbrocken.

Endlich, nach sechzehn Monaten beschwerlichen Wanderns, hatten wir Gott Svansons Palast erreicht - die Heimstätte meines Vaters. Unwirklich, als wäre es eine Fata Morgana in der Wüste, erschien unser Ziel im glitzernden Schnee. Mit großen Augen starrte ich auf das unfassbare, fantastische, irgendwie unwirkliche Bild.

In etwa fünfhundert Metern Entfernung, mitten auf dem Plateau, stand eine golden schimmernde Kuppel. Die Luft vor dem Gebilde schien zu flimmern. Nadowessiu entfuhr beim Anblick der Kuppel ein erstauntes „Oh" und Ahrens schaute sprachlos, wie gebannt, auf das Gebäude.

Nur Lucy ließ, wie immer in solchen ungewöhnlichen Situationen, einen ihrer flapsigen Sprüche los: „Ein Energieschirm um ein goldenes Raumschiff. Passt auf, gleich öffnet sich der Schirm, dann kommen Perry Rhodan, Atlan und der Mausbiber Gucky heraus und begrüßen uns. Danach geht es ab zur Kugelgalaxis M 87. Ich wusste es schon immer!", behauptete sie."

Als ich ihr ins Gesicht schaute, bemerkte ich wie perplex sie tatsächlich war, über den Anblick der Heimstätte meines Vaters. Kristanna und Karen schmunzelten über unsere Reaktionen.

„Der Schutzschirm ist noch in Ordnung!“ frohlockte Annas und Marc stellte erfreut fest: „Also konnten die Akatsuki den Schirm und die Sicherungen deines Vaters bisher noch nicht bezwingen.“ Marc erklärte: „Der Schutzschirm besteht aus reiner Energie. Wenn man versucht, hindurch zu gelangen wird man zurückgestoßen, wie von einer Gummiwand. Das ist so, als wenn bei zwei Magneten, die sich gegenseitig abstoßen, bei einem der Pol vertauscht wird.“

„Und wie bitte, kommen wir hinein?“ Immer noch fasziniert betrachtete ich das strahlende Gebilde.

Karen, die aufmerksam die Umgebung beobachtete, rief plötzlich: „Vorsicht! Duckt euch, sie kommen zurück!“ und sprang hinter dem Felsen in Deckung. Wir sprinteten ebenfalls hinter die Steinbrocken. Vorsichtig lugte ich hinter meiner Deckung hervor.

Am Horizont tauchte das Flugboot der Akatsukis auf. Zuerst flog es eine kleine Schleife über der Kuppel, dann landete es etwa einhundert Meter vor ihr. Die waren sich anscheinend sehr sicher, denn ihre Überwachung des Plateaus und der Kuppelumgebung fiel ziemlich lasch aus.

Wir beobachteten, wie fünf Akatsuki ausstiegen und mehrere große würfelförmige Apparaturen ausluden. Zwei der Ankömmlinge blieben im Flugboot zurück und sondierten die Gegend; zu diesem Zweck schwenkten sie nur die Laserkanone einmal um 360 Grad. Danach setzten sie sich gemütlich an die Fensterplätze im Flugboot und schauten ihren Kameraden beim Aufbau der Würfel zu. Als der Aufbau der Apparaturen geschafft war, aktivierten sie den größeren Kubus. Sein elektrisches Summen drang bis zu uns hinüber. Nach einigen Minuten stiegen die fünf Akatsuki zu ihren Kameraden zurück ins Flugboot. Gemeinsam beobachteten sie von dort aus die Kuppel.

Ich ließ die ehemaligen Sklaven des Gottes Lookken, Kristannas Vater, nicht aus den Augen. Annas befürchtete nervös: „Sie versuchen die Energie der Heimstätte anzuzapfen." Geringschätzig schaut Marc zum Würfel hinüber und beruhigte sie dann: „Das schaffen die nie. Die Anlagen in der Heimstätte sind viel zu groß für diesen kleinen Transformator."

Er überlegte kurz, wobei sich seine Stirn in Falten legte. Dann sagte er: „Das einzige, was passieren könnte ist, dass die Energie, die von dem Transformator abgesaugt wird, sich hinter dem Würfel ansammelt; daraus würde dann ein zweiter Energieball entstehen. Das birgt natürlich die Gefahr, dass der Aufenthalt auf dem Plateau ziemlich gefährlich - wenn nicht, sogar unmöglich - wird."

Kristanna schaute zu den Akatsukis hinüber und berichtete nachdenklich: „Ich kann mich an eine Geschichte erinnern, die mir einmal mein Vater erzählte. Beim Absaugen eines Energie-Schutzschirmes verteilte sich die abgeleitete Energie über die gesamte Ebene. Beim nächsten Unwetter, bei einem Blitzeinschlag, explodierte dann die gesamte Ebene. Ich glaube, das war die Ebene seines Vetters Hoolgwarth."

Wir fragten uns, ob das hier auch passieren könnte. Deshalb schauten wir zu Marc, der unwillig den Kopf schüttelte: „Das würde Jahre dauern, aber so viel Zeit lassen wir denen nicht!"

Das beruhigte uns ein wenig. Wir beobachteten die Akatsuki noch eine Weile. Als weiter nichts passierte, wurde ich ungeduldig und fragte Marc vorwurfsvoll: „Was machen wir jetzt? Ich will endlich in die Heimstätte meines Vaters hinein; vielleicht finden wir dort ja eine Nachricht von ihm. Durch unser Gequatsche haben wir die erste Chance, ungesehen in den Palast zu gelangen, schon vertan." Um Zustimmung heischend, schaute ich in die Runde. Lucy und Nadowessiu teilten meine Meinung.

Lucy blaffte deswegen Marc sogar verärgert an: „Nun, großer Meister, wie geht es jetzt weiter?"

Da bemerkte ich, dass Annas mit Karen und Kristanna wissende Blicke austauschte. Sofort wurde mir klar, dass wir irgendwie auf einem anderen Weg in die goldene Kuppel hinein kommen würden, ohne über das Plateau und an den Akatsuki vorbei zu müssen.

Beruhigend legte Marc mir seinen Arm auf die Schulter. Zu Lucy sagte er beschwichtigend: „Nun beruhigt euch. Es gibt einen Geheimgang, durch den können wir in die Heimstätte gelangen. Aber vorher ist es viel wichtiger einen Plan zu schmieden, wie wir endlich die vermaledeiten Akatsukis loswerden. Die bleiben solange hier, bis sie in die Kuppel hineinkommen - und wenn das Jahre dauern sollte. Sie können auch gar nicht anders, denn nur von dort aus können sie mit ihrem Artefakt zurückreisen. Aber der einzige Resonanzpunkt, um die Ebene zu verlassen, befindet sich in der Kuppel. Karen und Kristanna, was meint ihr dazu?"

Die Beiden schauten sich an und Karen antwortete lakonisch: „Wir müssen eine gemeinsame Aktion starten; von hier draußen und gleichzeitig aus der Heimstätte heraus."

Während wir ihr gespannt zuhörten, beobachtete ich sie genau. Ihre Augen funkelten, offenbar vor Erregung. Ihre Körperhaltung hatte etwas von einem gespannten Bogen, kurz vor dem Abschuss des Pfeils.

„Ich denke mir folgendes: Kristanna, Lucy und ich rennen bis zu dieser Felsengruppe, die wie ein schlafender Bär aussieht. Von dort aus haben die Beiden dann freies Schussfeld auf die Akatsuki. Und ich schleiche mich näher heran, bis zur letzten Felsengruppe." Sie deutete auf eine Ansammlung kleiner Findlinge, die etwa dreihundert Metern entfernt lagen, unmittelbar vor dem Luftboot der Akatsukis. Nach meiner Einschätzung waren die Steine viel zu klein, als Deckung taugten sie jedenfalls überhaupt nicht.

Als sie unsere, insbesondere mein entsetztes Gesicht sah, grinste sie in ihrer unnachahmlichen Art und verkündete kaltschnäuzig: „Keine Angst, ich bin nicht lebensmüde. Bis dort schaff' ich es leicht. Anschließend müsst ihr vom Palast aus für Ablenkung sorgen. Dann kümmere ich mich um die Flugboot-Besatzung. Gleichzeitig überschütten Kristanna und Lucy die Akatsukis mit einem Pfeilregen. Ich vertraue da ganz auf euer Können."

Diese Abgebrühtheit war keine Fassade, sondern sie spiegelte nur ihre tatsächliche innere Haltung wieder; eine Todesverachtung, die wohl aus den vielen Kämpfen in ihrem langen Leben herrührte.

Lucy war sofort Feuer und Flamme und Kristanna war auch mit dem Plan einverstanden. „Und was sollen wir machen?“, meldete sich unser Rittmeister, der auf unsere Reise bisher ziemlich wortkarg gewesen war.

Marc antwortete sofort: „Wenn wir im Palast sind, aktiviert Annas die Wächter der Heimstätte, die dann von innen heraus den Angriff starten. Die Raben werden zusätzlich für Verwirrung sorgen. Und wie Karen schon ausführte, werden gleichzeitig Kristanna und Lucy von hier draußen ins Spiel eingreifen. Wichtig ist, dass Karen die beiden Schützen an der Laserkanone sofort ausschaltet, ansonsten bekommen wir große Probleme.“

Eigentlich hatte er Ahrens' Frage damit nicht beantwortet, sondern nur Karens Plan bestätigt. Marc sah mit zuversichtlichen Augen jedem Einzelnen in die Pupillen. Um unsere letzten Zweifel beiseite zu räumen, bestätigte er forsch: „Ja, so machen wir es.“ Karen nickte selbstbewusst und ihre Augen blitzten voller Kampfeseifer.

Eine kurze Zeit lang herrschte Stille. Ich reagierte auf die Situation mit starkem Unbehagen. Meine Bauchmuskeln zogen sich zusammen und ich bekam feuchte Hände. Unser letzter Kampf steht bevor, dachte ich. Endlich gab ich mir einen Ruck, verdrängte meine Bedenken und wischte die Hände an den Hosenbeinen trocken.

Burschikos rief ich: „Los, packen wir es an! Ein paar Akatsukis können uns doch nicht aufhalten. Los, schlagt ein!“ Ich reckte die Hände auffordernd in die Mitte unserer Runde; nacheinander legten sie ihre Hände auf die meinen. Als Letzte schlug Karen ein. Danach schaute sie mich mit ihren hypnotischen schwarzen Augen lange an und küsste mich kurz auf die Lippen. Daraufhin flüsterte sie leise und sehr ernst: „Ich liebe dich. Ich verpfände dir mein Leben.“ Dann drehte sie sich ruckartig um, hockte sich am Felsen auf den Boden und betete mit geschlossenen Augen zum Kriegsgott Bishamon.

Ich murmelte: „Ich liebe dich auch ..." Beim Gedanken daran wurde mir ganz heiß und ich verbannte ihn sofort in den hintersten Winkel meiner Seele. Deshalb fuhr ich fort: "... aber vielleicht nicht so, wie du es gerne hättest.“ Ich war mir nicht sicher, ob sie meine Worte hörte. Danach schickte ich ebenfalls ein Gebet zum Kriegsgott, um für das Gelingen unseres Vorhabens zu bitten. Ob mein Gott mit unserem Tun einverstanden war und seinen Segen dazu gab, oder ob er uns dafür strafen würde, ich habe keine Ahnung.

Als Marc und Annas den Dreien viel Glück wünschten, beendete ich mein Gebet. Ich ging zu Lucy und Kristanna und umarmte sie: „Passt auf euch auf." Nadowessiu und Ahrens folgten meinem Beispiel, wobei die Umarmung des Rittmeisters bei Lucy etwas länger dauerte, was sie auch sehr gerne über sich ergehen ließ.

Anschließend ließen wir die Drei zurück und folgten Marc und Annas. Sie führten uns zu einem kleineren, eher unscheinbaren Felsbrocken, der uns aber immer noch vor einer Entdeckung durch die Akatsukis schützte. Die waren immer noch mit dem Ausladen weiterer Gerätschaften beschäftigt.

Annas drückte auf die Unterseite des Felsens. Geräuschlos öffnete sich eine Falltür im Boden; eine steile Treppe nach unten wurde sichtbar. Ich drehte mich auf der Treppe nochmals um und sah, wie Lucy und Kristanna sich auf den Weg machten. Karen war schon aus meinem Blickfeld verschwunden. Ich beeilte mich, Marc und den anderen zu folgen. Als Letzte unten angekommen, betätigte ich auf Marcs Zuruf den roten Schalter in der Wand. Die Falltür über mir schloss sich mit einem leisen saugenden Geräusch. Milchiges Licht beleuchtete die Treppen und den weiterführenden schmalen Gang, der frei von Staub und Schmutz war. Kurz darauf hatte ich meine Gefährten wieder eingeholt. Im Laufschritt ging es weiter.

Nach etlichen Biegungen erreichten wir einen größeren Raum. Wir blieben an einer schwarzen Konsole, die in der Mitte stand, stehen. Marc betätigte am Steuerstand etliche Schalter und drückte mehrere Knöpfe. Sofort erwachten viele Lichter zum Leben, die teilweise auch farbig blinkten. Ein leises Summen im Raum zeigte die Bereitstellung einer größeren Energiemenge an und am anderen Ende des Raumes wurde ein fast drei Meter großer Torbogen aus Metall in helles Licht getaucht.

Ich nahm das Gebilde näher in Augenschein und traute meinen Augen nicht. Fassungslos schüttelte ich den Kopf und zeigte auf das Tor. „Das gibt es doch gar nicht!" staunte ich laut: „Das wäre wieder etwas für Lucy!"

Als mich alle verwundert anschauten, erklärte ich ihnen, dass es auf der Erde einen Film und eine TV-Serie mit dem Titel ‚Stargate' gab. „Die Hauptrequisite des Films sah fast genauso aus wie dieses Tor hier. Das Sternentor war wie ein Bahnhof, von dem aus man mit Lichtgeschwindigkeit zu fremden Planeten reiste. Vielleicht war mein Vater ja der Ideengeber zu diesem Film."

Bei diesem Gedanken musste ich, trotz der ernsten Lage, ein wenig schmunzeln. Schweigen. Langsam dämmerte mir die Erkenntnis, dass wahrscheinlich keiner der anwesenden Gefährten mit meiner Erklärung etwas anfangen konnte, vielleicht Marc, der ja länger auf der Erde geweilt hatte. Sei's drum, wir hatten momentan wahrlich andere Sorgen. „OK! Du kannst weiter machen", sagte ich generös zu Marc.

Der blickte mich mit gerunzelter Stirn an, wandte sich dann kopfschüttelnd dem Pult zu und gab einen Aktivierungscode ein. Wir schauten gebannt auf das Tor und erst jetzt bemerkte ich vor dem Portal einen diffusen Schimmer, der sich jetzt langsam wabernd auflöste. Selbst hier unter der Erde funktioniert der Schutzschirm, dachte ich. Dann öffnete sich mit einem dumpfen Seufzen der Zugang, einzelne Türelemente veränderten sich und bildeten einen kreisförmigen Durchgang.

Endlich betrat ich die Heimstätte meines Vaters. Für irgendwelche Freudenausbrüche war aber jetzt leider keine Zeit. Marc eilte mit Annas voran, Nadowessiu, Ahrens und ich hatten Mühe ihnen zu folgen. Nach einigen Gängen erreichten wir einen überdimensional großen Saal mit einer gläsernen Kuppel, deren Ausmaße meine Vorstellungen sprengten.

Der Blick war fantastisch. Über uns der blaue Himmel, Wolkenformationen zogen vorüber. Das Sonnenlicht warf bizarre Muster auf den Fußboden, der dadurch wie ein riesiger Edelstein glitzerte. Erst als ich die drei Stufen zu einer Empore hoch stieg, erkannte ich ein riesiges Gemälde, welches aus vielen Millionen Mosaiksteinen bestehen musste. Es zeigte eine Szene, in der ein Drachenreiter auf eine Burg zuflog.

Marc und Annas gingen zu einer weiteren riesigen Konsole, die fast die Hälfte der Wand einnahm. Im Teamwork betätigten sie einige Schalter und drückten etliche Knöpfe. Auf der Wand über dem Kontrollstand erschienen riesengroße Direktbilder vom Gelände, draußen vor dem Schutzschirm. Ich gesellte mich zu den mit offenem Mund staunenden Nadowessiu und Ahrens. Wir sahen die Akatsukis, die ohne die geringste Vorsicht und Interesse für ihre Umgebung, ihrer Arbeit nachgingen. Im Hintergrund erkannten wir Lucy und Kristanna mit schussbereiten Pfeilen auf gespannten Bögen; sie warteten hinter dem Felsen schon ungeduldig auf unseren Angriff.

Ich versuchte Karen auszumachen. Tatsächlich! Sie hatte es unbemerkt bis zur Felsengruppe geschafft. Sie lag flach auf dem Bauch und wartete ebenfalls auf unsere Offensive. Erleichtert grinste ich Marc an, der genau wie ich, die Situation da draußen gecheckt hatte.

Plötzlich öffnete sich oben auf der Empore eine Tür, die vorher noch nicht zu sehen gewesen war. Erschreckt wirbelten wir herum, die Hände flogen zu den Waffen. „Langsam!“, rief Annas. „Das sind Cyborgs, die Wächter der Heimstätte.“ Mein Pulsschlag beruhigte sich ein wenig. Marc der uns beobachtet hatte, kommentierte ironisch: „Zweieinhalb Meter Blech, nur Biomasse und dicke Muskeln und dazu programmiert alles platt zu machen, was die Heimstätte angreift.“

Neugierig betrachteten wir die sechs Maschinenwesen, die den Saal betraten. Etwa zweieinhalb Meter große Ungetüme auf sehr stämmigen Beinen, mit massigem Oberkörper, der in einem stählernen Panzer zu stecken schien. Der rechte Arm der Cyborgs endete in großen Strahlenkanonen. Der linke Arm jedoch besaß eine Hand mit sechs Fingern, an denen anstelle von Fingerspitzen, etwa acht Zentimeter lange Stahlhaken glänzten.

Irritiert nahm ich zur Kenntnis, dass unproportional zum gewaltigen Körper, direkt auf den mächtigen Schultern nur ein kleiner kugelförmiger Schädel saß, aus dem zwei Stummelantennen hervorragten. Nur ein Auge, in der Mitte der Kugel, verlieh ihnen das Aussehen von Zyklopen. Das Sehorgan quoll etwas hervor; es bestand aus tausenden Facetten und erinnerte mich an ein Fliegenauge. Die Wächter der Heimstätte stampften durch den Saal und blieben in einer Reihe nebeneinander vor Annas stehen. Für einen Augenblick erwartete ich, dass sie salutierten, aber sie blieben nur starr stehen.

Einen Augenblick später öffnete sich über unseren Köpfen eine große Luke und unsere letzten Verbündeten zeigten sich; krächzend machten sich die vier schwarzen Gesellen bemerkbar. Die Raben drehten aufgeregt eine Runde über unseren Köpfen und landeten dann auf dem Boden. Mit wiegendem Gang und nervösem Flügelschütteln näherten sie sich uns.

Vor Marc und Annas blieben sie stehen und begrüßten die Beiden mit krächzenden Rufen: „Yagyu, Yagyu, endlich bist du zu unserem Nest gekommen. Wir haben dich sehnsüchtig erwartet. Wir konnten kaum noch über die Ebene fliegen, ohne von diesen widerwärtigen Sklaven oder von den Menschenadlern angegriffen zu werden.“

Annas beugte sich über die Raben und kraulte ihnen nacheinander die Köpfe.

„Ist das nicht ein herrlicher Kontrast?“, murmelte ich zu mir selbst. Es war schon ein sonderbarer Anblick, der uns da geboten wurde. Dort standen die martialischen Cyborgs, wie versteinerte Aliens aus einer anderen Welt und hier ließen sich sprechende, adlergroße Raben die Köpfe kraulen. Wobei ihre spitzen gelben Schnäbel vom Ausmaß eines Krummdolches, wohlig hin und her zuckten. Dabei ließen ihre blitzgescheiten Augen keinen der Anwesenden aus dem Blick.

Marc besprach mit den Raben unseren Plan und Annas liebkoste währenddessen die schwarzen Gesellen noch einmal. Auf Nadowessius Frage erklärte Marc uns, dass man von innen nach außen durch den Schutzschild gelangen konnte - nur nicht umgekehrt.

Nadowessiu und ich versuchten Marc umzustimmen, denn mit unserer passiven Rolle waren wir nicht ganz einverstanden. Zwar wussten wir insgeheim, dass wir den Cyborgs, den Raben und unseren Gefährten draußen nicht wirklich helfen konnten, aber wir wollten unbedingt etwas Nützliches tun. Nur Ahrens durfte mit seiner Armbrust ein paar Bolzen auf den Gegner abschießen.

Die Cyborg machten sich kampfbereit und die Raben flogen zu einer Rampe, die hoch oben in der Kuppel ausgefahren wurde. Dort war ein kleines Tor, durch das die Raben, nachdem sie zuvor einen Impuls ausgesandt hatten, die Heimstätte betreten oder verlassen konnten. Marc legte auf der Konsole einen roten Schalter um, der den Schutzschirm nach draußen durchlässig machte. Die Geräte der Akatsuki registrierten dies sofort und machten die Flugbootfahrer mit einem Heulton darauf aufmerksam. Dann wurde es ernst.

Hugin, Munin, Frigga und Gritha stürzten sich von der Rampe aus durch das Tor auf die Akatsuki und griffen sie mit wildem Gekrächze an. Für einen Augenblick liefen die Angegriffenen orientierungslos umher, doch dann nahmen sie die flinken Flugkünstler mit ihren Strahlern ins Visier. In dem Moment stürmten aus dem Palast die Cyborgs aufs Schlachtfeld und schossen mit ihren Strahlern auf die Akatsuki. Zwei Belagerer wurden sofort tödlich getroffen. Die anderen wandten sich dem neuen Feind zu und erwiderten das Feuer.

Mit einem Feuerball explodieren die beiden vordersten Cyborgs. Die Explosion blendete die verbliebenen 'Sklaven' und lenkte sie ab. Just in dem Moment attackierten Lucy und Kristanna sie mit ihren Pfeilen. Ahrens versuchte, trotz des Qualms, mit seiner Armbrust gezielte Schüsse abzufeuern. Bei jedem Bolzen der vorbei ging, fluchte er lästerlich.

Wir standen in der Kuppel angespannt vor dem großen Bildschirm und verfolgten die Kämpfe. Durch die brillante Bildqualität gewann ich den Eindruck, als ob ich mitten zwischen den Kämpfenden stände. Langsam verkrampfte sich mein ganzer Körper. Meinen Gefährten vor der Bildwand erging es nicht viel anders.

Nadowessiu fuchtelte mit ihrem Tomahawk wütend vor dem Bildschirm herum. Marc beobachtete die Kämpfe mit verkniffenem Gesicht und Annas starrte stillschweigend auf die Übertragung des Geschehens, die Hände zu Fäusten geballt. Wir waren zum Zuschauen verdammt.

Zwischen den Explosionen und dem Fauchen der Strahlwaffen sah ich Karen hinter ihrem Stein hervorkommen. Wie ein schwarzer Schatten stürzte sie blitzschnell auf das Flugboot zu. In einer Zeitspanne von nur zwei Wimpernschlägen, tötete sie mit ihren Wurfmessern kaltblütig die Besatzung. Eines ihrer Opfer riss im Fallen die Strahlenkanone aus der Verankerung. Das war Karens dunkle Seite, die einen bisweilen ängstigen konnte, schoss mir flüchtig durch den Kopf - doch dann verfolgte ich gebannt das weitere Geschehen.

Nach ihrer Aktion sprang Karen sofort wieder hinter einem anderen Felsen in Deckung. Dort wurde sie von zwei wütenden Akatsukis unter Feuer genommen. Sie machte sich ganz klein und bevor der Stein rot glühend zerschmolz, erledigten Lucy und Kristanna das Problem mit ihren Pfeilen. Von den Geschossen getroffen, fielen die Verwundeten neben dem Flugboot zu Boden. Im nächsten Augenblick explodierte ihr Gefährt in einem Feuerball und riss auch den letzten Akatsuki buchstäblich auseinander. Die Cyborgs hatten im wahrsten Sinne des Wortes einen Volltreffer gelandet.

Entsetzt sahen wir, dass bei der Explosion des Flugbootes ein blauer Blitz entstand, der in der Luft kurz über dem Steinboden, eine Lücke aufriss. Es war wie das Öffnen eines Tores durch einen Gargoyl. Der blaue Blitze versprühende Spalt verschlang das Boot mitsamt allen Utensilien. Infernalisch heulend saugte ein Vakuum die toten Akatsukis und auch zwei Cyborgs mit in den Bruch hinein. Polternd und krachend lösten sich dicke Steine aus dem Explosionskrater und wurden einfach fortgerissen. Der orkanartig heulende und kreischende elementare Aufruhr wirbelte Dreck und Gras auf und schleuderte seine Fracht mit Urgewalt ins Nichts.

Erregt zeigte Nadowessiu auf den Bildschirm. Bestürzt sahen wir zwischen aufgewirbeltem Staub und Dreck, wie sich Karen krampfhaft an ihrem Felsen festkrallte, um nicht in den Spalt hineingezogen zu werden. Untätig mussten wir zusehen, wie der Sog sie mit Titanenkräften, langsam aber stetig, aus ihrer Deckung hinter dem Felsen hervorzerrte. Im letzten Augenblick stürmten Lucy und Kristanna heran und schmissen sich auf Karen. Dann klammerten sie sich gemeinsam an den Felsen.

Annas reagierte blitzschnell und schaltete unseren Schutzschirm aus, dadurch floss keine weitere Energie von ihm aus zu dem Spalt im Explosionskrater. Es kam mir wie eine kleine Ewigkeit vor, bevor sich der Spalt endlich schloss. Drinnen, vor dem Bildschirm, brach großer Jubel aus. Die Drei da draußen, rappelten sich hustend auf und klopften sich gegenseitig den Dreck aus den Kleidern. Danach fielen sie sich freudetrunken in die Arme. Vor Glück juchzend umarmte Marc meine Tante, während ich erleichtert und freudestrahlend Nadowessiu und Ahrens umarmte.

Marc stieß einen tiefen Seufzer aus und sah uns mit einer ziemlich blassen Gesichtsfarbe an: „Meine Liebste hat den Schutzschirm gerade noch rechtzeitig ausgeschaltet. Das Artefakt der Akatsuki, das sich in ihrem Flugboot befand, hätte bei einer weiteren Energiezufuhr explodieren können und dadurch eine Kettenreaktion ausgelöst. Unsere gesamte Ebene wäre dann vernichtet worden, mit allem was sich darauf befindet - wir eingeschlossen."

Nach einem tiefen Durchatmen stürmten wir dann aber befreit nach draußen, um unsere Gefährtinnen in die Arme zu schließen. Freudestrahlend fielen wir uns in die Arme und hüpften glücklich, wie bei einem gemeinsamen Tänzchen umher. Nach gegenseitigen

Glückwünschen löste sich langsam unsere Anspannung und der Adrenalinspiegel baute sich allmählich wieder ab.

Wir gingen in die Heimstatt zurück und Marc aktivierte erneut den Schutzschirm. Er zeigte erfreut auf ein Messgerät mit Monitor, das uns anzeigte dass alle Akatsukis von Niihama verschwunden waren. Mit einem Blick aufs Plateau stellten wir fest, dass alle Indizien und Überreste der Akatsuki-Invasion getilgt waren. Der Bruch hatte alle Spuren der ‚Sklaven' verschlungen.

Marc programmierte die übrig gebliebenen Cyborgs so um, dass auch ich ihnen zukünftig Weisungen erteilen konnte. Anschließend schickte Annas sie in ihre Quartiere zurück, wo sie bis zu ihrer erneuten Aktivierung in eine todesähnliche Starre verfielen. Danach versorgten Annas und Kristanna die Raben, die abgesehen von ein paar versengten Federn, die Schlacht unverletzt überlebt hatten. Danach versammelten wir uns im Hauptsaal, wo wir in den bequemen Sesseln erst einmal verschnauften. Sobald die Anspannung von uns abgefallen war, stellte sich als natürliche Reaktion darauf, allmählich eine körperliche Müdigkeit ein.

Marc wuselte noch vor den Konsolen herum und drückte auf eine Reihe von Knöpfen. Auf dem riesigen Bildschirm erschienen sechzehn einzelne Ausschnitte der Ebene. „Am Himmel über uns stehen kleine Satelliten, mit denen jeweils bestimmte Gebiete eingesehen werden können", erklärte Marc.

Nadowessiu und Rittmeister Wolf von Ahrens starrten ungläubig auf den Bildschirm. Der Rittmeister erkannte auf zwei Bildausschnitten die Burg Ridderhielm der Landsknechte und Nadowessiu sah ihr Heimatdorf am Fluss des Odahingum - zwar aus ungewohnten Perspektiven, aber unverkennbar. Aufgeregt schauten sich die Beiden die Bilder an; dieses erneute ‚Wunder' erweiterte ihr Weltbild erheblich.

Währenddessen betrachtete ich durch das transparente Kuppeldach den wunderbaren Himmel mit seinem fantastischen Wolkenspiel. Die glasklare Wölbung ermöglichte jedem Beobachter einen unverzerrten und ungetrübten Genuss. Nach oben gucken und Wolkenformationen oder Sterne bewundern, das hatte ich schon als Kind immer gerne gemacht.

Und da fiel es mir wieder ein: "Warum hat mein Vater keinen Blick auf den Sternenhimmel seiner Ebene zugelassen, das würde doch einem die dunklen und finsteren Nächte etwas erträglicher machen?“ sinnierte ich vor mich hin. Diese Frage beschäftigte mich schon seit meiner Ankunft auf der Ebene.

Marc stand gerade neben mir und präsentierte den beiden Einheimischen ihre Heimat auf dem Bildschirm. Trotzdem hatte er, wohl mit halbem Ohr, mein Gemurmel verstanden. Er drehte sich zu mir herum und sagte: „Diese Frage habe ich deinem Vater auch gestellt. Er antwortete mir, dass der Sternenhimmel anfangs auf der gesamten Ebene zu sehen war. Aber die ersten Bewohner von Niihama fürchteten sich vor diesem, ihnen unbekannten Himmel. Damit sie ohne diese Furcht hier heimisch wurden, schirmte er auf der Ebene die Sicht auf die Sterne mit einen undurchsichtigen Schirm komplett ab.“

Unsere Blicke trafen sich und er deutet mir mit einer kurzen Kopfbewegung an, dass ich ihm alleine folgen solle. Lucy hatte unsere wortlose Kommunikation mitbekommen. Sie folgte uns, währen die beiden Einheimischen immer noch fasziniert auf den Bildschirm starrten und gar nicht bemerkten, dass wir den Raum verließen.

Wortlos führte uns Marc in einen Raum mit einer separaten Kuppel. In der Mitte war eine bequeme Liege und in der Ecke stand ein kleines Schaltpult. Marc drückte auf mehrere Tasten und betätigte zwei Schalter. Wie von Geisterhand öffnete sich, nur ganz leise surrend, die Abdeckung der Kuppel und gab den Blick auf einen unfassbaren Sternenhimmel frei. Ehrfurchtsvoll starren wir in die unglaublich schwarze Weite des Universums, die mit Milliarden Lichtpunkten besetzt war. Diese Aussicht ließ einen schwindeln.

Schaudernd wandte sich Lucy ab. Sie meinte unter dem Eindruck des uns unbekannten Sternenhimmels andächtig: „Bei dem Anblick wundert mich nicht, dass die ersten Bewohner sich davor fürchten. Vom Standpunkt dieser Menschen gesehen, komme ich aus der Zukunft. Ich habe schon viel gesehen und meine Sicht auf die Dinge ist vermutlich viel fortschrittlicher. Aber bei der Betrachtung dieser grandiosen Fremdartigkeit fröstelt es selbst mich."

Mit einer dicken Gänsehaut wandte ich mich ergriffen vom Anblick der Unendlichkeit ab. Während Marc die Kuppel wieder schloss, murmelte ich mir selber zu: „Willkommen in der Wirklichkeit." Schweigsam und in uns gekehrt, gingen wir zu unseren Gefährten zurück.

Kristanna und Annas hatten zwischenzeitlich die Raben versorgt und standen nun neben Nadowessiu und Ahrens. Als sie unsere offensichtliche etwas verstörte Stimmung bemerkte, schaute Annas Marc fragend an. Er deutete vielsagend nach oben zum Kuppeldach und murmelte leise: „Sie wollten die Sterne sehen."

Seine Liebste nickte verständnisvoll. Auch Kristanna hatte dieses Intermezzo bemerkt und kam zu uns. Sie hatte Verständnis für unsere Stimmung; tröstend nahm sie uns kurz in die Arme: „Einerseits ist das ein wunderschöner und erhebender Anblick, aber auf der anderen Seite ist er auch ziemlich furchteinflößend."

Lucy überspielte mit ihrer burschikosen Art ihre Beklommenheit und rief: „Ich habe jetzt einen Mordshunger! Wo ist das nächste Restaurant?"

Lucys Frage erlöste wir uns aus der Sprachlosigkeit. Wir folgten Marc, der uns unsere Zimmer zeigte, in denen wir uns frisch machen und mit sauberer Kleidung versorgen konnten. Aber wir verstauten nur unser Gepäck und die Waffen im Zimmer, weil wir großen Hunger hatten und unsere Mägen dies auch mit eindeutigen Geräuschen verkündeten. Danach ging es sofort wieder zurück in den Hauptsaal. Marc und Annas hatten uns dorthin zum gemeinsamen Abendessen geladen.

Auf Knopfdruck hob sich aus dem Boden eine dicke runde Platte aus einem mir unbekannten Material. Dann fuhren aus der Tischplatte sehr biegsame Elemente aus dem gleichen unbekannten Material heraus.

Ich vermutete, dass die wohl die Funktion eines Stuhles übernehmen sollten. Vorsichtig setzte ich mich darauf. Das Material passte sich sofort den Konturen meines Körpers an und so entstand ein für mich sehr bequemer Sessel. Als alle Gefährten sich diesen Vorrichtungen anvertraut hatten, brachten uns zwei Cyborgs das bestellte Essen. Hungrig wie wir waren, fielen wir über die leckeren Gerichte her - da würde wohl kein Krümel übrig bleiben.

Während des Essens setzte Marc uns darüber in Kenntnis, dass Annas den Defekt in der Wettermaschine gefunden hatte. „Der zuständige Cyborg-Mechaniker hatte sich in einer Falle verfangen, die ein Unbekannter ihm gestellt hatte. Das Rätsel, wer das das tat - und wie und warum - konnten wir bisher noch nicht lösen. Das müssen wir in nächster Zeit noch genauerer untersuchen. Jedenfalls war der Maschinenmensch nicht in der Lage, sich selbst aus dieser Falle zu befreien."

Lucy deutete mit einer Hähnchenkeule in der Hand auf Marc und bemerkte bissig: „Da war wohl ein Fehler im System", und nagte genießerisch weiter an ihrem Hähnchen.

„Da muss ich dir Recht geben", erwiderte Marc lakonisch, ohne auf ihre Stichelei einzugehen: „Jedenfalls konnten wir den Systemfehler beseitigen. Jetzt hoffen wir darauf, dass sich das Wetter allmählich wieder stabilisiert."

„Und, habt ihr auch die Ursache für den plötzlichen Alterstod entdeckt?" fragte Nadowessiu. Sie hatte dem Wein schon stark zugesprochen und bereits Probleme mit ihrer Aussprache. Annas antwortete ihr sichtlich erleichtert: „Bei der Reparatur wurde auch dieses Problem gelöst."

Aufgrund dieser erfreulichen Ergebnisse hoben wir die Gläser und prosteten uns gegenseitig zu. Während ich mein Bratenstück zerteilte, konnte ich mir nicht verkneifen wie beiläufig zu erwähnen, was mir zum Aussehen des unterirdischen Eingangstor zur Kuppel eingefallen war. Denn ich wusste, dass Lucy ganz bestimmt darauf anspringen würde.

Als ich das Wort 'Stargate' verwendete, erstickte sie fast an ihrer Hähnchenkeule. Ahrens, der neben ihr saß, klopfte ihr mehrmals fest auf den Rücken, bis sie sich wieder gefangen hatte.

„Euren Einsatz als Stargate-Kommando SG 1, stelle ich mir so richtig martialisch vor. Der beinharte Colonel Marc und seine Weiber auf'm Rettungsunternehmen." Lachend nahm sie noch einen Schluck Wein. Wild gestikulierend erklärte sie wortreich unseren Gefährten die Geschichte von ‚Stargate'. Grinsend hörte ich ihren Ausführungen zu; sie war in ihrem Element. Aber unsere Gefährten zollten ihr genau so viel Begeisterung, wie zuvor auch mir bei meiner Erzählung zuteilwurde.

Plötzlich schoss mir ein Gedanke durch den Kopf. Als Lucy mit ihrer Geschichte fertig war, warf ich den Gedanken einfach in die Runde: „Apropos Stargate! Kann man mit dem Gargoyl von Stern zu Stern springen, oder andere Planeten besuchen?"

Für einen Augenblick verstummten alle Essensgeräusche. Annas und Marc rückten in den Mittelpunkt unserer Aufmerksamkeit. Marc murmelte nur kurz: „Keine Ahnung."

Annas tauschte ein paar fragende Blicke mit Kristanna aus und sagte dann nach kurzer Überlegung: „Nach alten überlieferten Schriften muss es damals wohl möglich gewesen sein. Sicherlich waren das aber Artefakte einer höheren Entwicklungsstufe. Leider ging die Fertigkeit und das Verständnis für diese Technik verloren. Mit den heutigen Gargoyls kann man es jedenfalls nicht. Ich glaube, in dieser Zeit kam auch der erste Kontakt mit der alten Rasse, den Tohopkas, zustande. Jedenfalls begann damals die Feindschaft zwischen ihnen und uns."

„Eigentlich schade", seufzte Lucy und alle widmeten sich wieder den exzellenten Speisen auf dem Tisch. Man vernahm nur noch leise Essensgeräusche und das Besteckklappern auf den Tellern. Es schien so, als hätten wir in den letzten Wochen nichts mehr zu essen bekommen. Als ich mit meinem Essen fertig war, fühlte sich mein Bauch wie der einer Schwangeren im sechsten Monat an.

Nachdenklich legte ich mein Besteck auf den Teller. Mit den Fingerspitzen pflückte ich noch die letzten Essenskrümel vom Teller.

„Ich beschäftige mich schon die ganze Zeit mit der Frage, ob auf unserer realen Welt nicht ein Gott, genau wie hier, im Hintergrund die Fäden zieht?“ sinnierte ich laut.

„Bei dem Elend, den vielen Kriegen und der Umweltverseuchung, die auf der Erde herrschen? Dann müsste das wohl ein Gott sein, der das Chaos liebt“, murmelte Lucy bitter. „Er gab zwar seinen Geschöpfen die Gabe zwischen Gut und Böse zu unterscheiden, aber die Bremse - das Gewissen - dimensionierte er zu klein."

Als keiner etwas sagte, meinte ich mehr zu mir selber als zu den Gefährten: „Wenn ich darüber nachdenke: in der relativen Zeit in der hier ein Jahr vergeht, rauschen auf der Erde gleich sieben Jahre vorbei. Wie viel mehr passiert dann dort in dieser Zeitdifferenz? Und vor allem, wer vermisst uns noch?“

Nach einer stillen Pause: „Will ich unter diesen Umständen überhaupt noch zurück?“ Grübelnd zog ich mich aus den wieder aufkommenden Gesprächen der Tischgesellschaft zurück.

Für Nadowessiu, Karen und Wolf von Ahrens stellte sich die Frage, ob sie auf der Ebene bleiben wollten, gar nicht. Sie hatten zu meiner Welt keine Verbindung. Marc, Annas und Kristanna konnten nach Belieben mit dem Artefakt zu den verschiedenen Ebenen springen. Vor allem, für sie war die Zeit kein Problem, denn sie waren ja unsterblich. Blieben nur noch Lucy und ich übrig.

Eigentlich gefiel es mir hier auf Niihama sehr gut. Aber die Frage nach meinem endgültigen Aufenthaltsort wollte ich mir erst dann beantworten, wenn ich meinen Vater gefunden hatte. Trotz der Trauer um meine Mutter und um meinen Geliebten Albrecht, würde ich keinesfalls die Suche nach ihm aufgeben. Außerdem hatten wir doch Annas versprochen, den Abt der Zinja, Taitaro de Muramoto, im Kloster Enryakuji zu besuchen. Ein Abstecher zum Benediktinerkloster stand auch noch auf dem Programm.

Ich folgte einem plötzlichen Impuls, stand auf, hob mein Glas und brachte in die eintretende Stille einen Toast aus: „Lasst uns unsere Gläser erheben im Gedenken an Jene, die auf der Reise für unser Ziel gestorben sind. Meine Mutter, Albrecht von Brandenburg und all die tapferen Krieger der Choctaw, die uns begleitet haben."

Nach dem Trinkspruch ehrten wir die Verstorbenen mit einer Schweigeminute. Müde und durch die Erinnerung an meine Mutter und Albrecht ein wenig niedergedrückt, verließ ich die Tischgesellschaft. Meine Gefährten wollten noch etwas bleiben.

In meinem Zimmer ging ich zuerst einmal unter die Dusche und ließ mich minutenlang mit heißem Wasser berieseln. Dabei entspannte ich so richtig, ohne an irgendetwas Bestimmtes zu denken.

Nach einer Weile jedoch kam in mir der Gedanke auf, dass mir unten auf der Ebene der Luxus dieser zivilisatorischen Errungenschaft doch sehr fehlen würde. Wohlig räkelte ich mich unter den Wasserstrahlen, die von überall her aus der Duschwand sprühten. Nach einer Viertelstunde drehte ich das Wasser ab und ließ mich von einem übergroßen Fön trocknen.

Wie auch in der Ankunftsstation, gab es Fächer in der Wand des Vorraums der Duschkabine, die einen mit allem versorgten, was man benötigte. Mit frischer Unterwäsche, aus diesem herrlich anschmiegsamen Material, legte ich mich vollkommen entspannt auf die bequeme Liege. Ich nahm mir ganz fest vor, morgen nach einer Nachricht meines Vaters zu suchen. Ich hoffte, dass er irgendwo eine Mitteilung für mich hinterlassen hatte.

Dann wanderten meine Gedanken wieder zurück zu den vielen Toten, die unseren Weg säumten. Traurig schüttelte ich den Kopf; dieser Albdruck würde mich wohl noch länger verfolgen. Mittlerweile war ich aber so müde, dass mir die Gedanken einfach entglitten und kurz darauf schlief ich fest ein.

Seltsame Geräusche rissen mich aus dem Schlaf; mein Unterbewusstsein registrierte etwas, das erst nach und nach deutlicher wurde. Das sind eindeutig Schüsse! Schlagartig war ich wach. Wie lange ich schon geschlafen hatte, wusste ich nicht zu sagen. Ich sprang auf und stürzte zur Tür.

Im Flur stapfte einer dieser Cyborgs an mir vorbei. Ich lief hinter ihm her und schrie ihn an: „Was ist passiert? Wer schießt hier herum?“ Ohne seine Schritte zu verlangsamen, schnarrte er nur in seiner stoischen Art: „Eindringlinge“ und als ob er erst überlegen müsste die Antwort für mich zu präzisieren, fügte er knapp hinzu: „Kraagen!“

Ich blieb kurz stehen. „Kraagen? Wer oder was ist das?“, fragte ich laut. Dann aber musste ich mich beeilen dem Cyborg zu folgen, der einfach weiter durch den Gang stampfte. Er war im Moment wohl mein einziger Schutz. Kurz ging mir der Gedanke durch den Kopf, dass ich nur in Unterwäsche und ohne Waffen durch die Gegend lief. Es wäre wohl besser gewesen, ich hätte mir noch schnell etwas angezogen.

Wir gelangten an eine Kreuzung und ich erinnerte mich, dass es nach rechts zum Hauptsaal und zur Kommandozentrale ging. Der Cyborg bog genau dorthin ab. Ich folgte ihm. Ich hielt mich, etwas versetzt, hinter seinem Rücken und nutzte ihn als meinen Schutzschild. Dann stolperten wir fast über die Leichen zweier Männer, in deren Brust große Löcher gähnten. Die schwarzen Wundränder schwelten noch und es stank ekelhaft nach verbranntem Fleisch.

Der Kleidung nach zu urteilen, kamen die toten Männer von der Erde. Sie waren wohl mit einem Artefakt hierhergekommen; dazu mussten sie aber die richtigen Linienfrequenzen für unsere Ebene kennen.

Wer hatte ihnen die verraten? Das war noch so ein ungelöstes Rätsel. Ein Kollege meines wortkargen Weggefährten hatte die Beiden mit seiner Strahlenpistole erwischt. Weiter hinten knallten vereinzelt immer noch Schüsse; das Zischen von Strahlwaffen antwortete ihnen. Meine Gefährten hatte ich bisher noch nicht gesehen. Vermutlich waren sie in der Haupthalle, als der Angriff begann. Ich folgerte daraus, dass ich noch nicht lange geschlafen haben konnte.

„Kraagen?“ murmelte ich fragend. „War das nicht der Alias-Name von dem Notar Ralf Huber? Das war doch einer dieser Götter, mit denen mein Vater verfeindet war!“

Ich bückte mich und nahm dem einen Toten seinen Revolver ab. Ich betrachtete die Waffe. In den Kammern steckten noch alle sechs Kugeln. Der Cyborg hatte dem Gangster keine Chance zur Gegenwehr gelassen. Wieder schoss mir die Frage durch den Kopf, wie es möglich war, dass wir in der Heimstätte überfallen werden konnten? Das Problem musste später gelöst werden, denn ich musste mich erneut anstrengen, um den Anschluss an meinen Beschützer nicht zu verlieren. Ich huschte hinter dem Maschinenmenschen her und bis zur nächsten Biegung hatte ich ihn schon fast wieder eingeholt.

In dem Moment, als ich um die Ecke bog, explodierte der Cyborg vor mir in einer Feuerwolke. Die Gewalt der Explosion schleuderte mich nach hinten und ich knallte gegen die Wand. Vor Schmerzen schrie ich auf, ich hatte mir bestimmt das linke Schultergelenk ausgekugelt oder gebrochen. Es tat höllisch weh und mir schossen die Tränen in die Augen.

Die zum Teil noch brennenden und rauchenden Reste meines ehemaligen Beschützers lagen überall im Flur verteilt. Ich rappelte mich auf und versuchte an den Revolver zu kommen, den ich beim Sturz verloren hatte. Er lag mitten im Gang. Unter Schmerzen rutschte ich langsam näher heran und nahm den Revolver in die rechte Hand. Mühsam rappelte ich mich hoch und spähte vorsichtig um die Ecke.

Ich sah direkt in die Augen eines Kerls, der in einer blauen Uniform steckte. Er richtete eine pistolenähnliche Waffe auf mich und lächelte dabei freundlich. „By by“, sagte er trocken und drückte ab. Ich warf mich zur Seite, stürzte aber dabei auf meine lädierte Schulter. Der Schmerz raste durch meinen Körper. Beim Aufschrei versuchte ich noch den Revolver abzufeuern. Es gab einen kurzen Knall; irgendetwas traf mich ziemlich hart am Kopf. Warmes Blut rann über meine Stirn und dann schien mein Kopf zu explodieren. Ich sah bunte Sterne, dann war nur noch abgrundtiefe Schwärze vor meinen Augen.

Ich wachte mit dröhnenden Kopfschmerzen auf und versuchte mich zu orientieren. Ich lag bäuchlings auf einer feuchten Wiese. Mein unklarer Blick nahm die Beine zweier Männer wahr, die neben mir standen. Sie unterhielten sich leise. Die Beine steckten in schweren Springerstiefeln, darüber waren blaue Uniformhosen. Am Geruch der Luft und an der Beschaffenheit des Grases erkannte ich, dass ich wieder auf der Erde sein musste. Ich versuchte, trotz der bohrenden Kopfschmerzen und den Qualen in der Schulter, wieder zu mir zu kommen; aber ohne, dass ich einen Mucks von mir gab.

„Ich weiß gar nicht, warum wir uns mit dieser Schnalle belasten sollen? Ich würde sie ins nächste Loch schmeißen und dann nach Hause gehen“, beschwerte sich der eine mit Fistelstimme. „Mich wundert es sowieso, dass bei dem Lärm, den wir veranstaltet haben, noch keine Neugierigen hier aufgetaucht sind.“

Der Andere antwortete ihm mit einer furchtbar nölenden Stimme: „Der Chef hat gesagt, wir sollen sie auf jeden Fall mitbringen, egal tot oder lebendig. Und du weißt ja, was der Chef mit einem anstellt, wenn man nicht spurt.“ Dann sah ich einen dieser großen schweren Stiefel auf mich zuschnellen. Er trat mich in die Seite.

Ich biss die Zähne zusammen um ja keinen Schmerzenslaut auszustoßen. Sie sollten nicht merken, dass ich wieder bei Bewusstsein war und ihr Gespräch belauschte. Vielleicht ergab sich eine Gelegenheit, trotz meiner Verletzung und den schmerzenden Knochen, ihnen zu entwischen.

„Die sieht ja nicht schlecht aus und ich wüsste schon, was ich mit diesem Weibsstück alles anstellen könnte“, lachte der mit der Fistelstimme lüstern. „Aber was der Chef mit ihr vorhat, würde ich auch ganz gerne wissen.“ Die andere Stimme antwortete: „Das ist mir scheißegal! Hauptsache, wir werden bald aus dieser Einöde abgeholt.“

Ich bemerkte, dass sich die beiden Stimmen etwas von mir entfernten. Sofort nutzte ich die Chance, vielleicht war es ja meine letzte. Trotz der starken Schmerzen in der Schulter, kroch ich langsam los, nur weg von den Beiden. Mit zusammengepressten Lippen versuchte ich jedes Geräusch zu vermeiden.

Nach ein paar Metern, für die ich fast eine Ewigkeit brauchte, tauchte plötzlich eine Kante vor mir auf. Ich ließ mich einfach darüber fallen. Der Abhang, den ich hinunter purzelte, war ziemlich steil. Mehrmals überschlug ich mich und kollerte dabei immer weiter weg von meinen Bewachern. Ein Felsblock beendete unsanft meinen Sturz.

Ein wahnsinniger Schmerz raste durch meinen Körper. Mit dem Rücken war ich gegen einen dicken Stein geknallt; der Aufprall presste mir den Atem aus der Lunge. Dann blieb ich in einer Kuhle endgültig liegen. Ein Busch wölbte sich über mich; die spitzen Dornen an seinen Zweigen verkrallten sich in meinen Händen und Armen. Das Letzte was ich hörte, war eine erstaunte und zugleich ärgerliche Stimme, direkt oberhalb meines Busches. Sie rief: „Verdammt! Wo ist sie hin?“ Dann umfing mich eine wohltuende Ohnmacht; die befreite mich vor allem von meinen Schmerzen.

VI. Epilog

Der Körper schwamm in einem dunklen Meer voller Schmerzen. Nach einer Weile versuchte die Frau die Augen zu öffnen, aber es gelang ihr nicht. Plötzlich drangen Stimmen an ihr Ohr, aber sie verstand kein Wort der Unterhaltung. Stattdessen marterte sie ein piependes Geräusch, es wollte einfach nicht mehr aus ihrem Kopf verschwinden. Es wurde immer lauter und hämmerte von innen gegen die Schädeldecke.

Sie wollte ihre Hände gegen die Schläfen pressen, um auch nur irgendetwas gegen die Schmerzen zu tun, aber sie konnte die Arme nicht bewegen. Etwas hinderte sie gewaltsam daran.

Verzweifelt riss die Frau die Augen auf; grelles Licht blendete sie schmerzhaft. Sofort schloss sie die Augenlider wieder; aber dann kämpfte sie blinzelnd gegen die Helligkeit an. Langsam versuchte sie sich daran zu gewöhnen. Nach einer Weile klärte sich ihr Blick und sie erkundete ihre Umgebung.

Sie lag in einem Krankenzimmer. Man hatte sie mit mehreren Schläuchen an verschiedenen Apparaturen angeschlossen. Es waren diese Maschinen, die diese entsetzlichen Piepstöne erzeugten.

In der Zimmerecke saß eine fremde Frau in einem weißen Kittel; sie las in einem Buch. Voller Angst wollte die Kranke sich aufrichten und die Krankenschwester ansprechen, aber sie schaffte es einfach nicht. Verzweiflung breitete sich in ihr aus.

Mit beginnender Panik stieg in ihr eine brennende Frage hoch und ihr Gehirn schrie: „Wo bin ich? WER BIN ICH?“

Ihr Herz trommelte wie wild, doch dann wurde es wieder Dunkel um sie herum.

VII. Anmerkungen

Personen:

Abeytu Grünes Blatt
Aiyana ewige Blüte
Akatsuki wurden von Gott Lookken als Sklaven erschaffen, Wortbedeutung: Glockenklang
Akecheta Kämpfer
Annas Gott, Schwester des Gottes Svanson und Reneés Tante
Angeni Karens indianischer Name, Wortbedeutung: Geist
Anoki Schauspieler
Bhikksu Bijo Mönch, schöne Frau Taishō, Annas Name bei den Mönchen des yībō-Ordens
Bidziil er ist stark
Cheveyo Geisteskrieger
Costner, Hal Notar, Gehilfe von Urbansky
Elsu Fliegender Falke
Galilahi die Hübsche
Göndül Kriegername von Kristanna, Tochter des Gottes Lookken, Wortbedeutung: Wölfin
Honiahaka Kleiner Wolf
Istaqa Kojotenmann
Kohkahycumest Weiße Krähe
Kraagen Notar Huber, Gott, Besitzer des Artefaktes von Kyūkoku
Langundo Friedliebend
Lomasi schöne Blume
Makya Adlerjäger
Mantotopah Vier Bären
Matoskah Weißer Bär
Motega Neuer Pfeil
Nadowessiu Tochter des Häuptlings Nita, Wortbedeutung: Kleine Schlange
Napayshni Marcs Indianername, Wortbedeutung: stark, mutig
Nawat Linkshänder
Nita kleiner Bär

Onida Alexandra, Reneés Mutter, Wortbedeutung: die Eine die gesucht wurde

Pivane Wiesel

Pohawe Medizinfrau

Poloma Indianername der Versicherungs-Detektivin Lucy Rowland,

Wortbedeutung: der Bogen

Qaletaqa Beschützer des Volkes

Ri-Ken Reneés Indianername, Wortbedeutung: scharfes Schwert

Robarth Gott, Besitzer des Artefaktes von Shimabara

Sewati Krumme Bärenklaue

Songan Mico Starker Häuptling

Svanson Gott, Besitzer des Artefaktes von Niihama, Reneés Vater;

auf der Erde auch als David Copeland bekannt

Tohopka Indianername der Alten Rasse, Name Ts'ixa, Wortbedeutung: Wildes Biest

Tooantuh Springender Frosch

Towo'di Falke, Cherokee-Häuptling

Urbansky Mafioso, Gott Judro, Besitzer des Artefaktes von Sekigahara

Wakanda Annas Indianername, Wortbedeutung: sie besitzt Magische Kräfte

Wanageeska Weißer Geist

Waquini Hakennase

Waupee Weißer Falke

Wohehiv Stumpfes Messer

Wynono der Erstgeborene

Begriffe aus dem ken-jutsu, Karate, Kampftechniken:

Atemi ein angedeuteter Hieb

Ashi barai Fußfeger

Chiburui Blut abschütteln, symbolisches Reinigen der Klinge

Chiwari Hieb durch die Brust, Schwertschlag

Empi Ellbogenstoß

Gyakute Saigabel-Technik, die Klinge zeigt zum Körper

Hanten da Wurftechnik eines Shuriken, mit einer halben Drehung geworfen

Honte Saigabel-Technik, die Klinge zeigt nach außen

Iai-jutsu blitzschnelles Ziehen der Schwerter oder eines Kampffächers

Juji Kreuzblock zur Abwehr

Kamae Grundhaltung oder Ausgangsstellung des Kämpfers

Kaishaku Kopfabschlagen oder auch Vollstrecker

Karigane Schwerthieb durch den Oberkörper, Wildgans genannt

Kiai Kampfschrei während einer Aktion, der durch die Bauchatmung erzeugt wird

Ko dachi Abwehr

Koho Kaiten Rückwärtsrolle

Kyudo japanisches Bogenschießen mit dem Langbogen

Noto zurückführen der Klinge in die Saya auch Scheide

Nukitsuke ziehen der Klinge

O-kesa Priestergewand

Seme Angriff

Shuto-Uchi peitschenähnlicher Handkantenschlag

tabigata Sockenrand, abschlagen der Füße

Tachi Kontern

ukemi fallen

Yo-ibuki Atemtechnik um Anspannung für den Kampf zu erreichen

Zenpo Kaiten Vorwärtsrolle

Begriffe:

Aku Ryou Taisan maru Böser Geist weiche, Name von Reneés Katana

Algoma Tal der Blumen

Bokutachi Holzkatana, außerhalb von Japan auch Bokken genannt

Chochmo auf dem schlammigen Hügel

Chochokpi Thron für die Wolken

Fusuma bewegliche Papierwand aus vertikalen rechteckigen Platten

Gargoyl Torwächter, Artefakt

Hakama Kendo-Anzug, Hosenrock

Hankyū japanischer Kurzbogen

Hike shiyaku Friedensstifter

Hikeshi yaku Friedensstifter, Name von Marcs Kurzschwert

Hitomi gokū Opferstein

Hitokiri Attentäter, gedungener Mörder, Wortbedeutung: Menschentöter

Hya ohanzee geflügelte Schatten

Ituma Nahele kräftiger Eichenwald

Itumas weiße Steine

Jolon Tal der toten Eichen

Kagami göttlicher Spiegel, in der buddhistischen Philosophie das Sinnbild für Weisheit

Kakemono japanisches Rollbild

Kami göttlichen Wesen, Geister

Kami no seibai Gottesurteil, Name des Katanas von Reneés Vater, Gott Svanson

Katana Langschwert

Katakana japanische Silbenschrift, die aus japanischen und chinesischen Schriftzeichen besteht

Kodachi Kurzschwert

Maru absolut rein - im Sinne einer reinen Seele

Meijin Meister, Lehrer

Nukpana Askook böse Schlange

Odahingum kräuselndes Wasser

Patamen Unwetter

Pavati klares reines Wasser

Potlatch Fest des Schenkens, Trauerpotlatch beim Tod eines hochrangigen Angehörigen

Ryouko maru Dämonenrufer, Marcs Katana

Saibankan Richter, Inschrift auf dem Stiel von Karens Kampffächer

Saya Schwert-Scheide

Shārénrúmá Menschen abschlachten

Shēnlán-See tiefblauer, dunkelblauer See

Shin ·nyo Göttin Annas Kurzschwert

Shinbatsu o kōmuru die göttliche Strafe erleiden, Kristannas Sternenklinge

Shini megami Göttin des Todes, Inschrift auf Karens Kampffächer

Shinshū-Gebirge Land der Götter

Shōji verschiebbare Raumteiler

Tachi Messer, Klingenlänge 30 cm

Talula springende Wasser

Tangakwunu Regenbogenfluss

Tanto einschneidiges japanisches Kampfmesser mit einer Klingenlänge von weniger als 30 cm

Tanto gata shuriken Wurfmesser

Tlingit indianisches Kampfmesser mit zwei Klingen

Tjost alter Ausdruck für Zweikampf

Tsuki nari Speer/Lanze mit halbmondförmiger Klingenform

Tokonoma zurückgesetzte Nische

To-ne-rei Ehrenbezeichnung für die Seele eines Schwertes

Tuhani Huhtsu Schwarzer Vogel

Wakizashi Kurzschwert

Yumi japanischer Langbogen

Zaisus japanische Bodenstühle Ehrenbezeichnung

Zuìquán Knochenbrecher

Griechische Mythologie:

Antiope Harpyienkönigin, -Königin der Amazonen-, war mit Theseus verheiratet

Harpyien:

Aello Windsbraut, Windbö, Sturm, wurde von den Göttern gesandt um Frieden zu stiften, auch um Strafen für Verbrechen mit Gewalt zu vollstrecken

Ocypetes Stromschnelle, Schnellfüßige

Podarge leichte Flügel, Schnellfliegende, erzeugte mit Boreas die berühmte Pferde für Achilles Xanthus und Balius, von denen das erstere sprechen und weissagen konnte

Zentauren:

Chariklo

Cyllarus,

Demoleon, Anführer der Zentauren auf Niihama

Hylonome, Zentaurenfrau